KB236974

Sugar na Ore

SUGAR NA ORE
by HIRAYAMA Mizuho
Copyright © 2006 HIRAYAMA Mizuho
All rights reserved.
Originally published in Japan by SEKAIBUNKA PUBLISHING INC..
Korean translation rights arranged with
SEKAIBUNKA PUBLISHING INC., Japan
through THE SAKAI AGENCY and SHINWON AGENCY.

달콤한 나

히라야마 미즈호 지음
김동희 옮김

스튜디오 본프리

목 차

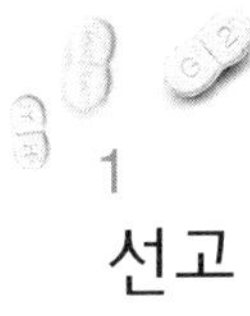

1

선고

"한마디로 말해서 심각한 상태입니다. 이대로 방치해두면 죽을 게 확실해요. 하루라도 빨리 입원해야 합니다."

조금 살이 찐 프로레슬러 같은 체형을 한 전문의 다치바나 선생이 단호하게 말했다. 하긴, 이 체형이라면 무리도 아니지. 의사도 인간이니까 병이 날 수도 있겠지. 그건 그렇다 치고, 이 사람은 왜 자신의 개인사를 나에게 굳이 털어놓는 걸까.

"어쨌든 급히 손을 써야 하니까, 지금은 우선 응급처치로 피를 묽게 하기 위한 링거주사를 놓겠습니다."

그렇게 말하자마자 다치바나 선생은 내가 뭐라 말할 틈도 없이 링거바늘을 찔러 넣었다.

나의 가느다란 팔에.

—응? 나?

이미 대충의 각오는 되어 있었다. 비정상적인 갈증, 빈뇨頻尿, 다뇨多尿, 급격한 체중감소, 전신의 권태감. 어느 것 하나를 보더라도 〈가정의학대사전〉에서 본 '그것'의 증상과 일치하고 있다. 십중팔구 그럴 것이라고 짐작했었고 예상대로의 진단이 나왔을 뿐이다. 그래도 나는 그게 내 자신에게 일어난 일이라고는 아무래도 믿을 수가 없었다.

당뇨병에, 그것도 심각한 상태라고? 원래 마른 체형인 이 내가? 아버지도 할아버지도 군살이라곤 하나도 없는 체형에, 친척 중에도 그런 병력을 가진 사람이 없는데? 게다가 이 나이에?

그러나 검사 결과는 냉혹하게도 움직일 수 없는 증거를 보여주고 있다. 건강한 사람이라면 식전에 80~100, 식후에도 기껏해야 140 정도라는 혈당치가 내 경우는 식전에조차 300을 넘고 있다. 지금까지 자신의 혈당치 같은 것에 신경 쓴 적도 없었지만, 문외한의 눈에도 이 수치가 정상이 아니라는 것은 분명해 보였다.

"가타세 씨는 올해 서른셋이시죠? 깜짝 놀라셨겠습니다. 당뇨병이라고 하면 좀 더 나이가 있고, 일반적으로 비만형인 사람들이 걸리는 병이라고 생각하지 않으셨나요?"

"아… 네…."

머릿속이 하얗게 되어버린 나는 건성으로 겨우 대답했다. 그러나 다치바나 선생은 그런 나는 아랑곳하지 않고 말을 계속 이어갔다. 뭔가 신명이 난 사람처럼.

"그렇지만 말이죠, 최근에는 많아요, 젊은 사람들도. 체형도 말입니다, 사실은 별로 관계없습니다. 보기에는 말라 보여도 그 사람의 기준에서는 살이 찐 것일 경우도 있으니까요. 가타세 씨, 과거 몇 년 사이에 급격하게 체중이 늘어난 적은 없었나요? 당뇨병에 걸린 사람은 과거에 그런 시기가 꼭 있는데요."

그러고 보니 실은 결혼 후 3년 동안 체중이 10킬로그램이나 늘어났다. 원래 너무 말라 있었기 때문에 살이 쪄도 별로 눈에 띄지 않았을 뿐이다. 살이 붙은 곳도 주로 아랫배였으므로 겉으로 봐서는 거의 아무도 눈치 챌 수 없었다.

"그 사이에 말이죠, 췌장에서 계속해서 인슐린이 펑펑 나간 거예요. 혈당치를 내리려고 말이죠. 그렇게 혹사시킨 췌장이 비명을 올리는 겁니다. '이제 인슐린은 더 이상 못 만들어요!'하고. 그게 지금의 가타세 씨의 상태입니다. 가타세 씨, 청량음료수를 벌컥벌컥 들이킨다든가 하지 않으셨나요? 아, 그렇진 않아요? 아, 그러십니까. 최근 젊은 사람들은 그쪽 패턴이 많거든요. 그건 확실히 당분 덩어리죠…."

내가 '청량음료수를 벌컥벌컥 들이키지 않는 것'은 사실이다. 원래 나는 커피파派로, 더욱이 블랙커피를 좋아한다. 자동판매기를 이용할 때도 무가당 커피가 없으면 마시기를 포기할 정도다.

단지, 술은 마시고 있었다. 그것도 보통이 넘는 양을.

나는 그 사실을 다치바나 선생에게 말할까 생각했지만 결국은 입을 다물었다. '원인'이 보다 확실해졌다고 해서 그런 게 이 마당에 무슨 도움이 되겠는가.

"그런 이유로 즉시 입원하셔야 합니다."

다치바나 선생은 결론을 짓듯이 그렇게 말을 마쳤다. 아까부터 몇 번인가 사용되고 있는 '입원'이라는 말이 외국어처럼 들린다. 입원이라니, 그런 일은 향후 20년 정도는 나하고 관계없는 것이라고 생각하고 있었다. 아무리 들어도 머릿속에서 리얼하게 시뮬레이션이 되질 않는다.

"저… 입원은 어느 정도나…?"

"당뇨병으로 하는 입원은 보통 '교육입원'이라고 해서 2주일간의 프로그램으로 구성되어 있습니다만, 가타세 씨의 경우에는 그 전에 플러스 2주일이 더 있습니다."

"아… 그건 또 무엇 때문에…?"

"현재 병의 상태가 상당히 중증이라서 우선 최초의 2주일 정도는 혈당치를 내리는 일에 전념하는 게 좋다고 생각합니다. 그 후, 수치가 안정될 무렵에 보통의 교육입원으로 넘어가는 거죠."

"그, 그렇습니까…. 그러면 한 달…인가요…."

내가 일하고 있는 회사는 신주쿠 가부키초에 있다―고 말하면, 남들에게서 유흥업 종사자로 오해를 받기 일쑤지만, 어쨌든 번듯한 마케팅 리서치 회사다. 그리고 그 사무실이, 사실은 이 〈도립 신주쿠병원〉의 바로 옆 건물에 있다. 만일 통원을 해야 할 경우가 생기면 다니기 쉽도록 일부러 회사에서 제일 가까운 이 병원을 선택해서 검사를 받으러 온 것이다.

통원이라면 별 상관이 없다. 그렇지만 '입원'이라면 회사에서 얼마나 가깝고 먼가 하는 것은 별 의미가 없게 된다.

"당연히 그 동안은 회사도 쉬지 않으면 안 되겠죠?"

"아, 그래야겠죠. 다만, 경우에 따라서는….'

다치바나 선생이 물었다.

"가타세 씨, 근무처는 어디인가요?"

"…바로 옆입니다."

"네? 바로 옆? 바로 옆의 사루비아빌딩?"

다치바나 선생은 느닷없이 괴상한 소리를 지르며 놀라더니, 그렇다면 일을 하면서도 입원할 수 있다고 말했다.

"당뇨병은 특별히 안정이 필요한 병은 아닙니다. 문제는 식사죠. 입원 중에는 병원에서 칼로리 계산을 해서 만든 식사 외에는, 칼로리가 있는 건 일절 입에 대면 안 됩니다. 더욱이 가타세 씨의 경우는 식전마다 혈당치를 재서 인슐린을 투여하지 않으면 안 되거든요. 그렇지만 그 외의 시간에는 보통 때처럼 활동해도 상관없습니다. 물론 그때마다 외출허가서를 내셔야 합니다만.”

그렇다고 하면 나는 점심과 저녁식사를 전후하여 약간의 시간을 내서 회사에서 나오면 되는 것뿐, 그 외에는 거의 평상시와 다름없이 근무할 수 있는 것이다. 후반에는 ‘교육입원’이라고 하는 프로그램이 시작되지만 그것도 기껏해야 하루에 2시간 정도라고 한다.

조금은 마음이 편해졌다. 그렇게 바쁜 회사는 아니지만, 갑자기 꼬박 한 달을 쉬겠다는 말은 역시 꺼내기 어렵다.

“입원기간이 한 달 이상 넘어갈 일은 없을 겁니다. 한 달 안에 꼭 퇴원하실 수 있도록 하겠습니다. 저를 믿어 주십시오!”

마음 든든한 한 마디였다. 나의 이 빈약한 몸으로 돌진해봤자 꿈쩍도 하지 않을 것 같은 체구의 다치바나 선생이 그렇게 말하니까 설득력 만점이다. 그러나 그가 보증한 것은 ‘퇴원’에 관한 것뿐이다. ‘한 달 안에 꼭 완치시키겠다’고는 말하지 않았다. 그 점이 미묘하게 마음에 걸렸다.

“그런데, 원래는 내일이라도 즉시 입원하셔야겠지만….”

다치바나 선생은 지금까지의 자못 근엄한 표정을 거기서 갑자기 무너뜨리더니, 쑥스러운 듯이 웃었다.

“사실은 내일모레 토요일까지 베드가 꽉 차 있어서요. 그래서 입원은 다음 주 월요일부터…."

　조금 전까지의 협박처럼 들리는 말투보다는 상당히 부드러워졌지만, 결국 이야기가 일방적으로 진행되고 있다는 점은 변함이 없다. 나는 무심코 그의 말 사이에 끼어들었다.

　"저… 그렇다면, 가능하면 다음 주 목요일부터 하면 안 될까요? 사실은 오늘부터 집사람이 여행을 떠나서 수요일에 돌아오거든요. 입원하게 된다면 집사람과 여러 가지 상의할 일도 있고…."

　입원을 늦추기 위해 그 자리에서 꾸며낸 거짓말이 아니다. 나츠는 정말로 오늘 아침, 남미의 페루를 향해 출발한 참이다. 마추피추의 유적 순례. 과연 나츠다운 선택이다. 케냐에서 사자를 관찰한다든가, 시베리아철도를 타고 블라디보스톡에서 모스크바까지 횡단한다든가, 그런 '와일드'한 여행을 하고 싶을 때에는 기본적으로 유럽의 도시를 좋아하고 가급적 움직이기 싫어하는 나를 남겨두고 다른 여행친구와 함께 떠나는 것이다.

　"그렇습니까…."

　다치바나 선생은 과장된 표정으로 유감스럽다는 듯한 반응을 보였지만, 곧 '그렇다면'하고 내 희망을 받아들여 주었다.

　"그러면 그동안의 주의사항입니다만, 식이요법에 관해서는 입원하신 후에 철저히 가르쳐 드릴 테니 지금은 까다로운 말씀은 드리지 않겠습니다. 다만, 부디 과식하지 마시도록. 위의 8할 정도만 드세요. 튀긴 음식 등은 절대 피하시고, 단것도 금물입니다. 밤참 같은 것은 당치도 않습니다. 그리고 담배 피우십니까? 그것도 오늘부터 끊으십시오. 그밖에 수분은 자주 섭취하시고… 아, 주스나 우유는 안 됩니다. 물이나 차를 드세요. 커피, 홍차는 설탕이나 크림을 넣지 않는다면 오케이.”

훈시는 모조리 이쪽 귀에서 저쪽 귀로 흘러나갔다. 한시라도 빨리 혼자 있고 싶었다. 혼자서 자신을 갑작스레 습격해 온 이 운명에 대해 생각하고 싶었다.

이른 봄부터 뭔가 계속 이상하다고는 생각하고 있었다.

한여름도 아닌데 몹시 목이 마르다. 우선 아침에 일어나면 차가운 음료를 컵에 가득히 부어 한두 컵 마시지 않으면 제정신이 들질 않는다. 출근해서도 자동판매기에서 오전 중에 두 컵, 오후에 서너 컵 분량의 음료수 종류를 사 마시고, 집에 돌아와서도 또 마신다. 계산해보면 하루에 3리터 가까이를 마시고 있다. 화장실에 가는 횟수가 늘어난 것은 마시는 양에 비례하기 때문이라고 쳐도, 몸이 이렇게 끊임없이 액체를 원하고 있다는 것은 아무리 생각해봐도 흔히 있는 일은 아니다.

음료수를 너무 자주 사 마시는 게 왠지 겸연쩍어서 옆자리의 여직원에게 “오늘은 이걸로 벌써 다섯 개째야.”라며 묻지도 않았는데 스스로 얼버무릴 때도 있었다.

얼마 지나지 않아 불가사의한 현상이 나타났다. 다이어트를 하고 있는 것도 아닌데 바지가 눈에 띄게 헐렁해진 것이었다. 누구 못지않게 알코올을 좋아하는 나는 눈에 띄지 않는 곳, 즉 아랫배에 군살이 붙기 쉬운 타입이었으므로 처음에는 이 변화를 환영했다. 이유는 잘 모르겠지만 어쨌든 배의 군살이 저절로 빠져가고 있었기 때문이었다.

"끊임없이 보급하고 있는 수분이 몸 안의 지방을 씻어내고 있는 것 아닐까요?"

옆자리의 여직원이 그렇게 말하는 것을 곧이 받아들여 기뻐하기도 했다.

그러나 벨트의 구멍이 세 개째 줄어들 무렵이 되니 막연히 기뻐하고 있을 수만은 없는 사태라는 생각이 들기 시작했다. 잘 보면 배의 주변뿐 아니라 몸에서 전체적으로 지방이 빠져 있었다. 결혼 이후에 불어난 살 때문에 쉽게 빠지지 않아 줄곧 끼고 있던 왼손 약지의 결혼반지도 어느새 헐거워졌고, 원래 살이 적은 얼굴은 뺨이 더 홀쭉해져서 얼핏 보기에도 완전히 초췌해 보였다.

이건 아닌데.

처음에는 단순히 이상하게만 생각하고 있던 나츠도 어느 시점부터는 걱정이 되기 시작했는지, 무슨 병이나 아닌지 〈가정의학대사전〉에서 확인해보자고 말했다. 물론 나도 몇 번이나 그렇게 생각했었다. 그러나 무서웠던 것이다. 그것이 무슨 '병적인' 현상이라는 것을 점점 부정할 수 없게 되어가는 도중에 결정적인 사실을 알아버리는 것이.

그러나 어느 날, 나츠는 내 눈앞에서 〈가정의학대사전〉을 펼치고 '배뇨횟수가 많다', '급격한 체중감소' 등의 증상에서 '유추해낼 수 있는 병'을 찾아내었다. 가장 가능성이 높은 것은 '당뇨병'. 그럴 리가, 라고 생각했다. 다치바나 선생이 지적했던 것처럼, 그것은 보기에도 좀 더 살이 찐 중년 이상의 사람들이 걸리는 병이라고 일방적으로 단정 짓고 있었기 때문이다.

그래서 나는 스스로를 무리하게 설득했다. 이것은 틀려, 라며. 어쩌다 당뇨병의 증상과 아주 흡사한 현상이 내 몸에 일어나고 있지만 그것은 뭔가 다른 원인 때문일 거라고. '권태감'은 단순히 피곤해 있기 때문이고, '급격한 체중감소'는 스트레스 때문이며, '비정상적인 갈증'은 아마 자율신경에 약간 장애가 일어난 때문일 거라고. 본래 당뇨병이라는 것은 섭취 칼로리가 너무 높아서 걸리는 병일 텐데 그게 원인이 되어 체중이 감소한다니, 그게 무슨 말인가? 논리적으로 맞지가 않는다.

그렇게 자신에게 일어나고 있는 확실한 이상異狀 현상을 애써 모르는 척하는 나에게, 나츠는 종종 외면하고 싶은 현실을 들이대곤 했다.

"저 말이지, 병원에서 제대로 검사 받는 게 좋지 않을까?"

"아냐, 어차피 회사의 건강검진이 있으니까 그때 알 수 있어."

"그게 언젠데?"

"9월쯤일 거야."

"너무 늦지 않아? 아직 5월인데."

이와 비슷한 대화를 몇 번이나 반복했을까.

사실 나츠는 좀 더 끈질기게 나를 재촉하고 싶었을 것이다. 그러나 그녀는 너무나도 바쁜 상사商社에서 근무하고 있어서, 나의 두 배는 일하고 나서도 잔업이니 접대니 해서 제대로 집에 붙어 있을 시간도 없었으므로 이 건을 화제로 삼을 기회조차 좀처럼 잡지 못하고 있었다. 가끔 잠자리에서 옆에 누워 졸린 목소리로 한 마디 하는 것이 고작이었다.

그럼에도 불구하고 내심 초조하게 생각하고 있었던 만큼, 내게는 아내의 이런 충고가 성가시게 느껴졌다. 끝내는 기분이 언짢아지고 말기 때문에 나츠도 적당한 선에서 그만 둘 수밖에 없었다. 그러나 사실은 하루라도 빨리 그녀가 말하는 대로 해야 했던 것이다. 질질 끌면서 미루고 있는 동안에 상태는 점점 악화되고 있었다.

당뇨병은 일반적으로 초기에 자각증상이 거의 없다는 점에서 무서운 병이라고 한다. 거꾸로 말하면 나처럼 확실하게 자각증상이 보였을 때는 이미 상당히 진행되어 버린 후라는 것이다.

결국, 검사를 받고 싶다고 도립 신주쿠병원에 전화를 한 것은 8월에 들어서였다. 한 달만 더 기다리면 건강검진이 있지만, 왠지 그 한 달이 말 그대로 치명적인 한 달이 될 것 같은 나쁜 예감이 들어서였다. 소개 장도 없었으므로 예약이 가득 찼다는 이유로 꼭 1주일을 기다렸다. 그 날이 나츠가 페루로 출발하는 날과 겹친 것은 단순한 우연이었다.

여행을 떠나던 날 아침, 마지막으로 짐을 체크하고 있는 나츠를 힐끗 보고 회사로 향하면서 나는 복잡한 마음으로 앞으로 벌어질 일에 대해 생각했다. 최악의 결과가 나온다고 해도 어차피 다음 주 수요일까지는 아내에게 그 사실을 알리지 않아도 된다. 그런 의미에서 조금은 시간을 벌 수 있다. 그러나 다른 한편으로는 그 결과를 당분간 혼자 가슴에 담은 채 감당해야 한다는 것이 마음 허전하기도 했다.

그리고 결과는 '최악'이었다.

병원에서 나온 나는 잠시 동안 망연자실한 채 목적도 없이 주변을 방황했다. 사무실은 병원 바로 옆 건물이라 엎어지면 코가 닿을 정도로 가깝고 퇴근시간까지는 아직 여유가 있었지만, 조퇴서를 내고 나왔으므로 사무실로 돌아갈 필요는 없었다. 조퇴를 하고 나온 게 다행이라고 생각했다. 도저히 일을 계속할 수 있는 정신상태가 아니었다.

회사 주변은 흔히 말하는 가부키초의 환락가다. 네온이 켜져 있지 않는 동안은 거리에 사람도 적고 어딘가 쓸쓸한 변두리 같은 분위기가 감돌고 있다. 그 풍경이 내 암울한 심정에 박차를 가한다. 슬슬 저녁때가 되어 가는데도 아직 햇살이 강하다. 그저 걷고 있는 것만으로도 관자놀이와 목덜미에 땀이 배어 나온다. 그러고 보니 점심식사를 아직 하지 않았었다. 검사를 위해서 식사를 거르고 오라고 했기 때문이다. 어쨌든 어딘가에 들어가서 배를 채워야겠다고 생각했다.

칼로리가 높은 것은 피해야 할까. 그렇지만 뭐가 좋고 뭐가 나쁜지 알 수가 없다. 단지 고기보다는 생선이 좋다고 들은 적이 있는 것 같다. 결국 점심시간에 자주 가는 오래된 다방에 들어가서 고등어 소금구이 정식을 주문했다.

배는 아주 허기져 있는데도 음식을 먹는 일에 저항감을 느낀다. 이것을 먹으면 혈당치가 얼마나 오르는 것일까. 독을 입에 대는 듯한 기분이다. 그런데도 한 입을 먹자 몸은 솔직하게 반응하여 입안이 타액으로 가득 찬다. 도중부터는 게걸스러울 정도로 입안에 쓸어 넣었다. ‘위의 8할 정도까지만 섭취하도록’이라고 들은 게 생각나서 형식적으로 고등어와 밥을 조금 남겼지만, 그것에 무슨 의미가 있다고는 생각되지 않았다.

식사가 끝나자 거의 무의식적으로 담배에 불을 붙이고 있었다. ‘오늘부터’ 끊으라고 다치바나 선생이 말했지만, 피우지 않고는 견딜 수가 없었다. 담배연기가 어둑한 실내에 길게 퍼져가는 것을 바라보면서 다른 사람이 아닌 내가 당뇨병에 걸렸다는 사실이 서서히 뇌 속으로 침투해오는 것을 느꼈다.

2

최후의 만찬

"접수했습니다. 가타세 선배의 '종음주연終飮酒宴'에 기꺼이 수행隨行하지요. 오늘은 죽을 각오로 마셔 주십시오. 뼈는 거두어 드리겠습니다."

금요일 오후, 그 범상치 않은 아리송한 문자메시지를 받고 나는 히죽 웃었다. 보낸 사람은 영업3과의 히가시노 아리사. 올해로 입사 2년 차인 여직원이다.

분석1과인 나와는 일의 내용도 사무실의 층도 틀리고 담당 클라이언트가 겹친 적도 없으므로 업무상의 접점은 거의 없다. 친해지게 된 계기는 회사의 창립 20주년 기념파티에서였다. 건너편 테이블에 아담한 체격의, 그러나 아까부터 맥주컵을 연달아 비우고 또 따르는 젊은 여자가 있었다. 그 마시는 모습이 너무나 호쾌해서 나도 모르게 눈이 휘둥그레져서 보고 있자니 내 시선을 눈치 챈 그녀가 말을 걸어왔다.

"아, 혹시 주호酒豪로 고명高名하신 가타세 씨 아니세요? 이렇게 뵈니 감개무량하네요. 오래 전부터 꼭 한 번 모시고 담소와주談笑臥酒 하고 싶었답니다!"

그런 말이 있는지 없는지조차 수상한 한자어구와 묘하게 고풍스런 어휘를 즐겨 쓰는 이상한 여자였지만 쇼트 헤어가 잘 어울리는 동안童顔에, 그러면서도 술고래라는 미스매치가 특히 인상적이었다.

그날 나는 그녀와 완전히 의기투합하여 술기운의 여세를 몰아 둘이서 멋대로 개최한 '2차'에서 전철이 끊어지기 직전까지 계속 마신 끝에 '주도형제酒徒兄弟'의 결의를 맺었다.

나이는 아홉 살이나 차이가 났지만 어설픈 동년배들보다는 오히려 마음이 맞아서, 이따금씩 서로 연락해서 술독에 빠진 것처럼 부어라 마셔라 하는 회사 내의 귀중한 술친구로 소중히 여기고 있었던 것이다.

어쨌든 병과는 상관없이 슬슬 아리사에게 연락을 할 시기였다. 당뇨가 발각된 이상 예전 같은 폭음은 어림도 없는 일이지만, 나는 오히려 선고를 받음으로 해서 배짱이 두둑해졌다.

이번을 마지막으로 하자. 이걸 진짜 마지막으로 해서 술을 끊는다. 술과 언제나 한 세트가 되어버리는 폭식도 물론 끊는다. 그 대신 이날 만큼은 나중 일은 일절 생각하지 말고 마시고 싶은 만큼 마시고, 먹고 싶은 만큼 먹는 거다. 뭔가 그런 명확한 '선'을 긋지 않으면 앞으로 얼마나 계속될지 알 수 없는 '투병생활'을 감당하지 못할 것 같은 기분이 들었기 때문이다.

당뇨병이라는 진단을 받았다는 사실 자체에 대해 아리사는 그다지 놀라지 않았다. 그녀에게는 꽤 오래 전부터 "당뇨일지도 몰라."라고 몇 번이나 말했었기 때문이다. 그리고 폭음폭식을 단념하기 위한 방편으로 폭음폭식을 하고 싶다는 나의 생각에도 "선배의 그 심중, 헤아릴 수 있습니다."라며 선선히 동조해 주었다.

이럴 때 아리사의 능숙한 '분위기 맞추기'는 정말로 고마운 것이다.

나츠가 여행 중이라는 게 불행 중 다행이다. 만약 나츠가 있었다면 마시러 가는 것은 절대로 용납하지 않았을 것이다. 물론 그것이 나를 걱정하기 때문이라는 것은 잘 알고 있다. 그러나 지금의 내게는 선을 긋기 위한 '마지막 음주'에 동행해 줄 마음 든든한 상대가 꼭 필요한 것이다.

"오늘은 어찌 하시겠어요? 여하튼 오늘은 종음종주終飲終酒의 날이니만큼 어디까지든지 동행하지요. 만일 그게 지옥의 끝일지라도요. 선배가 가장 가고 싶은 곳을 기탄없이 말해보세요!"

퇴근 후, 빌딩의 지하 로비에서 합류했을 때, 아리사가 그렇게 말했다.

"어떻게 할까 나도 꽤 고민했었는데… 역시 브루터스가 어떨까?"

"브루터스입니까…."

아리사가 조금 곤란한 듯이 웃었다.

"응, 거기서 마시고 춤추고 스스로를 마비시켜서 바보가 되고 싶은 기분이야."

아리사는 곧 마음을 정한 듯이 "오케이입니다. 가시지요."하고 빌딩의 출구를 향해 계단을 오르기 시작했다.

'브루터스'라는 곳은 신주쿠역 동쪽출구 방면에 있는 라이브하우스다. 아니, '라이브하우스'라고 불리고는 있지만 실제로는 '라이브 연주가 있는' 레스토랑 바라고 하는 쪽에 가깝다. 다만 이 집에는 어떤 '특징'이 있다. '춤을 출 수 있는' 레스토랑 바인 것이다. 그것도4, 50대의 아저씨, 아줌마가.

특히 금요일과 토요일 밤은 굉장하다. '더 스트레이트'라는 간판 밴드가 고정 출연해서 몇 스테이지를 연주하는데, 연주하는 곡은 스티비 원더Stevie Wonder, 어스 윈드 & 파이어Earth, Wind & Fire, 아바ABBA, 두비 브러더즈The Doobie Brothers 등의 70년대 사운드로 가득하고, 브라스 섹션brass section도 갖추어 왕년의 '디스코'의 한 장면을 철저히 재현한다. 오리지널 곡은 결코 연주하지 않는다. 그것이 이 밴드의 위대한 점이다. 자기들의 역할이나 분수를 잘 알고 있는 것이다.

고객층은 서른세 살인 나조차도 젊은 축에 속한다. 대다수가 회사에서는 아마도 과장이나 부장 정도는 될 듯한 연배의 사람들이다. 그들이 부인 혹은 불륜상대로 추측되는 여성을 데리고 오거나, 때에 따라서는 혼자 와서 한바탕 미친 듯이 춤추고는 돌아간다. 그들이 원하는 것은 모르는 밴드의 들어본 적 없는 음악 같은 것이 아니다. 타인의 눈을 의식하지 않고 지나가버린 청춘을 회상할 수 있는 공간과 그것을 위화감 없이 발산시킬 수 있는 무대설정인 것이다.

여기저기 붙은 군살 때문에 빵빵해진 양복 차림으로 몸을 흔들어대면서 '소울 맨Soul Man'의 리듬에 맞춰 들썩거리고 있는 노땅들의 꼴을 처음 보았을 때에는 솔직히 한심하게만 보였다. 그러나 그것은 이쪽이 취하지 않았을 때의 이야기로, 점점 취기가 오르고 플로어에서 춤추는 무리가 늘어감에 따라 형세는 역전된다. 이런 상황에서 춤도 안 추고 바라보고만 있는 쪽이 비상식적인 것 같은 생각이 들기 시작하는 것이다.

그리고 일단 춤추는 원 안으로 들어가면 체면을 염려하는 고상한 신경선 같은 것은 가볍게 열 개 정도가 끊어지면서 몸 안의 여러 가지 것들이 마비되어 온다. 결국에는 처음 보는 사람들과 뒤엉켜서 하나가 되어 점프하며 '와이 엠 시 에이!'에 몸짓을 붙여 '영 맨Young Man'—이것만은 무엇 때문인지 빌리지 피플Village People의 오리지널이 아니라 사이조 히데키*의 일본어 판—을 절규하고 있는 자신을 발견하게 된다. 이런 상황 속에서도 트레이에 유리잔을 가득 올려놓은 채로 미친 듯이 춤추고 있는 사람들 사이를 요리조리 빠져나가는 종업원들이 숙련된 곡예사처럼 보인다.

그러나 이 집에 몇 번 다니다 보니 경험적으로 알게 된 것이 있다. 같이 온 동행인이 어떤 타입인가 하는 게 의외로 중요한 것이다. 함께 주책없이 굴어줄 사람이 아니면 안 된다. 어쩌다가 마지막까지 제정신으로 관찰하고 있는 것 같은 타입의 여자를 데리고 가면, 창피해서 춤을 추기는커녕 주변에서 번뜩이고 있는 괴이한 섬광에 뒷걸음치고 있는 그 여자의 심경이 전염되어 자신도 더 이상 견딜 수 없게 되고 말기 때문이다.

그런 의미에서 아리사는 '브루터스'에 딱 맞는 '동행'이었다. 무엇보다도 알코올 내성이 강한 것이 장점이다. 어느 정도 취하지 않으면 주책떨기가 쑥스럽다. 아리사와는 거의 같은 페이스로 마시고, 취하는 페이스도 보조가 맞기 때문에 함께 마음껏 망가질 수 있는 것이다. 그런 의미에서도 종음주연의 상대는 아리사가 아니면 안 되었다. 이것이 '최후'라면 신나게 폭죽을 터뜨리면서 화려하게 발산하고 싶다. 자신을 마비시켜서 적어도 한 때만이라도 모든 것을 잊고 싶다.

＊사이조 히데키(1955~) : 일본의 국민가수 중 한 명으로, 1979년 발표한 '영 맨Young Man'의 일본어 버전은 일본 전국에서 공전의 히트를 기록했다. 특히 'YMCA'라는 네 글자를 몸으로 표현한 퍼포먼스는 지금도 유명하다.

그런 이유로 우리들은 신주쿠역으로 향했다.

엘리베이터로 8층에서 내려 '브루터스'의 입구에 도착한 시점이 6시 정각이었다. 오로지 이곳에 오겠다는 일념으로 직행했기 때문에 아직은 점원이 가게를 열 준비를 하고 있는 중이었다. 이 집에서 개점과 동시에 자리를 잡고 앉는 손님은 거의 없다. 첫 스테이지는 7시 30분 정도부터이고, 어느 정도 자리가 차고 모두가 취하지 않으면 굳이 이 집을 고를 이유도 없는 것이다.

그러나 한편으로는 그 덕분에 우리는 잠시 여유롭게 잡담을 나눌 수 있었다. 8시 이후의 이 집에서는 제대로 된 대화라는 것이 거의 불가능하다.

"역시… 그랬었군요. 선배, 요즈음 마실 적에 꽤 위험하셨잖아요."

아리사가 생맥주 컵을 기울이면서 말했다.

"그러게 말이야. 나도 모르게 그대로 엎어져서 곯아떨어진다든가 한 적도 있었지."

그렇게 말하면서 나는 입에 넣은 맥주를 아깝다는 듯이 잠시 입안에서 굴리다 마셨다.

술에 취하면 자 버리는 사람이 있다. 나도 예전부터 심하게 피곤하다든가 할 때에는 그랬던 적이 있었다. 다만 그것은 어디까지나 여럿이서 마실 때의 이야기이다. 열 명, 스무 명이 있으면 어쩌다가 대화에서 빠지게 되는 순간도 있고, 그중에서 한 사람쯤 자고 있어도 아무도 신경 쓰지 않는다. 그런데 그런 일이 최근에는 서너 명이라는 적은 인원끼리 마시고 있을 때에도 빈번히 일어나고 있었다.

한번은 아리사와 둘이서 마시고 있는 자리에서조차 그런 일이 일어나버린 적이 있어서, 그 땐 정말 얼굴이 새파래질 정도로 놀랐었다. 단 한 사람뿐인 상대를 앞혀놓고 이야기하면서 어떻게 잠이 들 수 있는가 말이다.

"그땐 솔직히 말해서, 저도 어찌해야 할지 속수무책이었답니다."

"그… 잠이 들기 직전에는 어떤 상태였어?"

"뭔가 열심히 말씀하고 계셨어요. 저도 만취했었기 때문에 별로 기억 나지는 않지만, 점점 이야기의 흐름이 엉망이 되어가더니, 그러다 갑자기 말씀이 없으시다가 어느 순간 털썩, 하고…."

그렇다고 해도 물론 생각은 나지 않는다. 그리고 오늘도 그렇게 될 가능성이 크다. 그러나 오늘은 아리사가 "가타세 선배가 곤죽이 되어 전후불각前後不覺이 되셔도 책임지고 역 개찰구까지는 모셔다 드리겠습니다."라고 약속을 해줬다. 상대는 아홉 살이나 연하의 여자, 더욱이 마실수록 익사이팅해지는 아리사다. 미덥지 못한 약속이지만 그녀 이상으로 미덥지 못한 내가 이렇다 저렇다 말 할 형편은 못 된다.

그러나 그런 그녀와 마시는 것도 이번이 마지막이 될지 모른다. 그렇게 생각하자 견딜 수 없이 서운한 마음이 들었다.

마음이 통하는 술친구를 찾는 것은 상당히 어려운 일이다. 나에게 있어 최고의 술친구가 내 반려자일 확률은 오히려 적다. 그리고 그런 상대가 언제라도 자신의 교유권交遊圈 내에 운 좋게 널려 있는 것도 아니다.

내 경우, 혼자서 마시는 일은 거의 없다. 함께 마셔줄 이야기상대가 없으면 술을 마시는 즐거움도 반감半減되어 버린다. 그리고 함께 마신다면 결국 둘이서 마시는 게 가장 좋다고 생각한다. 같이 있는 사람이 적으면 적을수록 화제도 자유롭게 고를 수 있고 그 사람의 진면목이 보다 잘 나타나기 때문이다.

덧붙여 말하자면, 어째서인지 나는 그 상대로 이성異性을 선택하는 일이 많았다. 아니, 내가 얼마나 인기가 있다든가 하는 것을 자랑할 마음은 전혀 없다. 오해 받기 쉬운 이야기라는 것은 잘 알고 있지만, 그건 전혀 다른 뜻에서의 이야기다. 나 자신이 꽤 여성적인 성격이라는 것도 관계가 있을지 모르겠지만, 본질적으로 상대가 여성인 편이 마음이 편한 것이다.

한편, 아리사는 진짜 사이가 좋은 건지 어떤 건지조차 미묘한 동년배의 여자들끼리 졸졸 줄지어서 '케이크가 맛있는 집'에 가거나 하는 따위의 행동을 거의 증오하고 있다. 가끔 그런 일행과 함께 술을 마시러 가면 뭘 주문할지조차 미적거리며 빨리 결정하지 못한다든가 알코올도 겨우 한두 잔 마시고는 끝내거나 해서 오히려 욕구불만이 잔뜩 쌓일 뿐이라고 한다.

“아직 시작도 못했는데 벌써부터 무슨 디저트를 고르고들 있어? 그리고 2차는 카페라고? 무슨 소리야? 술이지, 술! 시간이 아깝지도 않냐!”

평소에는 지나치게 공손한 말투를 쓰다가도, 아리사는 그런 상황이 닥치면 표변하여 갑자기 말이 빨라지고 입이 걸어진다. 그럴 정도로 그런 ‘뜨뜻미지근한’ 모임이 마음에 들지 않는 것이다.

그것보다는 쓸데없는 신경을 쓰지 않아도 되는 상대와 적은 인원으로 ‘마음껏 마시는’ 쪽을 좋아하는 것이 아리사다. 그 상대가 동성인지 이성인지는 상관하지 않는다. 물론 결혼 여부도 상관없다. 즐겁게 마실 수 있으면 되는 것이다. 많이 마시는 사람이면 더욱 좋다.

단지 이성의 경우 ‘둘이서 마신다’는 것을 또 다른 전개로의 전 단계쯤으로 오해하고 필요 이상으로 접근해 온다든가 하는 남자는 즉각 ‘아웃’이다. 어엿한 남자친구도 있고, 그녀가 원하는 것은 어디까지나 ‘마음이 맞는 술친구’이기 때문이다.

그런 의미로 꽤 마실 뿐 아니라 몇 번을 같이 취하도록 마셔도 묘한 착각을 할 가능성이 전혀 없는 나는 둘도 없이 ‘귀중한 존재’라고 아리사 자신이 말하고 있다. 나와 마시고 있는 한은 아리사도 ‘다른 사람들의 진도를 보면서 석 잔 마실 것을 한 잔으로 참는다'든가 '여자답지 않게 연거푸 들이켜 마시는 모습에 정나미가 떨어졌다'는 말을 들을 걱정이 없다.

나는 그렇게 서로의 수요와 공급이 딱 맞아떨어져 이루어진 아리사와의 관계가 '술'이라는 요소가 빠짐으로 해서 접점을 잃고 와해되어버리는 게 아닐지 염려하고 있었던 것이다.

그런 내 생각을 아는지 모르는지 아리사는 언제나처럼 잘 마시고, 잘 웃고, 마음에 안 드는 동료를 비난하고 있다. 가령 이 테이블에서 맥주컵이 사라진다고 해도, 그래도 아리사는 지금과 마찬가지로 나를 즐겁게 대해줄 것인가.

나는 그런 그녀를 테스트하는 듯한 기분으로 가방 안에서 두꺼운 종이묶음을 꺼냈다.

그것은 내가 쓴 소설의 원고였다.

사회인이 된 지 10년 이상이 지났지만, 나는 그동안 거의 쉴 새 없이 계속 소설을 써 왔다. 물론 프로 작가가 되고 싶어서이다. 이런 저런 신인문학상에도 계속 응모해왔다. 10년이라는 시간은 길었지만, 가끔 예선을 통과하여 문예지에 이름이 실리기도 했기 때문에 쉽사리 포기하기가 어려웠던 것이다.

다 쓴 작품은 가능한 한 주변사람들에게 보인 뒤 그 감상을 다음 작품에 반영하기도 한다. 내가 쓰는 소설을 언제나 기대하며 그때마다 자세한 감상을 말해주는 여자 친구도 있다. 다만, 아리사와는 그런 부분에서 연결되어 있는 것이 아니다. 실제로 지금까지는 내가 '쓰고 있다'는 사실조차 그녀에게 말한 적이 없었다.

그러나 금후로 아리사와의 사이를 연결해주는 최대의 매개체였던 '술'이 소멸해버린다면 그것을 대신할 뭔가가 있지 않으면 안 된다. 아리사가 책 읽는 것을 좋아할 타입으로는 보이지 않지만 가끔씩 굉장히 고풍스런 어휘를 사용하기도 하고, 어쩌면 보이는 것과는 달리 숨은 독서가일지도 모르지 않는가. 그렇다면 금후로도 나는 '그런 부분에서의 연결'을 고리로 아리사와 양호한 관계를 유지할 수 있지 않을까.

그런 막연한 기대를 품고 나는 내가 쓴 소설 원고를 꺼낸 것이다.

"저 말이지… 갑작스럽지만, 사실 나는 소설을 쓰고 있거든. 이거 꽤 최근에 쓴 건데 시간 있을 때 좀 읽어봐 주겠어?"

"네? 아, 그러세요? 와, 소설을 쓰고 계셨다니…. 〈이지리 사진관〉? 무슨 얘긴가요? 사진관 주인아저씨가 치한이었다는 이야기?"

타이틀을 보면서 아리사는 그렇게 말했다. 물론 그런 이야기는 아니다.

이지리라는 이름의 어느 가족에 관한 이야기이다. 중년이 되어서 회사를 그만두고 사진관을 차린 아버지. 카메라맨이 되고 싶다는 소년시

절의 꿈이 형태를 바꾸어서 구현된 것이다. 남편의 꿈을 지키는 소녀 같은 어머니와 둘 사이에 태어난 세 명의 아이들. 그 가족의 연대기를 차남의 시점에서 이야기하고 있다.

얼마 안 있어 장남은 아버지에게 반발하여 집을 뛰쳐나가 해외 자원봉사자로 지내다가, 결국에는 동남아시아 반정부게릴라의 용병으로 전투에 참가했다가 흉탄에 쓰러진다. 장남의 죽음을 경계로 집안이 조금씩 무너져 간다. 어머니는 난치병으로 목숨을 잃고, 장녀는 가출이나 다름없는 형태로 집을 떠난다. 아버지는 점점 제정신을 잃어가고, 사진관도 부채 때문에 저당 잡히고 만다. 이런 상황 속에서 오직 차남만이 혼자서 집을 지키기 위해 절망적인 투쟁 속에 몸을 던진다는 이야기이다. 갈수록 비참해지는 스토리 전개지만, 해피엔드만이 '좋은 이야기'라고는 생각지 않으니까.

"우와, 꽤 긴데요. 다 쓴 글들은 어딘가에 응모도 하세요?"

"그건 아무데도 내지 않았고, 지금으로서는 그럴 예정도 없어. 예전에는 쓰고 나면 꼭 어딘가에 응모했었는데 최근엔 좀⋯."

요 몇 년 동안은 문학상에 적극적으로 응모하는 일이 뜸해진 게 사실이다. 가끔 예선을 통과하기도 하지만 다들 1차 예선 통과에 그쳐서 심사위원의 눈에 띄기도 전에 '그룹별 솎아내기' 단계에서 떨어졌었고, 이제는 그 1차 예선조차도 통과하는 일이 드물어져서 약간은 싫증을 느끼기 시작했다는 게 솔직한 심정이었다.

하지만 그런 경위를 아리사에게 구구절절 설명하기도 좀 그렇고, 마침 아리사도 그 이상은 더 묻지 않았다.

"접수했습니다. 저는 보통 책 같은 것은 거의 읽지 않는 인간이지만, 그래도 괜찮으시다면 감사히 여겨 삼가 읽도록 하겠습니다."

아리사는 다만 그렇게 말했을 뿐, 원고뭉치를 두 손으로 잡아 읍하는 포즈를 취하더니 재빨리 가방 속에 넣어버리고 다음 순간에는 이미 다른 화제로 넘어가고 있었다.

역시 애한테 '그런 부분'을 기대하는 것은 무리였을까….

아마도 그 원고는 그녀의 잡지꽂이 한쪽 구석에 처박힌 채로 몇 년이고 그저 먼지만 뒤집어쓰게 될 것이다. 나는 더 이상 그런 생각은 그만두기로 하고, 맥주의 풍미를 만끽하는 데에 신경을 집중하기로 했다.

드디어 '더 스트레이트'가 스테이지에 올라와 오늘의 첫 번째 연주가 시작되었다. 첫 곡은 콧수염을 기른 밴드 마스터가 언제나 부르는 '유 아 더 선샤인 오브 마이 라이프You are the sunshine of my life'였다. 느긋하게 시작되는 곡이다. 그리고 가벼운 인사 후, 오늘의 여성 보컬을 맡은 '마이 짱'이 소개되었다. 여성 싱어는 전속이 아니라 게스트로 부르기 때문에 가끔 다른 사람이 오는데, 밴드 마스터의 취향인지 대부분 약간 허스키에 심지가 굵은 목소리의 소유자들이라서 소울 계통의 노래를 불러도 위화감이 없다. '마이 짱'이 부르는 첫 곡은 스리 디그리즈Three Degrees의 '웬 윌 아이 시 유 어게인When will I see you again'이었다.

그때쯤 우리들의 테이블에는 조니워커 블랙 한 병과 미즈와리용* 세트가 놓여 있었다. 8월 말까지 유효한 위스키 서비스 엽서를 잊지 않고 가져온 것이다. 둘 다 위스키를 상당히 좋아하기에 술이 줄어드는 속도가 빠르다. 처음에는 일단 미즈와리로 마셨지만, 중간부터는 물 없이 얼음만 넣어 사실상 온더록스 상태로 계속 마셨다. 취기는 예상을 넘어선 페이스로 전신을 달리기 시작했다. 특히 나의 경우는.

오후에 과장과 부장에게 입원에 관해서 보고했다. 입원이라고 해도 업무에는 그다지 지장이 없는 형태인 것을 알고는 선선히 납득해주었지만, 그 이전에 두 사람 모두 내가 당뇨병에 걸렸다는 사실 자체에 놀라는 것 같았다. 그도 그렇겠지. 본인이 제일 놀랐을 지경이니까.

"그런 체형으로는 보이지 않는데 말이야. 굳이 따지자면 마른 편 아니야? 음, 내 숙모님도 당뇨병인데, 숙모님은 풍선 같은 체형이거든."

부장이 고개를 갸우뚱거리며 말했다.

"가타세 군은 뭐랄까, 대체로 폭음폭식하는 편인가?"

"글쎄요, 사실 술은 꽤…. 그리고 평소에는 그렇게 많이 먹지 않습니

---

*미즈와리 : 양주, 소주 등에 물을 섞어 마시는 것.

다만, 술이 들어가면 꽤 폭식하거든요. 그런 의미에서는 짚이는 바가 있죠.”

'짚이는 바'라면 사실 그들에게 말한 것보다 훨씬 많았다.

맞벌이에 아이가 없는 우리 집에서는 가사는 원칙적으로 완전분담제로 하고 있어서, 각자가 자신에게 비교적 부담이 적다고 생각하는 부분을 담당하고 있었다. 그게 마침 적당히 잘 나뉘어졌기에 아무런 충돌도 없었다. 나는 다른 것에 비해 '정리정돈'을 좋아하니까 청소나 설거지, 쓰레기 버리기(재활용도 꼼꼼하게 분리함) 등은 나의 담당, 거꾸로 '정리정돈'을 귀찮아하는 아내 나츠는 요리와 세탁, 그리고 가계 관리 일반. 대충 그런 직무분담에 의해 가타세네 집안이 운영되고 있었다.

단지 올해 서른인 나츠가 직장인 '도쇼상사'에서 (아직도 평사원인 나를 제치고) 주임으로 승격하고 나서부터는 그 질서가 다소 흐트러지기 시작했다. 비교적 낡은 사고방식을 가진 회사임에도 불구하고 여자인 나츠에게 주임 자리를 준 데에서 알 수 있듯이, 토쇼는 나츠에게 큰 기대를 걸고 중책을 맡기게 된 것이다. 잔업이 겹치고 종이 펄프를 구입하기 위해 중국이나 동남아시아로 출장을 떠나 며칠씩이나 집을 비우는 일도 흔해져서, 집에 일찍 돌아와서 두 사람 분의 식사를 준비하는 일은 좀처럼 바랄 수가 없게 되었다.

그렇다고 해서 제대로 요리를 만든 경험도 없는 내가 갑자기 역할을 바꿀 수도 없다. 귀찮은 마음에 그냥 '식사는 각자가 알아서' 하게 된다. 그러니 어차피 외식이 되고, 나츠가 돌아오는 시간도 늦으므로 누군가와 마실 약속을 하게 된다. 예전에는 간장肝臟을 위해 밖에서 마시는 것은 1주일에 한 번 정도로 하고 있었는데, 그것이 야금야금 한 주에 두 번, 세 번, 어떨 때는 거의 매일, 이런 식으로 현격하게 늘어나 있었다.

새해에 들어서부터 그랬으니 그동안 얼마나 알코올에 절은 고칼로리 생활을 하고 있었는지, 잠깐 상상하는 것만으로도 진절머리가 날 정도였던 것이다.

그렇게 생각하면 완전히 자업자득이다. '평소 제대로 챙겨먹지 않은 응보'다. 단순히 그것뿐이다. 그런 건 잘 알고 있지만, 그렇다고 해도 너무 잔인하다. 내가 아는 한, 당뇨병 환자란 늘 먹는 양을 제한하여 혈당치를 조심하지 않으면 안 되는 모양이다. 당연히 나도 그렇게 되겠지. 앞으로는 정확하게 '한 주에 한 번' 페이스를 지킬 테니까, 신에게 그렇게 맹세할 테니까, 그 대신 이번 일은 '없었던 일'로 해주면 안 되는 걸까.

오늘은 모든 것을 잊어버리자고 생각해서 여기에 온 건데, 문득 자신도 모르는 사이에 그런 것을 생각하고 있었다. 잊어라, 잊어라. 나는 머리에 달라붙어 있는 우울한 기분을 떨쳐 버리려는 듯 거듭 마셨다. 이제 몇 잔을 마셨는지도 모르겠다. 병 안에는 술이 아주 조금밖에 남아 있지 않는 듯하지만 그것을 확인할 만한 지능도 남아 있지 않다. 어느덧 아리사와 함께 플로어에 나와서 '댄싱 퀸Dancing Queen'에 맞춰 몸을 흔들고 있지만, 이것은 도대체 몇 번째 스테이지일까?

'더 스트레이트'는 계속해서 융단폭격을 하듯이 도나 서머Donna Summer의 '핫 스터프Hot Stuff'를 연주하기 시작했다. 첫 소절이 흘러나오자 마이 짱은 둘째손가락을 똑바로 앞으로 내세우고 천천히 움직여 회장 전체를 가리킨다. 몇 년 전에 방송되었던 코카콜라의 CM에서 그 곡을 배경으로 히토미*가 하던 동작 그대로이다. 얄미울 정도로 완벽한 연출. 취해서 제정신이 아닌 사람들은 집단최면에라도 걸린 듯 전원이 똑같은 포즈를 취한다. 물론 나도 아리사도 그렇게 했다.

그 다음이 뭐였더라? 아마도 '캔트 테이크 마이 아이즈 오프 유Can't take my eyes off you'였을 것이다. 프랭키 발리Frankie Valli의 오리지널은 아니고 보이즈 타운 갱Boys Town Gang이 리바이벌하여 일본에서 대 히트한 그것. 이쯤 되면 플로어에 나와 있는 인간은 거의 모두 제정신이 아니다. '우민愚民'이라고나 할까.

간주間奏가 흘러나오자 콧수염 밴드 마스터의 "자, 여러분!"하는 외

---

* 히토미 : 일본의 여성 가수, 모델 겸 배우.

침과 동시에, 필시 이 레스토랑 바에서 자연히 발생하여 정례화된 것으로 보이는 퍼포먼스를 전원이 마치 파시스트집단처럼 일제히 행한다. 그저 단순히 왼손과 오른손의 두 번째 손가락을 세우고 교대로 허공을 찔러대는 것뿐이다. 그야말로 강아지도 할 수 있는 단순한 동작이다. '따랏, 따랏, 따라라랏, 따랏, 따랏, 파파~앗!' 물론 나도 아리사도 그렇게 했다.

그 부근에서부터 나의 기억은 노골적으로 수상해진다. 아무래도 '예스터데이 원스 모어Yesterday once more'로 치크댄스에 돌입한 것을 핑계 삼아 가까이에 있던 아리사를 껴안고 엉엉 울었던 것 같은 생각이 들지만, 솔직히 잘 기억나지 않는다.

"보세요, 선배! 일어나세요! 갑시다! 전철이 끊어진다고요!"

평소와는 달리 거칠게 명령하는 아리사가 억지로 내 팔을 잡아끌고 있었던 게 그 다음에 남아 있는 기억이다. 계산이 어떻게 되었는지조차도 전혀 알 수 없던 상황에서 기적에 가까운 일이라고 생각되지만, 나는 내가 안경을 끼지 않고 있다는 것만은 알 수 있었다. 아마도 테이블 위에 쓰러져서 그대로 잠들어버렸을 때 무의식중에 안경을 벗었을 것이다.

그러나 아리사는 "기다려, 안경이….."라고 호소하는 나에게 몹시 냉담했다. "그냥 둬요! 그런 건 나중에 가지러 오면 된다니까!" 그렇게 말하면서 막무가내로 나를 출구로 끌고 갔던 것이다.

　엘리베이터 앞에서 무릎을 꿇고 쓰러져버렸던 것까지는 기억하고 있다. 그것을 마지막으로 나의 기억은 픽, 하고 끊어져 버렸다.

3

결의

그 후 의식이 돌아왔을 때, 그 순간의 황당한 감각을 어떻게 표현해야 할까.

나는 어딘가의 길가에 그냥 쓰러져 있었다. 애벌레처럼 몸을 동그랗게 구부리고.

자신이 어디에 있는지, 왜 거기에 있는지, 전혀 생각나지 않는다. 완전한 의식장애 상태다. 확실하게 인식되는 것은 상당히 춥고, 머리가 깨질 듯이 아프다는 것뿐. 몸을 일으켜 주변을 둘러보아도 거의 아무것도 눈에 들어오지 않는다. 인기척도 없이 조용하지만 아주 깜깜하지는 않다. 조금 저쪽으로 무슨 가게 같은 것의 밝게 빛나는 입구가 보인다. 작은 음식점처럼도 보이지만 낮이 설고 간판에 쓰인 글자도 읽을 수 없다.

왜 이렇게 사물이 잘 안보일까 하고 한참 생각해본 뒤에야 비로소 안경이 없어졌다는 것을 깨달았다. '브루터스'에서 나올 때의 장면을 생각해낸 것은 그 직후다. 아, 그런가. 지금은 그 다음인가. 그렇다면 여기는….

일어나서 두세 걸음 발을 떼고 몸을 360도 빙 돌려본 후에야 겨우 알게 되었다. 여기는 동네 역 앞의 작은 광장이다. 내가 쓰러져 있었던 곳은 '북쪽출구'의 계단 밑 근처로, '낯선 음식점'처럼 보였던 불빛은 다름이 아니라 자주 드나들던 역 앞의 세븐일레븐이었다. 손목시계는 오전 3시 20분을 가리키고 있다. 어쩐지 가게들이 모두 셔터를 내리고 있더라니.

역 앞에 있다는 것은 적어도 마지막 전철에는 탔다는 것이겠지. 그리고 마지막 전철을 타면 이 역에 도착하는 게 1시 좀 넘어서니까 여기에서 2시간쯤은 정신없이 자고 있었다는 계산이 된다. 아파트까지는 걸어서 5분도 걸리지 않지만, 역을 나선 시점에서 그만 힘이 다한 것이겠지. 여름인 게 그나마 다행이었다. 한겨울이었다면 동사했거나 적어도 폐렴에 걸렸을 것이다.

양복에 묻은 흙먼지를 털고 아파트를 향해 걷기 시작하니 몸의 흔들림이 머리까지 울려서 토할 것 같다. 온몸의 관절이 다 아프다. 오른쪽 무릎의 통증에는 타박상 같은 아픔도 섞여 있다. 뒤통수에는 혹도 나 있어서 만지면 얼얼하다. 아마 어딘가에서 넘어지면서 아주 세게 부딪힌 모양이다. 어쨌든 한시라도 빨리 침대에 눕고 싶었다.

몸의 여기저기에서 공격해오는 통증에 얼굴을 찡그리고 한쪽 다리를 절뚝거리면서 나는 입 속에서 같은 말을 무겁게 반복하고 있었다.

꿈이 아니었어….

아리사와 마음껏 마셔대고 미친 듯이 춤을 춰서 자신을 마비시키는 데에는 성공했지만, 술이 깨고 나니 그런 일시적인 행복은 흔적도 없이 사라져버렸다. 날이 새고 보니 '당뇨병 얘기는 꿈이었더라'는 일이 일어나지는 않을까 마음 속 한구석으로 은근히 기대하고 있었지만, 그야말로 그런 꿈같은 일이 일어날 리가 없다.

완전한 절망 속에서 나는 쥐죽은 듯 조용한 상점가를 곧장 가로질렀다. 고독했다. 4년 전에 결혼한 이후로 이렇게까지 고독한 기분을 느낀 것은 처음인 것 같았다. 마치 팽개쳐진 세상에 오직 혼자만이 남겨진 것 같은 기분이었다.

아파트의 문을 열자 어제 아침부터 하루 종일 홀로 방치되어 있었던 고양이 미케마츠가 미친 듯이 반가워하며 달려와 발치에 달라붙었다. 거의 비어 있는 미케마츠의 밥그릇에 사료를 새로 담아주고 미케마츠용 화장실을 깨끗이 치우고 나서는, 세수할 기력조차 없어서 양복을 아무렇게나 벗어 던지고 침대에 쓰러졌다.

축제는 끝났다.

어쨌든 생각하는 것은 내일부터다. 나는 모포를 몸에 둘둘 말면서 5분도 채 안 되는 사이에 휘감기는 듯한 잠 속으로 빠져 들어갔다.

다음날—이라기보다는 '당일' 이었지만—눈을 뜬 것은 오후 2시가 지나서였다. 10시간 이상 잤는데도 아직 숙취가 남아 있다. 30세를 넘으면서부터는 술을 많이 마시면 그 다음날 오후 늦게까지도 헤매기가 일쑤였다. 그래도 나는 침대에서 느릿느릿 기어 내려와 우선은 욕조 안에 전신을 담그고 몸에서 천천히 술기운을 빼냈다.

식욕은 별로 없었지만 집에 있는 것으로 간단히 식사를 마친 후, 집에서 나와 근처 서점으로 직행했다. 식이요법에 관한 책을 찾기 위해서였다.

당장은 혈당치를 내리는 것을 우선으로 하고, 식이요법에 관해서는 입원 후반에 철저히 가르쳐드리겠습니다. 다치바나 선생은 그렇게 말했지만, 입원까지는 아직 며칠이나 남아 있다. 도대체 무엇을 어떻게 하면 좋은가. 아무것도 모르는 채로 지내는 것은 너무나 불안했다. 게다가 맞벌이 부부인 우리 집의 경우 식이요법을 아내에게 전부 맡길 수는 없다. 더구나 나츠는 일단은 식사담당이라고는 해도, 요즘처럼 바빠서는 식사를 준비한다는 것 자체가 현실적으로 무리다. 전부 나 스스로 한다는 정도의 각오는 해두는 게 필요하다.

나에게 있어서 '공부한다'는 행위는 본질적으로 고통스러운 일이 아니다. 학생시절에도 그랬고, 지금도 기회가 있을 때마다 뭔가를 계속 '공부'하곤 한다. 어학 마니아이기도 하기에 프랑스어나 중국어 등의 텍스트도 자주 들여다보고 있지만, 역시 가장 큰 비중을 차지하는 것은 소설을 쓰기 위한 취재이다. 스토리에 깊이를 준다든가 설정에 리얼리티를 더하기 위해서는 여러 분야에 걸친 지식이 필요하다. 곤충의 생태가 열쇠인 미스터리를 쓰기 위해 〈곤충생물학〉이라든가 〈기생벌과 해충관리〉라는 전문적인 책까지 사서 처음부터 공부하는 완벽주의자인 것이다.

그러니 자신의 몸에 관한 일이라면 더욱 열심히 할 수 있다. 아니, 이런 말은 정확하지 않다. 정말로 '건강이 중요하다'고 생각한다면 애당초 인사불성이 될 때까지 마시는 일을 되풀이하지는 않는다. 오히려 그렇게 재미있고 즐겁게 살아가는 것을 가로막는 장벽이 눈앞에 나타났을 때, 어떻게 하면 그 장벽을 없앨 수 있을까 하는 부분에 관한 연구를 아까워하지 않는다고 말하는 편이 사실에 가깝다.

그 장벽이 '병'이라면 그 병에 관한 지식이나 증상을 개선시키는 방법에 관한 지식을 정확하게, 보다 많이 습득함으로 해서 활로를 찾아낼 수 있지 않을까. 아리사에게 "술을 마시는 것은 오늘이 마지막일지도 몰라."라고 말하긴 했지만, 사실은 아직도 미련이 가득했다.

술을 끊기 위해서 마음껏 마시는 거라고 선언도 해봤지만 그런 식으로 '매듭'이 지어질 턱이 없다. 알코올이 머릿속으로 퍼져나갈 때의 그 행복감을 두 번 다시 맛볼 수 없다니, 솔직히 그런 '매듭' 따위는 전혀 믿지 않고 있다는 게 본심이었다.

음식을 먹고 술을 마시는 즐거움을 박탈당한 인생 같은 건 상상할 수도 없다. 반드시 길을 찾고야 말 것이다. 그런 기분이었다.

사설철도역 부근의 작은 동네라서 근처에는 그럴듯한 서점도 없다. 그러나 아무리 작은 서점에도 생활습관병生活習慣病에 관한 책은 한두 권쯤 있는 법이다. 역시, 정원가꾸기와 요리 관련 책이 나란히 늘어서 있는 선반의 한쪽 끝에 그것이 있었다. 〈고지혈증의 식사〉와 〈신장병의 식사〉 사이에 끼어 있는 〈당뇨병의 식사〉. 그 외에 비슷한 종류의 것은 보이지 않았다. 제대로 내용도 확인하지 않고 서둘러서 그것을 카운터로 가져갔다.

내가 근처에 사는 사람이라는 것 정도는 분명히 알고 있을, 츠유구치 시게루*와 조금 닮은 가게 주인 앞에 책을 내놓는 순간 왠지 너무 창피해져서 '제가 아니고요, 아버지가 걱정돼서…'라며 나도 모르게 마음속으로 핑계를 대고 있었다.

---

*츠유구치 시게루(1932~) : 배우. TV드라마 〈태양을 향해 외쳐라〉에서 맡은 경찰 역으로 일약 유명해짐.

집으로 돌아와서 약 한 시간 동안 소파에 앉아 그 책을 숙독했다.

선택의 여지가 없어서 고른 책 치고는 꽤 상세하다. 첫머리의 해설에서 당뇨병 발병의 메커니즘과 식이요법의 개념에 대해서 대강의 내용을 알 수 있다. 나머지의 대부분은 실제 식이요법에 도움이 되는 구체적인 식단을 조리법과 함께 소개한, 사진이 많은 페이지로 구성되어 있다.

특히 열심히 읽은 것은 처음의 해설 페이지였다. 이 잡듯이 읽어 가다 보면 어딘가에서 희망을 가질 수 있을만한 한 구절을 찾을 수 있을지도 모른다고 생각해서였다.

간단히 말하면 당뇨병이란 췌장의 기능장애다. '췌장' 같은 마이너한 장기에 관해서는 평소에는 거의 의식할 일도 없었고 사실 어디에 있는지조차 몰랐지만(위의 뒤쪽 부근에 있는 모양이다), 이것이 실은 인체의 내분비內分泌시스템 중에서는 상당히 중요한 역할을 담당하고 있다는 것이다.

당뇨병 환자는 '인슐린'주사를 맞기도 한다, 라는 정도의 지식은 갖고 있었고 다치바나 선생의 이야기에서도 그런 말이 나왔었다. 그러나 정작 '인슐린'이란 게 무엇인지에 대해서는 이 책의 해설을 읽고 나서야 처음으로 확실히 알게 되었다.

음식을 먹으면 위장에서 소화되어 포도당의 형태로 혈관 속에 흡수된다. 그리고 포도당은 세포에 흡수되어 몸을 움직이는 에너지원이 된다. 이때 포도당을 세포로 들어가게 하는 열쇠의 역할을 하는 것이 인슐린이며, 내분비호르몬의 일종인 이 인슐린을 만들어내는 장기가 췌장인 것이다.

췌장이 정상적으로 움직이고 있으면 혈관에 흡수된 포도당의 양에 맞춰 인슐린이 방출된다. 그러나 그 췌장의 기능이 떨어지면 필요한 양만큼의 인슐린을 분비할 수가 없게 되고, 그 결과 포도당이 혈관 내에서 쓸데없이 빙글빙글 돌아다니게 된다. 이것이 흔히 말하는 '혈당이 높다'라는 상태다. 그리고 에너지로서 세포에 흡수되지 못한 포도당은 결국 소변으로 그냥 배출된다. 즉 '당뇨가 나온다'라는 것이다. '당뇨병'이란 이름은 여기에서 유래하고 있다.

원래 '당뇨'가 나왔다고 해서 무조건 당뇨병이라고는 할 수 없고, 거꾸로 당뇨병이라고 해서 꼭 '당뇨'가 나오는 것도 아니라고 한다. 중요한 것은 자력으로 인슐린을 분비해야 할 췌장의 기능이 정상적으로 작동되지 않는다는 것이다.

이 상태에서 멋대로 먹고 마시는 것을 계속하면 췌장의 처리능력을 넘어선 포도당이 항상 체내에 흡수되어 있는 상태가 되어 혈당치가 점점 올라간다. 혈당치의 급격한 상승에 의해서 당뇨병성혼수糖尿病性昏睡 케토아시도시스라고 불리는, 그대로 두면 죽을 수도 있는 심각한 상태(내가 아리사와 퍼 마신 뒤 테이블 위에 엎어진 채로 자버린 것과는 이야기가 다르다)에 빠지는 경우도 있지만, 그것보다 무서운 것은 합병증이다.

이것은 주로 혈당치가 높아서 피가 '끈적끈적'하고 '탁한' 상태로 되어 있기 때문에 파생되는 것으로 봐도 좋다. 망막의 모세혈관이 끊어진다든가 안저출혈眼低出血을 일으켜서 최악의 경우에는 실명하는 수도 있고, 신경장애로 신체 말단의 감각이 없어진다든가 발에 괴저壞死가 생기는 경우도 있다. 동맥경화가 일어나기 쉬운 상태이므로 심장병이나 뇌경색腦硬塞의 위험도 한층 높아진다. 또 소변으로 대량의 단백질이 흘러나와 결국에는 신장腎臟에 장해를 끼치는 경우도 있다.

그렇게 되지 않게 하려면 식이요법과 운동요법이 필요하다, 라고 그 해설은 주장하고 있다. 식이요법의 기본은 '몸을 유지하기 위해 필요한 양만큼만 밸런스를 맞추어 규칙적으로 먹는 것'이라고 한다. 그 위에 효율적으로 에너지를 소비하는 체질로 만들기 위한 운동요법을 함께 병행하면 혈당치는 반드시 내려가며 합병증의 염려도 없어질 것이다, 라고 한다.

확실히 합병증은 무섭다. 그러나, 하고 나는 생각했다. 그러나 혈당치가 높아지는 것은 췌장이 '약해져 있기' 때문이니까 그 '약해져 있는' 췌장을 원래대로 돌려놓을 수만 있다면 그런 위험으로부터도 해방되는 게 아닐까. 인내심을 갖고 식이요법이라든가 운동요법 따위를 일정기간 계속한다면 당뇨병도 '완치'되는 게 아닐까.

그러나 다음의 한 문장에 도달했을 때, 나의 한 가닥 희망은 무참하게 박살났다.

'당뇨병은 기본적으로 평생 낫지 않는 병입니다.'

그것은 '체질' 같은 것으로 한 번 발병해버리면 원래의 상태로 되돌아 갈 수 없단다. '근본적으로 치료된다'는 일은 있을 수 없는 것이다. 단지 '식이요법, 운동요법 등을 꾸준히 계속하여 혈당을 조절해서 양호한 상태를 유지한다면 건강한 사람들과 거의 같은 생활을 하는 것은 가능'하다고 한다.

건강한 사람들과 거의 같은 생활? 앞으로 죽을 때까지 식사량을 제한하고 매일 30분씩 걷거나 하지 않으면 안 되는 그런 생활이? 이런 말은 속임수다. 결국 평생 핸디캡을 짊어지고 가지 않으면 안 된다는 것 아닌가.

암담한 기분이 등 뒤를 무겁게 덮쳐누르는 듯한 기분에 일순, 책을 말 그대로 던져버리고 싶어졌다. 기가 막혔다. 어차피 완치도 안 되는데 왜 그렇게 아득바득 '요법'을 계속해야 하는가. 뼈 빠지게 노력해본들 겨우 남들의 반 정도인 것이다. 그런 보람 없는 인생이라니, 너무 허무하지 않은가?

나는 일단 책을 덮고 기분전환 삼아 냉동고에 있는 아이스캔디를 먹으려다가 곧 단념했다.

이렇게 시작부터 약해져서 어떻게 할 것인가. 그럼 지는 것이다. 완치될 수 없다고 해서 일체의 요법을 거부한다면 그 앞에는 합병증과 죽음만이 기다리고 있을 뿐이다. 나는 이미 포장을 벗겨버린 아이스캔디를 쓰레기분쇄기에 넣어 부수면서 스스로에게 말했다. (약간 무라카미 하루키 스타일로.)*

오케이, 완치가 불가능한 것은 알았다. 그렇다면 세컨드 베스트를 목표로 하자.

잠깐 심호흡을 한 뒤, 식이요법의 개념을 설명하는 부분으로 넘어간다. 뭐니 뭐니 해도 당뇨병 치료에서 가장 중요한 것은 식이요법인 모양이고, 이 책은 바로 그것을 실천하기 위해 만들어진 책이니까.

식이요법이란 한 마디로 말해 매일의 식사를 의사가 지시한 칼로리의 적정 섭취 범위 내에서 하는 것이다. 하루의 적정 칼로리는 기본적으로 그 사람의 키를 기준으로 산출한 표준체중과 직업의 성질(사무직인가, 육체노동인가) 등을 데이터로 하여 특정한 계산식에 의해 산출된

---

*오케이, 알았다 등은 무라카미 하루키의 소설에서 입버릇처럼 자주 쓰이는 표현.

다. 다만 하루 중 아무 때나 그 산출된 칼로리의 양만큼을 먹는다고 다 되는 것은 아니고, 그것을 가능한 균등하게 세 번으로 나누어 아침, 점심, 저녁에 규칙적으로 먹어야 한다. 시간대에 따라서 혈당치의 숫자가 극단적으로 불규칙한 것도 췌장이 정상적으로 기능하고 있지 않기 때문이다.

또한 적정 칼로리 범위 내라고 해서 고기만 먹는다든가 빵만 먹고 만다는 등, 내용이 한 쪽으로 치우친 식사를 하는 것은 바람직하지 않다. 가능한 모든 영양소를 골고루 섭취하지 않으면 안 된다.

그러나 '먹으면 안 되는 것'은 기본적으로는 없다. 흔히들 '지방질은 안 좋다'고 하지만 그것은 지방의 칼로리가 높기 때문에 '많이 먹는 게 안 좋다'는 것이지, 당뇨병 환자라고 해도 몸을 유지하기 위해서는 역시 기름기도 필요한 것이다. 물론 당분도 마찬가지다. 탄수화물, 육류, 야채류, 유지油脂, 된장을 비롯한 조미료 등 식품의 장르별로 이상적인 식단을 짜서 총 세 끼—그 모든 칼로리를 집계한 수치가 '적정 칼로리'에 맞으면 된다고 한다.

그렇다면 과자나 알코올도 적정 칼로리 범위 내라면 식사와 함께 섭취해도 되는 것 아닐까. 누구라도 그렇게 생각할 것이다. 그러나 과자는 보통 너무나 고칼로리라서 식사와 함께 섭취한다는 것 자체가 비현실적인 일이고, 알코올은 에너지원은 되지만 '영양'으로는 볼 수 없을 뿐더러 합병증 등에도 악영향을 끼치므로 원칙적으로 섭취를 권하지 않는다.

어쨌든 한 마디로 쉽지 않다는 것을 알았다. 일종의 퍼즐 같은 것이다. 그것을 매일 3회, 식사 때마다 짜 맞추라는 것이다. 조금 상상해본 것만으로도 머리가 어찔하다.

물론 어떤 식품이 몇 그램에 몇 킬로칼로리인지 보통 사람들은 모른다. 그에 대한 참고자료로 일본당뇨병학회에서 〈식품교환표〉라는 책을 펴낸 모양이지만 지금 내 곁에는 없다. 자세한 것은 차근차근 공부해가기로 하고, 우선은 책에 나와 있는 레시피를 하나 골라서 당장 오늘의 저녁식사로 만들어 보기로 했다.

이 책의 좋은 점은 요리 단위가 아니라 '한 끼' 단위로 레시피를 소개하고 있다는 점이다. 그리고 책을 펼쳤을 때 양쪽 페이지에 걸쳐 세 끼, 즉 1일분의 '식단'이 배치되어 있다. 물론 칼로리도 계산되어 있다. 이론적으로는 이 책에 소개되어 있는 대로 아침, 점심, 저녁을 만들면 이상적인 형태로 적정 칼로리를 지킬 수 있게끔 구성되어 있다.

적정 칼로리 양은 아직 '처방' 받지 않았지만, 책에 나와 있는 예를 참고로 계산해 보니 나의 경우는 하루에 1,600킬로칼로리까지는 괜찮은 것 같다. 그래서 '1,600킬로칼로리(20단위)의 식사'라는 페이지를 펼쳤다.

여기서 '20단위'라는 것은 식이요법 세계의 독특한 도량형度量衡인 '단위單位'를 말한다. 일일이 '킬로칼로리'로 계산하는 것은 번거로우므로 '80킬로칼로리=1단위'라고 정한 것이다. 이 '80킬로칼로리'라는 양이 일본인의 식생활에 식이요법을 적용할 때 여러모로 편리하다고 한다. 예를 들어 '밥공기에 가볍게 담은 밥 반 공기'도 '달걀 1개'도 똑같이 '1단위'가 되는 것이다.

내가 고른 식단은 '참깨소스를 뿌린 차가운 돼지고기요리'와 '가지튀김', 그리고 '우엉과 꼬투리완두를 넣은 된장국'. 여기에 밥이 약 200그램(밥공기에 가볍게 담아 두 공기)으로 약 6.3단위(약 500킬로칼로리)의 식사다. 이것을 고른 이유는 비교적 간단하게 보였다는 것과, 필요한 재료 중 가지와 오이, 대파(돼지고기 요리에 곁들일)가 마침 냉장고에 있었기 때문이다. 그러나 이게 의외로 전혀 간단치가 않았다.

상상해보라. 우선 내게는 요리의 경험이 거의 없는 것이다. 결혼하기 전까지는 부모님과 함께 살았고, 결혼한 후에는 꽤 이른 시기부터 '가사 담당제'를 도입해버렸기 때문에 스스로 식사를 준비해야 할 필요가 거의 없었다. 기껏해야 학생시절에 이자카야에서 단기간 아르바이트를 했을 때의 경험으로 식칼 사용법의 기초를 알고 있는 정도이다. 평소 요리를 하고 있는 사람이라면 책에 실려 있는 조리예의 사진을 보는 것만으로도 조리법을 대강 유추해낼 수 있을 테지만, 내게는 무리인 것이다.

재료를 사는 단계에서부터 상당히 애를 먹었다. 다행히 살고 있는 아파트의 바로 옆에 슈퍼마켓이 있어서 가는 것 자체는 어려운 일이 아니었지만, 평소 자주 다니지 않는 곳이라서 정육코너가 어디쯤에 있는지조차도 몰랐다. 필요한 재료와 사용할 양을 적은 메모는 갖고 왔지만 우엉이 있는 코너를 몰라서 우왕좌왕한다든가, 집으로 돌아온 뒤에야 요리용 술이 없다는 것을 깨닫고 또 다시 사러 나간다든가….

조리도 마음대로 되지 않았다. 재료를 하나하나 포장에서 꺼내어 조금씩 자르고 무게를 재어 돼지고기 90그램, 오이 50그램, 가지 60그램…이라는 식으로 필요한 양만큼만 준비하는 것도 큰일이었지만, 아무튼 경험이 없다 보니 '밑준비'라는 것 자체가 머릿속에 입력되어 있지를 않았다. 처음에는 레시피를 마지막까지 읽고 그 과정을 머릿속에 입력했다고 생각했지만, 한 단계를 끝내고 나면 그 다음을 잊어버려 다시 한 번 해당 부분을 찾아야 하는 처지가 된다.

더구나 레시피라는 것은 당연히 한 요리씩 나뉘어 적혀 있는 것이므로 하나의 요리가 완성되었다고 생각한 순간 아차, 다른 요리에는 아직 전혀 손을 대지 않고 있었다는 것을 깨닫게 된다. 게다가 그 내용이 '가지는 꼭지를 따버리고 세로로 몇 군데 칼집을 넣어 물에 담가둔다'라는 식으로 시작되는 것이다. 그렇게 되면 가지에 충분히 물이 배일 때까지는 다음 일을 할 수가 없게 된다.

“요리는 밑손질부터야.”

꽤 오래 전에 나츠가 그렇게 말했던 게 문득 생각난다. 그래, 밑손질이다. 복수의 요리를 동시에 준비하는 경우 각각의 ‘밑손질’에 해당되는 부분은 처음에 한꺼번에 해놓지 않으면 안 되는 것이다. 돼지고기요리에 곁들일 대파의 하얀 부분을 찬물에 넣어 매운맛을 빼놓는 것과 된장국 재료로 쓸 우엉을 어슷썰기 해서 물에 담가 아린 맛을 없애 놓는 것, 튀김용 가지에 칼집을 넣어 물속에 담가두는 것은 어느 하나라도 뒤로 미뤄놓으면 안 되는 일인 것이다.

그러나 그런 요령이라는 건 어느 정도 경험을 쌓지 않으면 알 수 없는 것이고, 레시피도 거기까지 친절히 가르쳐주지는 않는다. 결국 이 한 끼의 식사를 만들기 위해 나는 1시간 40분이라는 시간을 소비하고 말았다.

맥이 풀렸다.

한 끼 만드는 데 이렇게 시간이 걸리고 이렇게 고생을 하다니, 앞으로 어쩔 것인가. 이제부터 매일 이렇게 하지 않으면 안 되는데 말이다.

그래도 어떻게든 혼자 힘으로 만들어낸 ‘당뇨병 식사’를 식탁에 늘어놓자 갑자기 식욕이 솟아났다. 예정보다 상당히 늦어 버렸으니 당연한 일이겠지만.

나쁘지 않았다.

된장국은 꼬투리완두가 너무 익었고 돼지고기에 곁들인 '가늘게 썬 하얀 대파'는 만드는 법을 몰라서 노란색 심 부분까지 섞여 있다. 가지튀김도 기름의 온도가 너무 낮았는지 이상하게 흐물흐물 찐득했다. 그러나 혼자 힘으로 이것을 만들었다는 사실에 감동해선지 식사도 맛있었다. 더 먹고 싶다고 생각했다. 그러나 접시와 밥공기는 눈 깜짝할 사이에 비어 버렸다.

겨우 이 정도?

겨우 이 정도밖에 먹지 못한단 말야?

확실히 상상했던 것보다는 풍성한 식사다. 돼지고기도 있고 튀김도 있다. 단지 양이 적다. 반찬은 제쳐놓고라도, 적어도 밥을 좀 더 충분히 먹고 싶다. '가볍게 담아 두 공기'라고 하면 의외로 많은 것 같지만 제대로 저울에 달아서 공기에 담아보면 '한 공기'가 보통의 반 정도밖에 안 돼 보인다. 그러나 흰쌀은 '주로 탄수화물을 포함한 식품'의 대표격이다. 탄수화물은 소화된 뒤 당으로 변하기 때문에 이것을 늘리면 단숨에 섭취 칼로리가 높아져버린다.

우려했던 대로 한밤중에 공복감이 덮쳐왔다. '기아감飢餓感'이라고 해도 좋다. 어쩌면 '앞으로 이 정도밖에 먹지 못하게 된다'는 쇼크가 그것을 한층 더 부채질했을지도 모르겠다. 〈당뇨병의 식사〉에는 '만일 공복감을 견딜 수 없다면 오이를 통째로 씹어 먹는다든가 해서 견디는 방법도 있습니다'라고 쓰여 있었다. '그러나 유지성식품油脂性食品인 마요네즈 등을 찍어 먹으면 칼로리가 높아지므로 만일 곁들인다면 소금을 소량 사용하십시오.'

나는 냉장고 앞에 선 채로 오이에 소금을 뿌려 게걸스럽게 씹어 먹었다. 우두둑, 우두둑, 우두둑, 우두둑…. 그런 자신의 모습이 뭔가 실성한 사람 같았다. 마음속 어딘가에 살짝 남아 있던 이성이 그런 꼴을 우습다고 생각했지만, 웃음은 전혀 나오지 않았다.

4

입원

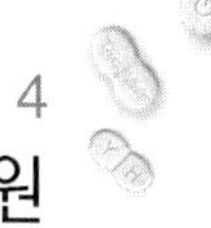

　어머니가 수화기 저편에서 한 순간 절규했다. 마음의 동요를 그다지 겉으로 드러내지 않는 탓에 때로는 지나치게 냉담한 사람이라고 오해받기 쉬운 어머니로서는 드물게 알기 쉬운 '리액션'이었다. "안 좋은 소식이 있는데."라는 말을 들었을 때 상상했던 모든 '안 좋은 사태' 중에 '아들이 당뇨병에 걸렸다'라는 변수가 포함되지 않았던 것만은 확실한 듯하다.

　양친은 모두 건재하지만 1시간 정도면 갈 수 있는 곳에 살고 있기 때문에 오히려 발걸음이 뜸해져서 좀처럼 본가에 가는 일도 없고 특별한 일이 없으면 전화도 하지 않는다. 어쩌다 연락해온 아들의 용건이 '당뇨로 입원하게 되었다'라면 온몸의 힘이 쭉 빠지는 것도 무리는 아닐 것이다.

"이상하네. 교이치는 마른 체형이고, 내 친정 쪽에도 아버지 쪽에도 그런 사람은 한 사람도 없는데…."

어머니는 그런 식으로 내 자신이 이상하게 생각했던 포인트들을 한동안 충실하게 되풀이한 뒤, 정말로 동정을 금할 수 없다는 듯한 말투로 이렇게 말했다.

"그런데 그게 큰일이야. 식사 말이야! 거의 아무 것도 못 먹는다며? 쿠라모치 씨네 남편도 그 왜 몇 년 전엔가 당뇨에 걸렸잖니? 그래서 밖에서는 메밀국수 정도밖에 먹을 수가 없어서 아주 불편하대."

요 며칠간의 독학으로 이미 식이요법의 기초를 어느 정도 이해한 나는 어머니의 그 말에 미묘한 짜증을 느꼈다. 메밀국수 정도밖에? '밖에'란 무엇을 기준으로 말하고 있는 것인가. 메밀도 양이 넘으면 칼로리 오버고, 거꾸로 돈가스정식이라도 적절한 양이라면 먹지 못할 것도 없다.

하지만 그런 일에 트집을 잡아봤자 소용없는 일이고, 실제로 외식을 하면서 이상적인 식이요법을 관철하는 것 자체가 상당히 어려운 일인 것은 사실이다. 외식 메뉴는 일반적으로 양이 너무 많고, 게다가 야채는 거의 섭취하지 못한다. 책에는 매회 식사에 '합계 약 100그램(요리하기 전의 무게를 기준)의 여러 가지 야채를 섞어서' 섭취하라고 적혀 있지만 일반적인 대중식당에서 그런 식사를 기대하기란 애당초 무리다. 시간적으로나 체력적으로나 도시락을 만들 여유까지는 없어서 월, 화요일과 점심식사에 한해 외식을 하고 있는 나는 그 사실을 절실하게 느끼고 있었다.

"어쨌든 자세한 결과가 나오면 다시 전화할게요."

대충 보고를 마치고 전화를 끊은 뒤, 나는 저녁식사의 흔적이 남아 있는 그릇들을 닦기 시작했다. 오늘도 회사에서 돌아와서 자취(自炊)를 했다. 〈당뇨병의 식사〉의 레시피를 보면서. 아침에도 평소보다 일찍 일어나 혼자서 '적절한 양의' 식사를 준비한다. 내가 만들어서 나 혼자 먹고 내 스스로 치운다. 그때마다 칼로리 양을 계산해가면서. 설거지를 끝내고 나서는 내일 아침용으로 100그램 정도의 생야채를 손질해둔다. 아침에 일어나서 전부 준비하려면 너무 바빠지기 때문이다.

전부 마치고 손을 닦았을 때는 10시가 넘어 있었다. 피로가 몰려온다. 홍차(당연히 설탕, 우유를 빼고)라도 마시면서 조금 쉬자고 생각했을 때, 문득 키친 카운터 위의 소쿠리 안에 담겨 있는 블루베리맛 웨하스가 눈에 띄었다. 꽤 오래 전에 먹다가 남긴 것으로, 요 몇 달 동안 그냥 방치되어 있었던 것이다. 그게 시야에 들어온 순간, 갑자기 단것이 너무 그리워져서 참을 수가 없게 되었다.

요 며칠, 혼자서 이렇게까지 열심히 했으니까 이것 하나 정도는 괜찮겠지. 나는 스스로에게 주는 상으로 웨하스의 포장을 뜯고 카운터 앞에 선 채 그것을 입안에 넣었다. 맛있다. 미칠 듯이 맛있다. 그다지 좋아하던 과자도 아니었는데 단맛이 입안에 퍼져가자 정신이 아득해질 정도의 쾌감이 전신을 달린다. 과자란 게 이렇게 맛있는 것이었던가!

혀 위에서 퍼지는 그 달콤함이 지금까지의 인생에서 먹었던 수많은 '달콤한 것'을 생각나게 한다. 그중에는 나츠가 가끔 만드는 과자도 포함되어 있다. 최근에는 회사 일이 너무 바빠서 거의 만들지 못하지만, 나는 나츠가 만드는 바나나케이크를 아주 좋아했다. 그걸 마지막으로 먹었던 게 언제였던가. 그리고 앞으로는 그것도 먹을 수 없게 되는 것인가.

그렇게 생각했을 때, 나는 절망적인 기분이 되어 그 자리에 털썩 주저앉아 울고 말았다. 서른이 넘은 남자가. 아내가 만드는 바나나케이크를 먹을 수 없다는 슬픔에.

긴장되어 있던 신경이 단맛의 효과로 풀어져서 갑자기 감정 컨트롤이 안 되게 되어버린 탓이리라. 그러나 한바탕 소리를 내어 울고 나니 기분이 맑아졌다. 언뜻 옆을 보니 미케마츠가 바로 곁에 오도카니 앉아서 나를 빤히 올려다보고 있다.

"열심히 할게. 열심히 할 거야. 나를 지켜봐줘."

나에게 닥쳐온 운명 같은 건 영원히 이해 못할 고양이를 향해 맹세를 하고 그 작은 얼굴에 내 뺨을 비볐다. 미케마츠는 싫은 듯 몸을 비틀며 빠져나가려고 바동거렸다.

다음날 밤, 나츠가 돌아왔다. 마추피추의 유적순례여행에 충분히 만족한 듯 기분이 아주 좋았다. 나는 잠시 '나쁜 소식'에 대해서는 한 마디도 않고 그녀의 여행담에 웃는 얼굴로 맞장구를 쳤다. 모처럼의 즐거운 기분에 찬물을 끼얹는 게 너무 미안해서 어디쯤에서 말을 꺼내야 하나 고민하고 있던 중, 여행선물에서 실마리를 발견했다. 남미 특유의 화려한 색으로 장식된 자그마한 수제 전통공예 주머니에 들어 있는 초콜릿. 나는 그것을 받아들고 고맙다는 말을 한 뒤, 이어서 이렇게 말했다.

"그런데 미안해, 이거 못 먹을지도 몰라…."

내가 진단결과를 말하자 나츠 역시 한 순간 말을 잃었다. 그러나 처음에 병원에 갈 것을 권유한 것은 나츠다. 잠시 떠오른 어두운 얼굴도 '역시…'라는 생각을 나타낸 것일 게다.

"미안해, 나만 즐거운 시간을 가져서. 당신 혼자 너무 괴로웠지? 입원까지 해야 된다니."

"그렇지만 입원은 어떻게 생각하면 오히려 편할 거야. 식사도 전부 준비해주니까. 퇴원하고 나서가 큰일이야. 나도 요 며칠 동안 공부는 했는데…."

나는 식이요법 독학을 위해 산 몇 권의 책을 가져와서 나츠에게 보여줬다. 그 안에는 일본 당뇨병학회가 편찬한 〈식품교환표〉도 있었다. 식이요법에 빼놓을 수 없다고 하는 '참고서'이다. 어떤 식품이 어느 정도의 양이면 '1단위'—즉 80킬로칼로리가 되는지, 그 기준이 일람표로 만들어져 있다. 예를 들어 사과라면 약 1/2개, 대구는 한 토막, 버터는 계량스푼으로 1작은술이라는 식이다.

"이걸 식품 종류별로 각각 '적절한 양'을 준비해서 식사를 만들지 않으면 안 돼. 솔직히 말해서 굉장히 힘들어."

"아, 감자류를 야채가 아니라 탄수화물로 취급하는 게 곤란하네."

원래 음식 만들기를 싫어하는 것도 아니고 시간만 있으면 집에서 바지런히 요리를 하는 타입인 나츠는 〈식품교환표〉를 잠깐 본 것만으로 이미 포인트를 파악하기 시작했다. 확실히 감자나 호박 등은 얼핏 보면 '야채'같지만 식이요법상으로는 흰쌀이나 빵과 마찬가지로, 이른바 주식主食으로 분류되어 있다. 감자 1개와 흰쌀밥 반 공기가 '똑같은' 것이다. 감자조림을 반찬으로 밥을 먹으려면 밥의 양을 그만큼 줄이지 않으면 안 된다는 말이다.

같은 부류로 분류된 식품들은 '단위'가 같으면 '교환'할 수가 있다. 돼지고기 어깨살 40그램과 닭고기 안심 80그램, 스파게티 20그램(건면으로)과 바게트빵 30그램은 서로 '교환'이 가능하다. 단, 돼지고기 어깨살과 스파게티는 분류가 다르므로 '교환'할 수 없다. 고기를 줄였다고 해서 그만큼 주식을 많이 먹어도 된다는 것은 아니다. 식품 '교환'표라는 이름은 그런 방식에 바탕을 두고 있다.

그리고 그것을 눈여겨보고 있으면 의외로 함정이 많다는 것을 알게 된다. 유제품인 치즈나 콩으로 만든 두부가 단백질을 많이 포함하고 있다는 이유로 육류로 분류된다든가, 청과상에서 팔고 있는 야채인 아보카도가 지질脂質을 많이 포함하고 있다는 이유로 식용유와 같은 분류로 되어 있다든가….

나츠는 그 하나하나에 놀라면서도 직감적으로 납득되는 부분도 많은 듯, 생각보다는 걱정하는 듯한 모습은 보이지 않았다.

"당신한테도 고생을 시키게 되겠지만, 가능한 혼자서 어떻게 해볼게."

"글쎄, 어쨌든 해봐야지 뭐."

"미안해, 이렇게 돼서. 다 내가 잘못해서 그런 거니까…."

"무슨 소릴 하는 거야. 벌어진 일은 어쩔 수 없잖아. 서로 힘을 합쳐서 열심히 해야지."

그렇게 요란스럽게 생각할 일도 아니다. 증세가 좋아지면 다시 바나나케이크를 먹을 수 있는 날이 올지도 모른다. 그렇게 말하며 나츠가 긍정적으로 명랑하게 받아들여준 덕분에 마음이 많이 가벼워졌다.

그러고 나서 나는 입원 첫날을 맞이했다.

시차 적응을 위해 이날 오전까지 휴가를 얻어뒀던 나츠가 그 시간을 이용해서 병원에 같이 와 주었다.

도립 신주쿠병원은 17층 규모의 거대한 종합병원이다. 그중 9층에서 15층까지가 병동으로 쓰이고 있다. 1층의 종합접수창구에서 간단한 입원수속을 마친 뒤, 나와 나츠는 11층의 내과병동으로 안내되었다. 담당 간호사 오오사키 씨는 체격은 작지만 뭔가 의지가 되는 박력 만점 아줌마 같은 분위기로, 그것만으로도 입원 첫 체험의 불안감이 꽤 완화되었다.

"여기가 데이룸, 여기에서는 오후 10시까지 텔레비전을 무료로 볼 수 있어요. 차를 타서 마실 수 있는 도구도 저쪽에 있고요. 냉장고에 음식을 넣을 때에는 본인의 이름을 적어두세요. 화장실은 저쪽, 목욕실은 이 통로로 똑바로 가면 오른쪽에 있습니다."

오오사키 씨가 숙달된 말투로 내과병동을 안내하고 있지만 그 말투가 너무 정연해서 오히려 정보가 머릿속에 입력되질 않는다. 그렇지만 그것은 아마 아직도 마음속 한구석으로는 입원한다는 사실을 다른 사람의 일처럼 느끼고 있기 때문일지도 모른다. 싫든 좋든 앞으로 한 달은 여기서 잠을 자고, 여기서 회사로 출근하지 않으면 안 되는 상황인데도 말이다.

나에게 배당된 5호실은 4인용 병실로, 세 개의 침대는 먼저 온 사람들로 차 있었다. 작은 보관함과 바퀴가 달린 협탁. 전용 텔레비전도 놓여 있지만 선불카드를 구입해야 볼 수 있다고 한다.

"귀중품 같은 것은 보관함에 넣어서 꼭 자물쇠를 채워주세요. 자물쇠는 아래층 매점에서 팔고 있어요. 실제로 도난사건이 많거든요. 여러 사람이 출입하니까요."

오오사키 씨는 거기까지 설명하고 사라져버렸다. 병동 내에 도난이 많다는 게 의외라고 생각했지만 실제로 출입 체크도 그다지 엄격하게 이루어지고 있는 것 같지 않았고, 무엇보다도 한 발만 밖으로 나가면 그곳은 가부키초 아닌가. 안전관리는 어디까지나 자기가 알아서, 라는 식이다.

나츠와 함께 같은 병실의 사람들에게 잘 부탁한다고 인사를 하고 있는 도중, 주치의인 다치바나 선생이 그 큰 덩치를 흔들면서 들어왔다.

"가타세 씨, 자~알 오셨습니다."

부러 농담을 하는 건가. 참으로 양성적陽性的인 사람이다. 덕분에 이쪽의 기분도 편해진다. 영업 쪽으로는 익숙한 나츠가 즉시 만면에 웃음을 띠고 "당분간 신세를 지겠습니다."하고 머리를 숙인다.

"오늘부터 입원입니다만, 지난번 채혈과 채뇨의 결과가 나왔는데 지금 괜찮으십니까?"

혈당치를 조사하는 것뿐이라면 그 자리에서의 간단한 검사로 곧 알 수 있지만 그 외의 몇 가지의 수치는 전문 검사기관에 샘플을 보내어 결과가 돌아오기를 기다리지 않으면 안 된다. 눈앞에 놓인 감열지感熱紙

에는 'WBC'라든가 'HCT' 등 익숙지 않은 항목이 여러 가지 보인다. 다 치바나 선생이 그중 몇 개인가를 손가락으로 가리키면서 해설한다.

"네, 여기를 봐주세요. 헤모글로빈 A1c라는 게 있죠? 이게 13.8! 이 건 무서운 수치입니다. 건강한 사람은 이게 5.5 이하입니다. 얼마나 엄청난 수치인지 아시겠습니까?"

헤모글로빈 A1c, 또는 '글리코헤모글로빈'이라고 하는 이 지표는 이후로도 지겨우리만치 나를 따라다녔다. 이것은 '과거 1, 2개월간의 혈당의 평균을 나타내는 수치'라고 할 수 있다. 혈당치 그 자체는 직전에 먹은 것이 무엇이었는지, 어느 정도의 양이었는지, 또 식후 어느 정도의 시간이 지났는지 등의 조건에 따라 꽤 달라진다. 그러나 '평균치'는 그렇지 않다. 만약 검사하기 전날과 당일만 절도를 지킨 식생활을 한다고 해도 이 평균치를 보면 다 드러나게 되는 것이다.

초봄부터 만성적인 고혈당 상태였던 나는 그 헤모글로빈 A1c가 믿기 어려울 정도로 높아져 있었던 것이다.

"소변 말인데요, 당이 나오고 있네요. 케톤체도 +2가 되어 있어요. 이게 나오면 아주 좋지 않은 거예요."

케톤체라는 것은 영양상태가 아주 나쁘거나 할 때 소변에 섞여 나오는 물질이다. 오히려 영양과다상태일 당뇨병 환자에게서 이런 것이 나온다는 게 뜻밖이라고 생각할 수도 있지만, 인슐린 분비가 불량하다는 것은 결국 혈관에 흡수된 당이 에너지로 이용되지 않고 있는 상태인 것이다. 말하자면, 아무리 먹어도 '영양'이 되지 않는다. 그것을 보충하기 위해 체내에 축적된 지방 등을 소비해버리는 것이다.

당뇨병이 악화되면 오히려 '살이 빠지는 것'은 바로 이 때문이다. 실제로 나는 봄부터 수개월 동안 10킬로그램 이상 체중이 줄었고, 지하철역 계단을 오르내리는 것조차 힘들게 느껴질 정도로 근력도 떨어져 있었다. 엉덩이의 살도 거의 없어서 영화관 같은 곳에서 오랜 시간 앉아 있는 게 힘들 정도였다.

"괜찮습니다. 지금은 빼빼 말랐지만 입원 중에 혈당 컨트롤을 잘 하면 다시 조금씩 살이 붙을 겁니다."

다치바나 선생은 나를 격려하듯이 그렇게 말했다. 이 사람이 말하면 무조건적으로 '믿어도 되겠지'라는 생각이 드는 게 신기하다.

"다만, 가타세 씨의 '형形'이 무엇인지는 아직 모릅니다. 그건 입원중의 경과 관찰이라든가 상세한 검사 같은 것을 거치지 않으면 판정할 수가 없습니다. 압도적으로 많은 것은 2형입니다만 1형도 돌발적으로 발병하는 경우가 있으니까, 그 점에 대해서는 아직 뭐라고 말씀드릴 수 없습니다."

제1형 당뇨병과 제2형 당뇨병에 관해서는 이미 공부해두었다.

일본에서 일반적으로 '당뇨병'이라고 불리는 사람들 중 95%는 '2형'

으로, 이것은 간단히 말해 잘못된 식생활 등이 원인이 되어 췌장이 과로해서 발병하는 것이다. 완치는 거의 바랄 수 없다 해도 식이요법이나 운동요법을 계속 해가면서 췌장을 보살피면 증상의 개선은 바랄 수 있다. 또 이 '2형'은 유전적 요인이 비교적 큰 것으로 알려져 있다. 2형 당뇨병에 걸린 부모를 가진 사람이라고 해서 꼭 2형 당뇨병에 걸리는 것은 아니지만, 당뇨가 되기 쉬운 인자를 물려받았을 가능성이 높다.

한편 압도적 소수파인 제1형은 한때는 '인슐린 의존형 당뇨병'이라고 불리던 것으로, 유전과의 관계는 확인되지 않고 있다. 바이러스 감염 등 우발적인 요인에 의해 자가면역반응이 일어나 췌장의 랑게르한스섬*에 있는 베타세포라는 세포군細胞群이 불가역적不可逆的으로 파괴되어서 발병한다. 1형이 되면 이미 자기 힘으로는 거의, 또는 일절 인슐린을 분비할 수 없게 되기 때문에 언제나, 그리고 죽을 때까지 인슐린을 외부로부터 계속 투여하지 않으면 안 된다. 즉 인슐린주사다.

이 1형은 아동기에 발병하는 케이스가 많기 때문에 '소아당뇨병'이라고 불리던 시기도 있었다. 인슐린주사를 맞고 있는 아이들의 경우 대부분 1형 당뇨병 환자일 것이다. 아이가 너무 먹어대니까 그렇게 되지, 라고 그 자리에서 단정 짓는 것은 가혹한 일이다. 그 아이가 병에 걸린

＊랑게르한스Langarharns 섬 : 췌장에서 인슐린을 분비하는 세포군.

것은 그 아이의 책임이 아니니까. 그러나 최근에는 불균형한 식생활에 의해 아이들이 2형 당뇨병에 걸리는 케이스도 늘어나고 있다고 한다.

또한 최근 들어 1형 당뇨병을 '인슐린 의존형'이라고 부르는 관례가 사라진 것은 치료 실정의 변화 때문이다. 2형 환자라도 증상에 따라서는 우선 인슐린을 투여해서 췌장을 '쉬게 하는 것'을 우선하는 경우가 있다. 인슐린을 사용한다고 해서 무조건 1형이라고만은 할 수 없다는 얘기다. 그리고 비교적 어린 시절에 발병하는 일이 많은 1형도 실제로는 모든 연령층에서의 발병 예가 있기 때문에 최근에는 '소아당뇨병'이란 호칭도 사용을 피하는 경향이 있다고 한다.

어쨌든 나의 경우는 아직 그 1형과 2형 중 어느 쪽인지 알 수가 없다고 한다. 비교적 갑작스럽게 발병했다는 것, 원래 마른 체형이라는 것, 가족 중 당뇨병 환자가 있었던 적이 없다는 것 등을 종합적으로 생각하면 1형일 가능성도 부정할 수는 없다. 만일 그렇다면, 앞으로 일생 동안 계속해서 인슐린을 투여하지 않으면 안 된다. 생각만 해도 기분이 어두워진다. 결과가 나올 때까지 당분간 그런 생각은 덮어두자고 마음먹었다.

"그럼 쉬어. 될 수 있는 대로 시간 내서 면회 올게."

11시경, 그렇게 말하고 나츠는 회사로 갔다.

혼자가 되어버리니 무서울 정도로 할 일이 없다. 첫날인 오늘은 하루

휴가를 받아서 왔기 때문에 싫어도 이대로 병실에서 지낼 수밖에 없다. 같은 병실의 사람들은 서로에게 무관심해서 잡담도 안 하는 것 같다. 우선 집에서 잔뜩 가져온 책이라도 읽으려고 했을 때, 오오사키 씨가 불렀다.

"가타세 씨, 혈당 측정하고 인슐린주사를 맞아야 하니까 손을 깨끗이 씻고 이쪽으로 와주세요!"

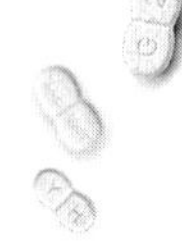

5

피를 짜내다

너스센터의 한 귀퉁이에 테이블과 의자가 놓여 있고 이미 몇 사람의 환자가 혈당측정을 하고 있다. 여기는 내과병동이므로 환자들의 입원 사유도 다양하다. 간장병 환자도 있고, 신장병 환자도 있다. 그러나 혈당측정이 필요한 것은 당뇨병뿐이므로 지금 여기에 있는 사람들은 아마도 같은 병일 것이다.

"96입니다."

"네, 구와바라 마코토 씨, 96."

환자가 읽은 혈당치를 간호사가 복창하고 노트에 적는다. 테이블 위에는 뭔가 무시무시한 바늘처럼 생긴 것이 가득 들어 있는 상자가 놓여 있다. 나는 조금 주눅이 들어서 시키는 대로 동그란 의자에 앉아 지시를 기다렸다.

"지금부터 혈당치를 측정하고 인슐린을 주사하겠습니다. 이 작업은 앞으로 하루에 세 번씩, 식사하기 30분쯤 전에 직접 하셔야 하니까 방법을 잘 기억해두세요."

인슐린에도 여러 가지 종류가 있으며 하루에 맞는 횟수도 처방에 따라 틀리지만, 내 경우에는 매끼 식전에 한 번씩 주사하는 속효성 타입의 인슐린이 처방되어 있다. 그리고 그것을 투여하기 전에 반드시 혈당치를 재지 않으면 안 된다. 식전 혈당치가 몇인가에 따라서 주사하는 인슐린의 양도 틀려지기 때문이다.

혈당측정은 손바닥만한 크기의 작은 측정기를 사용한다. 이것은 처음에 다치바나 선생에게 진료를 받았을 때 이미 경험했던 것이다. 다만 그때는 다치바나 선생이 내 손을 잡고 해주었기 때문에 그 뒤로도 의사나 간호사가 해줄 것이라고 막연하게 생각하고 있었지만, 여기에서는 스스로 하지 않으면 안 되는 것이었다.

혈당치를 재기 위해서는 우선 피를 뽑지 않으면 안 된다. 피부에 대기만 해도 정확한 값을 측정할 수 있는 기구가 있으면 좋으련만. 다치바나 선생도 "만약 그런 기술을 개발할 수 있다면 의료계의 빌 게이츠가 될 수 있어요."라고 했었지만, 현재까지 그런 기술은 없다는 게 현실이다. 그래서 그때그때 피를 뽑지 않으면 안 되는 것이다.

순서는 우선 천공기穿孔機라고 불리는 펜 모양의 기구에 1회용 채혈침을 장착한다. 그 한편으로 측정기에 역시 1회용인 전극 칩을 끼워 넣는다. 이 측정기는 전극을 투입하면 전원이 들어오는 구조인데, 그대로 방치해두면 얼마 안 있어 자동적으로 전원이 약해지므로 이후의 작업은 가능한 신속히 해야 할 필요가 있다.

천공기의 끝을 손가락 끝에 대고 단추를 누르면 내부의 용수철장치에 의해 바늘이 튀어나와 피부에 작은 구멍을 내는데, 이게 꽤 아프다. 구멍이 나면 그 주변을 가볍게 눌러서 피를 짜낸다. 적어도 쌀알 크기 정도가 될 때까지 짜지 않으면 정확한 측정을 할 수 없다. 그 핏방울을 전극에 묻히면 모세관현상에 의해 피가 측정기 속으로 빨려 들어가고, 그대로 30초쯤 기다리면 측정기의 디스플레이에 숫자가 표시된다. 그것이 그 시점의 혈당치다.

그 다음은 드디어 인슐린주사다. 주사라고 해도 그때마다 약병에서 주사기로 약물을 뽑아내는 식은 아니다. 뚜껑이 붙어 있는 이 전용 주사기는 얼핏 보면 펜이나 굵은 사인펜처럼 보이며, 그 안에는 매번 주사침만 바꿔가면서 몇 번 정도를 반복해서 쓸 수 있을 만큼의 약액이 들어 있다. 아랫부분에 다이얼식 눈금이 있어서 그것을 필요한 만큼 돌린 뒤에 엄지손가락으로 밑동을 누르면 눈금으로 지정한 만큼의 약물이 바늘 끝에서 방출되는 구조이다.

식이요법에서 말하는 '단위'(80킬로칼로리)와 부르는 이름이 같아서 혼동하기 십상이지만 인슐린도 흔히 1밀리그램을 '1단위'라고 부르며, 하나의 주사기에는 300단위(즉 300밀리그램)의 양이 들어 있다. 내가 한 번에 투여하는 양은 4단위에서 8단위 정도이니, 주사기 하나에 들어 있는 양으로 꽤 여러 날을 쓸 수 있는 셈이다.

여기에 1회용 주사침을 끼우고 우선 눈금을 '2'(즉 2단위)에 맞춘 뒤에 허공에 대고 시험적으로 주사침을 누른다. 이는 기포가 섞여 들어가는 것을 피하기 위해서이기도 하고, 만에 하나 주사침이나 주사기에 문제가 생겨서 필요한 양만큼의 약액이 나오지 않는다든가 하는 사고를 미연에 방지하기 위해서이기도 하다. 문제가 없으면 다시 처방에 맞게 다이얼을 맞춘다.

주사침을 찌르는 위치는 의외로 하복부이다. '주사를 놓는다'고 하면 왠지 무조건적으로 팔뚝에 바늘을 찌르는 그림이 연상되지만 인슐린주사의 경우엔 일반적으로 배꼽 근처에 놓는다. 피하지방이 있어서 흡수되기 쉽고 비교적 통점痛點이 적은 부위이기 때문이라고 한다. 실제로, 겁을 먹은 채 조금 떨면서 주사침을 찔러 보았지만 아픔은 거의 느껴지지 않았다. 오히려 천공기로 손가락을 찌를 때가 훨씬 아프다.

다만, 매일 해야 하기에 언제나 같은 부위를 찌르면 피부가 점점 굳어져가게 된다. 가능한 조금씩 위치를 바꿔가며 로테이션 해야 한다.

천공기로 찌르는 손가락도 마찬가지다. 오른 손으로는 작업을 해야 하니까 피를 짜내는 손가락은 왼손이 되는데, 이 또한 집게손가락에서부터 새끼손가락까지를 매번 바꿔가는 게 좋다고 한다.

작업은 이 정도이지만 이 과정 하나하나에 감염을 방지하기 위한 자질구레한 절차가 따른다. 손가락이나 하복부를 알코올 솜으로 소독하는 것은 물론, 사용하고 난 주사침과 전극 등의 의료폐기물을 적절히 처분하는 것도 꽤 까다로운 일이다. 익숙해지기 전에는 이것만으로도 7, 8분은 걸린다. 식사 때마다 이 짓을 해야 하나, 하고 생각하자 조금은 기운이 빠져버렸다.

입원 후 처음으로 측정한 혈당치는 285, 맞은 인슐린은 8단위였다. 과연 이것이 하복부의 피하지방에서부터 전신으로 퍼져가며 높아진 혈당치를 내려줄 것인가? 이 무색투명한 물 같은 액체가?

병실에서 30분정도 책을 읽고 있으니 정각 12시쯤에 식사가 왔다. 특별히 컨디션이 나쁜 것은 아니었지만 별달리 먹을 만한 장소도 없었기에 별 수 없이 침대로 올라가 오버테이블을 펼치고 그 위에 식사를 올려놓았다. 소문으로만 듣던 병원식사, 과연 어떤 것일까?

'가타세 교이치 님. 처방 칼로리 1800'이라고 적힌 명찰이 쟁반 위에 있다. 그렇다, 다치바나 선생이 처방한 칼로리는 내가 혼자 계산해서 산출했던 '1600킬로칼로리'보다 200이나 많았다. 단순히 3등분하면 한 끼에 600은 먹을 수 있다.

그 내용을 보면 좀 큰 듯한 그릇에 가볍게 담은 밥 한 그릇, 데미그라스소스에 푹 익힌 작은 햄버거, 삶은 감자요리 약간, 브로콜리 등의 삶은 야채와 미모사샐러드(드레싱은 매실맛의 오일 프리), 야채절임 약간에 바나나가 반 토막. 의외로 양이 많다는 게 솔직한 느낌이었다. 소문으로만 듣고 상상했던 맛없는 식사보다는 반찬의 종류도 풍부했고, 게다가 햄버거라니, 파격 서비스 아닌가.

그러나 이것을 다 먹고 나면 6시의 저녁식사까지는 아무 것도 먹을 수 없다. 나는 평소보다 훨씬 시간을 들여 천천히 음미하듯이, 그것을 남김없이 먹었다. 실제로 '천천히 잘 씹어 먹는 것'은 식이요법에서도 장려되고 있다. 펑펑 쓸어 담듯이 먹으면 혈당치의 급격한 상승을 유도할 뿐 아니라, 만복중추滿腹中樞가 신호를 보낼 때까지 시차가 발생하기 때문에 '아직 모자라다'고 느껴서 결국 필요이상으로 더 먹어버리게 되는 경우가 있기 때문이다.

꽤 천천히 식사를 즐겼다고 생각했지만, 그래도 아직 1시도 되지 않았다. 심심하다 보니 무심코 담배를 피우고 싶어졌으나 병동 내에서는 당연히 금연인 데다가 나 자신도 '입원과 동시에 금연'을 결심했었기 때문에 담배는 아예 가져오지도 않았다. 다치바나 선생도 용납할 리가 없다. 흡연 그 자체가 당뇨병을 악화시키는 것은 아니지만, 당뇨병이 되면 동맥경화 등을 일으키기 쉽기 때문에 흡연은 엄격하게 금지되고 있는 것이다.

나는 데이룸에서 인스턴트커피(물론 설탕, 크림은 빼고)를 타서 꿀꺽꿀꺽 마시는 것으로 기분을 달랬다.

또 하나의 문제는 남아도는 시간을 어떻게 처리하느냐 하는 것이다. 책만 읽고 있으면 머지않아 그것도 질리게 될 것이다. 텔레비전은 원래 거의 보지 않는다. 데이룸에는—무슨 이유에서인지 대량의 오오사와 아리마사*의 책과 함께—만화도 있었지만 대충 훑어보니 별로 좋아하지 않는 라인업뿐이었다.

사실은 집필중인 소설의 작업을 계속하고 싶었다. 아리사에게 건넨 〈이지리 사진관〉 이후로도 나는 계속 장편소설을 쓰고 있었던 것이다. 내일부터는 여기에서 출근해야 하지만 회사가 바로 옆 건물이므로 통근시간은 고작해야 몇 분 정도. 집안일도 할 필요가 없다. 오히려 평소에는 좀처럼 빼내기 어려웠던 집필시간을 확보할 수 있는 절호의 찬스가 아닌가. 그러나 병실에 컴퓨터를 가져올 수는 없다. 오오사키 씨에게서 받은 '입원생활 안내'에도 '병동 내에서는 전자기기를 사용할 수 없다'고 명기되어 있다.

---

* 오오사와 아리마사(1956~) : 하드보일드소설 및 추리소설 작가. '신주쿠사메'라는 경찰소설시리즈로 유명하다.

그래도 나는 미련을 버리지 못하고 포켓사이즈의 휴대용 단말기를 가져왔다. 아무래도 본격적인 컴퓨터에는 크게 못 미치지만, 그래도 콩알만한 키보드도 붙어 있고 휴대전화에 접속하면 메일 송수신도 가능한 대용품이다. 입원 중에는 이걸 사용해서 써 놓고, 나중에 컴퓨터에 데이터를 옮기면 된다. 휴대전화와 접속만 안 하면 이쯤은 병실에서 사용해도 별 문제가 없지 않을까.

그렇게 생각한 나는 오오사키 씨에게 솔직하게 물어보기로 했다. 그러나 그녀의 대답은 신통치 않은 것이었다.

"그래도 그건 전자기기잖아요…."

"그건 그렇지만, 휴대전화에 접속해서 문자를 보낸다든가 그런 건 안 할 테니까요. 그냥 글만 쓸 뿐입니다. 그래도 안 되나요?"

"…괜찮다고는 할 수 없네요."

이 답답한 아줌마야! 라고 소리치고 싶은 기분을 겨우 억누르고 돌아와서 우울한 기분으로 병실에서 책을 읽고 있었다. 그런데 맞은편 침대에 있던 다테야마 씨가 검은색 캐리어케이스에서 유유히 노트북 컴퓨터를 꺼내더니 당당하게 오버테이블 위에 올려놓고 전원을 넣는 게 아닌가. 이런 비상식적인, 하며 나도 모르게 쳐다보고 있는데 절묘한 타이밍으로 그의 담당 간호사가 나타났다. 검사 스케줄을 전하러 온 모양이었다.

그런데 그 조금 귀여운 생김새의 젊은 간호사는 컴퓨터를 보고서도 태연할 뿐 아니라, 오히려 "아, 이 기종, 제가 얼마 전에 산 것과 같은 건데요!"라며 잡담을 나누는 것이었다.

이봐, 이봐, 주의를 줘야지!

"그래요? 나도 말이지, 사무실에서 엑셀을 사용하는데 아직 잘 모르겠단 말이에요. 이 기회에 공부라도 할까 하고."

"어머, 그러세요? 저도 산지 얼마 안돼서 메일 설정도 아직 안 했어요."

"어, 그럼 설정하면 어드레스 가르쳐줘요."

"그럴까요?"

결국 그녀는 그 남자가 명백히 '전자기기를 사용'하고 있다는 부분에 대해서는 아무런 이의를 제기하지 않은 채 용건만 마치고는 냉큼 돌아가 버렸다. 그런 걸 보고 있자니 정직하게 상담한 내가 바보 같았던 게 아닌가 하는 생각이 든다.

'괜찮다고는 할 수 없습니다'라는 오오사키 씨의 말은 잘 생각해 보면 의미심장한 부분이 있다. 정면에 대고 '괜찮습니까?'라고 물으면 입장상 '괜찮다고는 할 수 없다'라고 할 수밖에 없지만, 아무 말 없이 하는 것은 '못 본 걸로 친다'. 그건 어쩌면 그런 뜻을 내포한 말이 아니었을까?

뭔가 석연치 않은 느낌이지만 어쨌든 그 간호사에 대해 한 가지 감탄한 점이 있다. "어드레스 가르쳐줘요."라는 말에 "그럴게요."라고 대답하지 않은 점이다. "그럴까요?"로는 문답이 성립되었다고 볼 수 없다. 아무렴, 환자의 그런 요청에 일일이 응하다가는 아무것도 할 수 없게 될 것이다.

무료함을 주체할 수 없어서 엘리베이터를 타고 1층에 내려가 보기로 했다. 병원 내에서 서성대는 것은 자유이므로 별 문제가 없다. 1층에는 매점이 있는데 신문, 잡지, 음료수, 과자부터 약간의 생활잡화까지 웬만한 것은 다 준비되어 있다. 아마 외래 내원객보다는 입원환자를 위한 가게일 것이다. 나는 거기서 오오사키 씨의 충고대로 보관함에 설치할 자물쇠를 사고, 통로 저쪽으로 더 가보았다.

외래환자를 위한 넓은 대합실 저편에 커다란 담배 마크가 있다. 흡연실이다. 순간적으로 다가온 유혹의 손길을 뿌리치고 창밖을 보니 몇 명의 환자들이 밖에 나와 있다. 환자라는 것을 금세 알 수 있었던 것은 모두 나처럼 편한 운동복차림 같은 옷으로, 지금 입고 있는 그대로 침대에 누워도 무방한 차림들을 하고 있기 때문이다. 그중에는 링거주사가 연결되어 있는 보행기에 기대어 서 있는 사람도 있다. 나도 나가보기로 했다.

출입구에 있는 자동문 앞에는 딱딱한 표정의 경비원이 서 있었지만,

내가 그 옆을 지나쳐도 아무 말도 하지 않는다. 엄밀하게는 이것도 '외출'에 해당되겠지만 잠깐 바깥 공기를 쐬는 정도는 봐주는 것 같다. 그렇게 해서 담배를 피우거나 휴대전화로 문자를 보내거나 하고 있는 환자들과 나란히 섞여 앉은 순간, 문득 깨달은 것이 있었다.

그렇구나, 이게 그것이었구나!

근무처가 요 바로 옆인 나는 퇴근할 때 가끔 이 병원 앞을 지나다니고 있었다. 그럴 때면 병원 건물 바로 앞에 망자亡者의 무리처럼 줄지어 서 있는 패기 없는 잠옷차림의 사람들이 간혹 눈에 띄어서, 저 사람들은 도대체 뭘 하고 있는 걸까 하며 이상하게 여기곤 했던 것이다. 지금, 입장이 바뀌어 본인이 통행인들로부터 그렇게 이상하게 '보이는' 측이 되어버렸다는 생각이 들자 뭐라 말할 수 없는 이상한 기분이 되었다.

그런 식으로 긴 오후시간을 겨우 보내고 오후 5시 15분에 다시 너스센터로 가 혈당측정을 하고 인슐린주사를 맞았다. 혈당치는 120. 과연 낮에 맞은 인슐린이 즉시 효과를 낸 모양이다. 저녁식사는 6시로 비교적 빠르지만, 별로 몸을 움직인 것도 아닌데 역시 상당한 공복감을 느꼈다. 이 정도의 양에 익숙해지지 않으면 안 되는 것이다.

소등은 오후 10시지만 고지식하게 그 시간에 이불을 덮고 자는 환자는 거의 없다. 병실의 전등은 꺼지지만 침상 옆의 램프를 켜두는 건 상관없는 모양이다. 나는 원래 '베개가 바뀌면 잠들지 못하는 체질'이라

한참을 더 책을 읽고 있다가 12시쯤 병실을 살펴보러 온 간호사로부터 "이제는 주무세요."하고 주의를 받았다.

얌전히 책을 덮고 램프를 끈 뒤 눈을 감았지만 좀처럼 잠이 오지를 않았다. 익숙하지 않은 상황이라는 이유도 있지만, 어딘가의 병실에서 단속적으로 들려오는 낮은 신음소리가 너무 신경 쓰이는 것이다. 어딘가가 아픈 건지 아니면 습관적으로 그러는 건지, 우우… 우우… 하고 끝없이 계속되고 있다. 그런가 하면 또 다른 병실에서는 단말마의 비명 같은 소리도 가끔 들려온다.

"컥, 크~으, 커억, 카~아악, 펫!"

최후에 '펫!'하고 내지르는 대목을 보면 목에 걸린 가래를 뱉어내고 있는 소리 같다. 그렇다고 해도 상당히 과격한 소리다. 병동 전체에 울려 퍼지고 있다. 저런 소리에도 불구하고 다들 잘만 자는 게 신기하다.

나는 한쪽 귀를 베개에 대고 안 들린다, 안 들린다, 라고 자기최면을 걸면서 눈꺼풀에 졸음이 찾아들기만을 기다렸다.

6

충실한 생활

　사람은 의외로 금세 환경에 익숙해진다. 입원생활도 4, 5일이 지나자 아주 오래 전부터 그렇게 살고 있었던 것처럼 특유의 리듬이 몸에 붙었다.

　아침 6시가 되면 간호사가 "안녕히 주무셨어요!"하며 무조건 깨워 일으킨다. 일어나면 곧바로 체중과 혈압을 재고 세수와 면도를 마친다. 7시 15분 정도부터 혈당측정과 인슐린주사. 8시에 아침식사. 그게 끝날 무렵이면 다치바나 선생이 담당 환자의 병실을 돌면서 간단한 진료를 한다. 다른 사람들은 그 후에 한가로이 지낼 수 있지만, 출근을 해야 하는 나는 꽤 바쁘다. 이를 닦고 옷장에 걸려 있는 양복으로 갈아입고 '외출허가서'를 쓸 무렵이면 거의 출근시간이 되어 있다. 그렇다고 해도 바로 옆 건물이므로 엘리베이터로 내려갔다가 다시 올라가면 그뿐이다.

그리고 11시 15분까지 평상시와 다름없이 회사에서 일을 하고 나서 인슐린주사와 점심식사를 위해 일단 병실로 돌아온다. 점심 후에는 다시 외출허가서를 쓰고 회사에 가서 퇴근시간인 오후 5시 30분 조금 전에 "먼저 실례하겠습니다."라고 말한 뒤 사무실을 나선다. 물론 6시부터의 저녁식사에 대비한 혈당측정과 주사를 위해서이다.

내 경우, 인슐린주사는 꼭 식사와 세트로 되어 있고 주사를 맞는 타이밍은 식사 시작 30분 정도 전이 제일 적당하다고 한다. 그리고 주사를 맞고 나면 식사가 끝날 때까지는 함부로 돌아다니면 안 된다.

먹은 게 소화되어 혈당치가 높아지기 시작하기까지는 30분 정도가 걸린다. 그리고 인슐린은 체내에 흡수되고 30분 정도가 지난 뒤부터 효과를 발휘하기 시작하여 1~2시간 사이에 최고점에 달한다. 투여시간이 '식전 30분'으로 정해져 있는 것은 혈당치가 높아지는 시점을 중점적으로 공략하기 위해서이다. 투여가 너무 늦으면 혈당치의 피크타임에 맞추기가 어렵고, 거꾸로 너무 빠르면 혈당치가 상승하기도 전에 필요 이상으로 혈당치를 낮추게 된다.

인슐린을 사용하는 치료에서 가장 유의해야 할 것이 바로 이 상태다. 혈당치가 급격히 내려가는 것을 '저혈당'이라고 부르며 일반적으로는 빈혈과 비슷한 증상이 나타난다. 심한 경우에는 그대로 의식을 잃고 혼수상태에 빠지거나 사망할 위험도 있다. 주사를 맞은 후에 함부로 돌아다니지 말라는 것은 몸을 움직임으로 해서 에너지가 소비되어 혈당치가 내려가는 현상에 인슐린에 의한 효과가 겹쳐서 '저혈당' 상태에 빠지지 않게 하기 위해서이다.

물론 이것은 인슐린주사만의 경우가 아니라, '경구혈당강하제經口血糖降下劑'라고 불리는 정제를 복용하고 있는 환자에게도 부작용으로 인해 저혈당 증상이 발생하는 경우가 있다. 당뇨병 환자들이 사탕 등의 단것을 갖고 다닌다는 말을 듣고 줄곧 이상하게 생각했었는데 이제야 그 수수께끼가 풀렸다. 단것은 금기시해야 할 환자가 왜 사탕을? 그 이유는 외출 중에 갑자기 저혈당 증상이 나타났을 때를 대비하기 위해서인 것이다.

만일 그런 목적으로 뭔가 단것을 휴대하고자 한다면 사탕은 그다지 '적절하지 못하다'라고 다치바나 선생이 말한 적이 있다. 저혈당은 불시에 급격하게 덮쳐오므로 그 시점에서는 가급적 신속하게 당분을 체내에 흡수시킬 필요가 있다. 그러나 사탕은 입안에서 녹는데 시간이 걸리므로 늦을 염려가 있는 것이다. 가장 좋은 것은 병원에서 처방하는 포도당 정제지만, 그게 없을 경우에는 설탕시럽이나 단맛이 있는 주스도 좋다고 한다.

단, 나는 아직 그 저혈당이라는 것을 경험한 적이 없어서인지 아무래도 이해가 잘 안 된다. 책에는 저혈당이 일어나면 '이상한 행동이나 언동’을 하게 된다고 적혀 있지만, ‘이상’이라는 것은 무엇을 기준으로 판단해야 하는 것인가? 스스로 ‘이거 이상한데’라고 판단할 수 있는 걸까. 저혈당의 심각함을 제대로 느끼지 못해본 나로서는 주사를 맞고 나서 식사가 시작될 때까지 30분 동안 그저 가만히 있어야 한다는 게 아무래도 소용없는 일처럼 생각된다.

그러나 그밖에는 익숙해지고 나면 그렇게 불편한 것도 없는 입원생활이다. 예를 들어 욕실은 원래 오후 2시에서 5시 사이에 예약을 해야 사용할 수 있으며 그때마다 밖에 이름을 써두지 않으면 안 되지만, 그 시간대에 직장에 나가 있는 나는 특별 배려를 받아서 저녁식사 후에 사용해도 좋게끔 되어 있다. 소설을 쓸 수 없다는 게 유감이지만, 그렇다면 병실에서의 남아돌아가는 시간을 극력 유용하게 활용할 수밖에 없다. 나츠에게 NHK의 ‘TV 프랑스어 회화’ 교재와 전부터 제대로 한번 읽으려고 생각하고 있었던 영어서적 등을 가져오도록 부탁해서 전자기기를 사용하지 않으면서 앉아서 할 수 있는 일은 무엇이든지 하려고 했다. 덕분에 따분함을 느끼는 일은 거의 없었다.

“아, 지난번에, 그 후에 괜찮으셨어요?”

낮에 회사 복도에서 히가시노 아리사와 마주쳤다. 층이 다르다 보니 ‘종음주연’의 밤 이후로 얼굴을 마주한 게 처음이다. 어쨌든 일단은 ‘입원 중'인 처지에 술친구와 이렇게 아무렇지도 않게 이야기를 나누고 있자니 묘한 기분이 든다.

"야아, 간신히 살아났다고나 해야 할까. 동네의 역 앞에서 노숙자처럼 웅크리고 자고 있었지 뭐야."

"역시… 우려했던 대로였군요. 계포일낙季布一諾이라 개찰구까지는 어떻게 모셔갔지만…."

그 부분은 전혀 기억에 없다. 아리사에 의하면 나는 12시가 넘자마자 예고도 없이 테이블 위에 엎어져 곯아떨어지고 말았고, 아리사는 그런 나를 억지로 끌고 역까지 연행하듯 끌고 갔다는 것이다. "안경이, 안경이…."라며 부르짖는 나의 호소는 '마음을 독하게 먹고' 각하却下했다고 한다. 거기서 돌아갔다간 또 주저앉아버려서 틀림없이 마지막 전철을 놓치게 될 거라고 생각했기 때문이란다.

"저도 심한 명정酩酊 상태였기 때문에 이러다가 자신도 실행失行할까 싶기도 했고요."

"그렇지만, 뭐 그렇게까지 꼭 마지막 전철을 고집할 필요는…."

"선배, 사불여의事不如意하니 자강불식自强不息입니다."

또 알쏭달쏭한 말을 한다.

"그렇게 되면 제동장치가 없지 않습니까? 이렇게 두주불사斗酒不辭하는 제가 별 트러블 없이 오늘날까지 무사하게 살아온 것은 '마지막 전철을 타고 집에 돌아간다'는 철칙을 지켜왔기 때문이란 말씀입니다."

"흐음, 자기규칙이란 건가?"

"네, 자기규칙. 이거, 중요한 거예요, 선배. 명심불망銘心不忘하시기 바랍니다."

그러고 보면 아리사와 함께 마실 때 마지막 전철을 놓친 일은 의외로 지금까지 한 번도 없었다. 일견 파격적으로 보이는 아리사도 그런 식으로 스스로를 엄하게 다스리고 있었던 것이다. 새삼스럽게 면목이 없어져서 저절로 목이 움츠러들었다.

"그런데 그 후에 선배, 은행 근처에서 대자로 누워버린 것은 기억에 없으시고?"

"으응… 전혀 기억나지 않는데. 아, 그래서 그런가? 머리에 혹이….."

"네, 그때 그랬을 거예요, 아마. '꽝' 하고 요란한 소리가 났거든요. 그렇지만요, 그 당시의 선배는 '넘어졌다'기보다는 '여기서 자자'라는 명료한 의지를 갖고 계셨어요. '안 돼요, 이런 데서 자면'하고 제가 말해도 '괜찮아, 괜찮아' 하셨어요. 뭐가 괜찮다는 건지."

아리사는 그렇게 말하면서 웃었다.

"그렇게 눕고 나더니 선배는 마치 '이제 아무런 미련도 없어'라는 듯이 만족한 얼굴을 하고 계셨어요. 아주 편안하게 웃는 얼굴이었지요….."

안경은 그 후 '브루터스'에서 무사히 회수했지만 이제 그곳에서 미친 듯이 춤추는 일도 아마 없을 것이다. 그렇게 생각하자 약간의 섭섭함이 느껴졌지만, 그것은 이미 내 안에서 '추억'처럼 되어가고 있었다. 확실히 나는 그때 '모든 것을 불태운 것'이다. 야부키 조*처럼 새하얗게 재만 남을 때까지.

실제로는 병동 내에 있는 한 술은 마시고 싶어도 마실 수 없고, 좋아는 하지만 마시지 못한다 해서 안절부절 할 정도로 '의존'하고 있는 것도 아니었으므로 생각만큼 입이 심심한 것은 아니었다. 소량 식사에도 점점 익숙해져서 공복감에 괴로워하는 일도 없어졌다. 그래도 식사는 병실에서의 거의 유일한 즐거움이었으므로 언제나의 식사시간이 무척 기다려졌다.

병원에서의 식사는 상상했던 것만큼 맛이 없진 않았지만, 그래도 고민되는 부분이 있다면 소금기가 없다는 것이었다. 당뇨병 환자에게 내놓는 식사의 염분이 적은 것은 흡연이 금지되어 있는 것과 비슷한 이유에 의해서이다. 즉 그 자체가 당뇨병을 악화시키는 것은 아니라도 해도 신장병 등 '합병증'을 유발할 위험이 있기 때문이다. 그러나 이제까지 맛이 진한 외식에 익숙해진 입에는 조금 가혹하다.

*야부키 조 : 다카모리 아사오, 치바 테츠야 원작의 만화 〈도전자 허리케인〉의 주인공.

예를 들어 '호박찜'이라고 이름이 붙은 반찬을 먹어보면 정말로 그냥 '물에 쪄낸 것'뿐으로, 소금을 전혀 넣지 않은 것 아닌가 의심될 정도로 소금 맛이 안 느껴진다. 가끔 유부우동 같은 게 나오면 색다른 메뉴라 좋긴 하지만, 우동 국물 맛은 그저 멸치만 우려낸 것처럼 밍밍할 뿐이다. 삶은 돼지고기에 곁들여 나오는 작은 간장봉지를 달걀지짐 등에 나누어 뿌려 스스로 맛을 조절해서 먹을 때도 있다.

그리고 거의 매 끼니가 일식이라는 것도 조금 괴롭다. 입원 환자의 연령층이 대체로 높은 데 대한 배려일까. 일식도 싫어하지는 않지만, 며칠 동안을 계속해서 먹으면 어지간해서는 지겨워지지 않을 수 없다. 그래서 아주 가끔 양식이 나오면 너무 기뻤다. 학교 급식에 나오는 것 같은 특별히 맛있는 것도 아닌 롤빵에 감미료로 만든 딸기잼을 발라서 어린아이처럼 즐거워하며 한입 가득히 넣고 먹었다.

처음에는 겁나고 무서웠던 혈당측정과 인슐린주사도 지금은 숙련되어서 전 과정을 3, 4분에 끝낼 수 있게 되었다. 식전 혈당치도 매회 대체로 120 전후로 안정되어, 건강한 사람보다는 여전히 높지만 깜짝 놀랄 정도의 수치가 나오는 일은 없어졌다.

단지, 미리 이야기를 들었던 것처럼 천공기로 손가락을 찔러 피를 짜내는 일은 아무리 로테이션을 해봐도 아프다. 그때그때 다른 손가락을 찌르지만 하루에 세 번을 찌르다 보니 이틀 만에 또 다시 순서가 돌아온다. 잘 보면 왼손 손가락들에는 무수한 구멍의 흔적이 점점이 남아 있다. 당뇨병에 걸리면 손가락이 아파진다는 것은 상상한 범위 내에는 없었던 사실이었다.

어쨌든, 이런 식으로 입원생활이 익숙해지자 주위의 모습을 관찰할 여유도 생겨났다.

우선은 같은 병실의 사람들. 4인 병실이니까 다른 세 명이 있을 터이지만 모든 침대가 언제나 꽉 차 있는 것은 아니다. 아니, 오히려 꽤 빈번하게 비거나 교체되거나 한다. '입원'하고 있는 사람이란 모두 나처럼 몇 주일, 몇 달이라는 기간 동안 병동에서 '살고 있는' 것이라고 생각했었는데, 반 정도는 검사목적으로 1박이나 2박만 하고 계속해서 교체되며 스쳐 지나가는 사람들이었다.

당당하게 노트북을 가져와서 귀여운 간호사에게 수작을 걸던 다테야마 씨도 실은 검사입원이었기에 이틀 만에 퇴원했다. 처음에 그런 사실을 몰랐던 나는 다테야마 씨를 포함해 같은 병실의 침대를 하나하나 돌면서 '잘 부탁드립니다'하며 일일이 머리를 숙였었지만, 오히려 성가신 듯한 반응이 돌아오는 경우가 많아 나중에는 전혀 인사를 하지 않게 되었다. 상대가 어떤 목적으로, 또는 무슨 병으로 며칠 동안 입원하고 있다는 것은 프라이버시에 관한 것이니 함부로 묻기도 어렵기 때문이다.

단, 건너편 저쪽 침대에 있는 사기사와 씨는 장기 체류인 것 같았다. 보기에는 70세 가까운 할아버지였는데, 무슨 병인지 물어본 적은 없지만 가져오는 식사에 놓여 있는 표찰에 '저염식이'라고 적혀 있는 것으로 보아 신장관계 질환일 가능성이 높았다(내가 먹고 있는 담백한 식사보다도 더 염분이 적다니 정말 너무 안 됐다).

상냥하고 마음씨 좋은 할아버지로 인격적으로 싫은 점은 하나도 없었는데, 나는 이내 밤마다 나는 이상한 신음소리의 범인이 실은 이 할아버지였다는 사실을 알게 되었다. '소리 내지 말라'고도 할 수 없어서 고민하다가 매점에서 귀마개를 팔고 있다는 사실을 알게 되어 겨우 해결이 되었다. 역시 병원 매점이다.

또 하나, 사기사와 씨에게는 조금 곤란한 점이 있었다. 목소리가 큰 것이다. 그것도 장소를 감안한다면 좀 비상식적이 아닐까 싶을 정도로. 물론 하루 종일 말을 하고 있는 것은 아니다. 이 할아버지에게는 거의 매일 손자를 데리고 병문안을 오는 딸 같아 보이는 사람이 있는데, 그녀가 와 있는 동안은 쉬지 않고 이야기를 하는 것이다. 그 목소리가 엄청 크다. 덧붙이자면 딸의 목소리도 크다. 독서에 방해되기에 충분할 정도의 음량이다. 그래서 나는 그럴 때에도 귀마개를 활용했다. 그리고 속으로 그들을 '목소리가 큰 사기사와 일족'이라고 부르고 있었다.

그 외에는 들쭉날쭉 사람들의 출입이 많았고, 특히 내 옆 침대는 이

틀 정도 걸러서 주인이 바뀌고 있었다. 상대방에게는 자기의 따분하고도 긴 이야기를 듣게 하면서도 이쪽에서 잡담이라도 할라치면 노골적으로 대충 들으며 끄덕거리던 고미야 씨, '전기기구 사용 엄금'이라고 되어 있는 침상의 '비상용 전원'에 드라이어를 꽂고 버젓이 머리를 말리고 있던 마츠가와 씨 등.

대부분은 1박 2일로 나가버려서 이름조차 기억하지 못하지만, 강렬하게 인상에 남아 있는 환자도 있다. 머리카락을 금발로 염색한, 한눈에 봐도 '요즘 젊은이'였는데 행동도 너무나 요즘 식이어서 휴대전화의 전원을 침상에서도 계속 켜놓고 있는 것이었다. 그걸 어떻게 알았냐 하면, 소등 후의 조용해진 병실에서 15분 간격으로 부르르, 하며 전화의 진동음이 들려왔기 때문이다. 여자친구와 짧은 메일이라도 주고받는 모양이었다.

우리 병실에는 다행히 심장질환 환자가 없는 것 같았지만, 만일 페이스메이커*를 사용하고 있는 사람이라도 있었으면 어쩌려고 그랬을까. 하긴 그가 이곳이 '내과병동'이라는 사실 자체를 인지하고 있는지 어떤지조차도 의심스러웠다. 왜냐하면 그는 팔에는 붕대를 감고 목도 기구

---

*페이스메이커 : Pacemaker. 인공심박조율기. 심장의 박동 수를 인공적으로 조절하기 위해 몸 안에 장치하는 기계. 일본 페이스메이커협의회 등에 의하면 휴대전화에서는 전원이 켜져 있는 것만으로도 전자파가 나오므로, 휴대전화가 가까운 곳에 있으면 페이스메이커가 오동작을 일으킬 우려가 있다고 한다.

로 고정되어 있는 보기에도 딱한 꼴로, 아무래도 원래는 외과의 급환이었는데 어쩌다 빈 침대가 없어서 이쪽으로 온 게 아닐까 싶었기 때문이었다.

다음날 오후, 식사도 마치고 이제 회사로 돌아가야겠다고 생각했을 때, 병실로 줄줄이 들어오는 일단의 젊은이들이 있었다. 이유는 모르겠지만 전부 검은 복장에, 안에 받쳐 입은 하얀 셔츠는 두 번째 단추까지 풀고 목에는 번쩍거리는 목걸이 등을 한 차림새였다. 그들은 곧바로 내 옆의 침대로 오더니 누워 있는 젊은이에게 안부를 물었다. 나는 무의식중에 커튼 너머로 귀를 기울였다.

"글쎄, 그 자식이 나쁘다고는 생각하지만 그래도 개도 일단은 반성하고 있는 것 같고…."

"…."

"…랄까, 뭐 이제 그만 하지 그래? 이렇게 호스트끼리 싸우는 것도 말이야, 좀…."

호스트끼리의 싸움으로 입원? 흠, 역시 가부키초다.

나는 살금살금 침상에서 벗어나 회사로 갔다. 오후 늦게 돌아왔을 때에는 외과병동에 자리가 났는지, 그의 모습은 이미 보이지 않았다.

그건 그렇고, 병동이라는 곳은 정말로 우울해지는 곳이다. 물론 이곳에 있는 사람들이 건강한 사람들은 아니기 때문에 분위기도 어딘가 어두워 보이는 것은 당연하고 나 자신도 또 그 구성요소의 일부가 되어 있는 게 틀림없지만, 아무리 며칠을 이곳에서 있었다고 해도 이 분위기에는 쉽게 익숙해지지를 않는다. 거꾸로 그것에 익숙해져버리면 인간으로서 뭔가가 끝나버리는 것은 아닐까 하는 기분이 든다.

그중에서도 한밤중의 병동, 이게 독특하다. 복도의 몇 군데에만 켜진 비상등의 차가운 불빛, 정기적으로 환자를 보러 오는 간호사의 괴담을 연상케 하는 발소리, 조용한 병동 내에서 간헐적으로 들리는 기침이나 재채기, 그리고 낮은 신음소리(예 : 사기사와 씨), 편안한 수면을 방해하는 카~악, 우웨~에~엑, 펫, 하는 괴이한 음성들.

그런 밤중에 화장실에 가는 것은 최악이다. 병동의 화장실에는—비상시를 위해서겠지만—입구에 도어가 없다. 남성용 소변기가 늘어서 있는 곳이 복도에서 그대로 다 보이니 인간으로서의 존엄성은 상당히 상실된 상태다. 그러나 나는 화장실에 꽤 자주 갈 수밖에 없었다. 고혈당에 의한 장애 중 하나인 변비로도 고생하고 있기 때문에 아주 조금이라도 변의가 느껴질 때면 그 기회를 놓치지 않고 화장실로 달려가고 있었고, 더구나 심상치 않은 다뇨 상태가 계속되고 있었다.

당뇨병에 걸리면 왜 소변의 양이 많아지는가? 혈당 증가로 인해 혈액이 언제나 끈적끈적하고 진득한 상태가 되면 혈액의 삼투압이 높아져 이뇨작용을 초래, 몸 안의 수분이 세포에서 소변으로 이동한다. 이로 인한 수분 부족으로 자주 갈증을 느끼게 되어 물을 많이 마시게 되며, 이로 인해 소변량이 다시 많아지는 것이다. 다치바나 선생도 '탈수 현상을 일으키지 않도록' 수분을 부지런히 섭취하라고 말했다. 나는 깨어 있는 동안에는 늘 차나 물을 끊임없이 마시고 있었고, 그러니 밤중에 화장실에 가고 싶어지는 것은 당연하다.

그래서 화장실에 가서 소변기 앞에 서면, 언제부턴가 그 소변기 주변 일대를 둘러쌀 정도의 거대한 노란색 물웅덩이가 생겨 있다. 틀림없는 '물웅덩이'다. 명백히 '미스 히트율 100퍼센트'라는 느낌. 어떻게 해서 이런 현상이 생기는 것인지는 알 수 없지만 그렇지 않아도 환자에 노인 이용자가 많다 보니 뭐 그럴 수도 있겠지. 야간에는 이걸 깨끗하게 치워주는 사람도 없다.

할 수 없이 다른 변기에서 일을 마치고 손을 씻으려고 보니, 이번에는 거기에 누군가가 쏟아놓은 게 분명한 토사물이 반쯤 마른 상태로 철썩 달라붙어 있다. 수도꼭지까지 완전히 덮여 있어서 어떻게 손을 쓸 수도 없다. 이쯤 되면 거의 '괴기현상'에 가깝다는 인상을 받게 된다. 나는 깊은 한숨을 쉬면서 세면대 쪽으로 향했다.

그러던 어느 날 아침, 아침식사를 마치고 식판을 복도에 있는 급식차로 가져가던 중에 뭔가 심상치 않은 분위기가 느껴져 뒤를 돌아보았다.

몇 명의 간호사가 한 병실로 굉장히 다급하게 뛰어 들어가고 있었다. 저곳은 틀림없이 밤마다 우~웩, 크~윽, 카악, 펫, 하는 소리가 새어 나오는 방이다. 그 사람에게 무슨 일이 생긴 걸까. 점심시간에 병동으로 돌아오다 보니 그 침대는 이미 깨끗하게 정리되어 있었다. 그리고 내가 한밤중에 그 우~웨에엑, 우캬아~카~칵, 펫, 하는 소리를 듣는 일은 두 번 다시 없었다.

7

책임전가 남자의 등장

어느 날, 잠시 비어 있던 내 맞은편 침대에 새 손님이 들어왔다. 완전히 닫아놓은 커튼 안에 계속 틀어박혀서 때때로 응응, 거리며 신음소리를 낸다. 이따금 간호사가 왔을 때 괴로운 듯 찡그린 얼굴이 커튼 사이로 보일 뿐, 어떤 인물인지는 수수께끼의 베일에 싸여 있었다. 병실의 누군가와 말하는 모습조차 본 적이 없었던 것이다.

그런데 2, 3일이 지나고 나니 갑자기 일변해서 몹시 말수가 많아졌다. 그때까지 말이 없었던 것은 단순히 말을 할 수 없을 정도로 몸이 안 좋았기 때문인 모양이었다.

"아파, 아프다니까! 이런 빌어먹을! 저 간호사, 왜 이렇게 주사 놓는 게 형편없어? 에잇, 젠장, 뭐야 이게! 아파파파… 어떻게 좀 하란 말이야!"

내가 그의 입에서 처음으로 확실히 들은 인간다운 말이 그것이었다. 날카롭고 귀에 거슬리는 목소리다. 입구의 명찰에 의하면 그의 이름은 운노 마사루. 몸집이 아주 작고 연령은 50세 전후로 생각되지만 얼굴 생김새는 묘하게 어려 보인다. '젊다'기보다는 '어리다'. 초등학교 시절부터 영감 같은 얼굴이었다가 실제로 영감이 되어서도 그 시절 그대로인 애들이 있는데, 그도 아마 그런 타입임에 틀림없다.

"주사는 솜씨가 좋은 사람하고 형편없는 사람이 있으니까요. 하하하, 재난을 당하셨네요."

옆 침대의 사기사와 씨가 달래듯이 맞장구를 치더니, 하루 일과를 마치고 병실로 막 돌아온 나에게 바통을 넘긴다.

"손이 부었대."

"봐요, 이거! 응, 참 내, 이렇게 부어올랐단 말이야!"

그렇게 말하면서 그는 왼손 주먹을 나에게 내 보였다. 둥그스름하고 몽실몽실한 느낌의 그 손이 오른손에 비해 특별히 부어있는 것처럼 보이지는 않았지만, 나는 박자를 맞추어서 "그것 참 아프셨겠네요."라고 말해주었다.

이런 식으로 이 사람은 언제나 뭔가에 욕설을 퍼붓고, 그리고 언제나 뭔가를 다른 사람의 탓으로 돌리고 있었다.

"당뇨에, 고지혈증에, 지방간에… 많기도 하네."

운노 씨가 처방된 약을 원망스러운 듯이 보면서 말한다. 그야말로 성인병 온 퍼레이드! 도대체 얼마나 방탕한 식생활을 해온 것일까.

“댁은… 당뇨? 아직 젊은데…. 그렇지만 이게 다 환경이 나빠서 그래요. 공기도 나쁘고, 물도 나쁘고. 그런 나쁜 환경 속에서 사는데 좋을 리가 없잖아?”

당뇨병이 공기로 감염된다든가 오염된 물을 마셨기 때문에 혈당치가 높아진다든가 하는 말은 들어본 적도 없지만, 그의 머릿속에는 성인병은 전부 ‘환경병’인 것이다. 본인의 생활습관은 관계없다. 현대 문명, 그 자체가 모든 악의 근원인 것이다.

“게다가 말이지, 댁은 의사가 하라는 대로 할 수 있어? 안 된다니까, 그거! 밥 먹는 것도 그래. 일하다 보면 외식도 하게 되잖아? 양을 적게 먹으라고 하지만 숀벤요코초*에서 밥 먹는데 남길 수 있어? 가게 놈들, 남기면 싫어한단 말이야.”

그런 건 결코 이유가 될 수 없다. 아니, 그 이전에, 대체 그 정도로 지병이 많은 사람이 ‘숀벤요코초에서 식사’를 하는 것 자체가 근본적으로 잘못되어 있는 것 아닌가. 나는 그 부분을 지적하고 싶었지만 입을 다

---

* 숀벤요코초 : 신주쿠역 서쪽출구 부근의 선술집이 늘어선 골목의 속칭으로 ‘소변골목’이라는 뜻. 술주정뱅이들의 노상방뇨로 인해 소변냄새가 나는 거리라고 해서 이런 이름으로 불렸음. 지금은 ‘추억의 골목’이라는 의미의 ‘오모이데요코초’라 불림.

물었다. 이런 사람은 결코 반성하지 않을 것이고, 틀림없이 조만간 또다시 같은 일을 되풀이할 것이다. 입원도 이번이 처음이라고는 생각되지 않는다. 그와 같은 전철을 밟을 생각은 없었다. 아무리 얘기해봤자 영원히 평행선이다. 서로 이해될 리가 없다.

그러나 그는 나를 가만히 두지 않았다. 아마도 내가 겉으로는 얌전히 듣고 있는 태도를 취하고 있었기 때문일 것이다. 기회를 보다가 뭔가 틈만 있으면 말을 걸어온다. 기본적으로 외로운 사람인 모양이다.

공공 스페이스인 데이룸을 내가 거의 사용하지 않게 된 이유 중 하나도 운노 씨 때문이었다. 한낮에는 그가 계속 그곳에 죽치고 있었기 때문이다.

병실 침대에 장시간 틀어박혀 있는 것은 유쾌한 일이 아니다. 정말로 환자가 된 것 같은 기분이 든다. 아니, 사실 버젓한 '환자'이긴 하지만, 나는 편리하게도 평소와 다름없이 회사 근무를 계속하고 있기 때문에 솔직히 '나는 환자다'라는 자각이 별로 없는 것이다. 어쨌든 제대로 된 테이블과 의자가 있는 데이룸에 앉아 있으면 조금은 '환자 티'가 없어지는 듯한 기분이 된다.

다만 이곳은 기본적으로 하루 종일 텔레비전이 켜져 있기 때문에 조용히 독서를 한다든가 어학공부를 하기에는 적당하지 않은 장소였다. 게다가, 사실은 흥미도 없으면서 "뭘 읽으셔?"하며 운노 씨가 쓸데없이 참견을 해온다. 그는 뻔뻔스러울 정도의 붙임성으로 병동 내에서 점점 지인을 늘려가고 있는 모양이었기에, 나 한 사람 정도는 빠져도 괜찮겠지 하는 생각에 나는 점차 데이룸을 멀리하게 되었다.

그러나 병실에 있으면 있는 대로 데이룸에서 불쑥 돌아온 운노 씨가 꼭 내게 말을 거는 것이다. 어느 날, 회사에서 잠시 빠져 나와 양복 차림새 그대로 점심식사를 기다리며 신문을 읽고 있었더니 "오늘 뭐 재미있는 방송 있어?"라고 물어왔다. TV 프로그램 안내가 나와 있는 페이지를 위쪽으로 해서 신문을 건네주었더니 제대로 보지도 않고 다시 돌려주면서 이렇게 말했다.

"아사히는 어려워."

굳이 물어보지 않아도 뻔하지만, 그에게는 신문을 읽는 습관 같은 것은 없을 것이다. 백보 양보해서 읽는다고 치더라도 스포츠신문 정도일 것이다.

그리고 같은 날 늦은 오후, 일을 마치고 돌아오자 무슨 까닭인지 그가 저자세로 내게 이렇게 말했다.

"선생님, 오늘 하루 수고하셨습니다!"

아사히신문을 읽고 있던 것만으로 '선생'이라고 불렸다. 글쎄, 무작정 미워할 수만은 없는 사람이긴 하다.

게다가 이런 운노 씨에게도 잘 나가던 시절은 있었던 모양이다.

저녁식사와 목욕을 마친 뒤, 나는 잠시 다른 환자들에 섞여 병원을 둘러싼 '망자의 무리'의 일원이 되었다. 정면 출입구 바로 옆에 있는 정원수 근처에서 집필에는 사용할 수 없게 된 휴대용 단말기로 휴대전화에 접속해서 메일 체크를 하고 있었다.

"에? 뭐야, 그것도 컴퓨터야?"

그때 운노 씨가 느닷없이 말을 걸어왔다. 흡연실이 만원이었는지 담배를 피우러 밖으로 나온 모양이다. (새삼 말할 것도 없지만, 사실 그는 담배 같은 것은 절대로 하면 안 될 터이다.)

"아, 좀 다르긴 한데… 뭐, 비슷한 거예요. 이렇게 휴대전화하고 접속하면 메일이나 인터넷을 사용할 수 있지요."

"음… 나는 그런 거 전혀 모르니까. 그렇지만 휴대전화는 정말 많아졌어. 지금은 누구나 다 갖고 있잖아?"

그렇게 말하면서 그는 내 옆에 앉아서 여유 있게 담배연기를 내뿜었다.

"내가 휴대전화를 처음 가졌던 게 벌써 17, 8년 전인가. 휴대전화라고 해도 그땐 아직 이런 가방처럼 생겨서… 아유, 무거웠어."

나는 놀라서 그의 얼굴을 쳐다보았다. 그 당시 일본에서 휴대전화—아니, 당시 말로 '이동전화'를 가졌던 사람은 일부의 회사 경영자 아니면 야쿠자 간부 정도가 아니었을까.

"그러셨어요? 꽤 비싸지 않았어요?"

"비쌌지. 아주 비쌌어. 그때 돈으로 한 대에 30만 엔 정도 했던가. 그래도 그게 없으면 일을 할 수가 없었으니까. 나는 늘 차로 움직였거든. 차에서 여기저기에 지시를 했단 말이야."

"저, 무슨 일을…?"

"아아, 그 때는… 말하자면 물장사? 그땐 경기가 좋았는데 말이야…."

경기가 좋은 운노 씨. 검은 옷을 빼 입은 룸살롱의 젊은 오너. 가부키초에서 이름을 날리는 버블시대의 총아… 아니야, 상상이 안 된다. 그러나 그는 틀림없이, 그야말로 천국에서 지옥으로의 전락을 거쳐 수많은 쓴맛을 보아왔을 것이다. 그것이 그를 이렇게―늙어빠져 고향 산에서 추방된 원숭이처럼 초라한 영감으로 변화시킨 것이다.

'패잔병'이라는 말이 문득 머리에 떠오른다. 나는 조금 오싹한 기분을 느끼며 운노 씨가 내뱉는 연기의 행방을 눈으로 좇았다.

한편, 나에게는 입원 이래 최초의 커다란 시련이 기다리고 있었다. '축뇨蓄尿'였다. 축뇨란 말 그대로 '소변을 축적'하는 것이다. 배출하는 소변을 하루 동안 무조건 저장한다. 오전 12시를 시작으로 다음날 오전 12시까지 무조건 1일분을 매회 빠짐없이 저장한다. 그것을 분석하면 췌장에서 어느 정도 양의 인슐린이 분비되고 있는지를 알 수 있고, '형

形’을 판명할 수 있게 되는 것이다. 췌장이 ‘약해져 있을 뿐’인 ‘제2형’인지, 췌장이 ‘망가져’ 있어서 평생 인슐린주사가 필요하게 되는 ‘제1형’인지를.

지정된 날은 회사에 출근할 수도 없다. 요의尿意가 있을 때마다 병동으로 돌아올 수도 없기 때문이다. 일단은 병실에 가만히 있으면서 방광에 소변이 가득 차오는 것을 기다리고 있는 상황이라고 할까.

소변의 저장은 본인이 하는 것은 아니다. 개인용 항아리 같은 것을 주고 배출 때마다 거기에 담아두도록 하는 병원도 있는 모양이지만, 도립 신주쿠병원에는 ‘축뇨기蓄尿機’라는 편리한 장치가 있다.

현금인출기 크기의 기계로, 스위치를 누르면 조작 순서를 음성으로 안내해준다. 자신의 이름이 적혀 있는 단추를 누르면 뚜껑이 열리고, 전용 비커에 받은 소변을 그 안에 주입하는 것이다. 그러면 잠시 후 뚜껑이 저절로 닫히고 주입구를 자동으로 세척한다. 이로써 많은 환자들의 소변이 섞이지 않고 개별 탱크에 ‘축뇨’되는 것이다.

당뇨병이 악화되어 있는 사람의 소변은 일반적으로 양이 많다. 전에도 말했지만 끈적끈적한 피를 묽게 하기 위해 삼투압현상이 일어나 소변을 자주 보게 되며, 그 결과 심한 갈증이 생겨서 수분을 많이 섭취하게 되기 때문이다. 화장실에 가는 횟수도 적지 않지만 한 번에 나오는 양도 많아지고 있다. 비커의 용량이 500밀리리터인데 매번 400밀리리터 표시선 근처까지 찬다.

한번은 계속해서 나오는 소변이 마침내 그 라인을 넘어버려서 이대로 소변이 멈추지 않고 넘치면 어떻게 하나, 하고 얼굴이 새파래졌었지만 다행히도 480 근처에서 아슬아슬하게 배뇨가 멈춘 적도 있었다.

다만 곤란한 것은 축뇨기가 복도에서 빤히 보이는 위치에 놓여 있다는 것이다. 더구나 자기의 이름이 적혀 있는 단추를 누르고 나서 주입구의 뚜껑이 열릴 때까지의 시간이 아주 길다. 혹여 다른 단추를 누르지는 않았는지 확인을 위한 시간인 모양이지만, 그동안 소변이 아슬아슬하게 넘칠 만큼 들어 있는 비커를 들고 그저 가만히 기다려야만 하는 입장에서는 충분히 괴로운 시간이다. 그뿐만 아니라 막상 뚜껑이 열리면 "소변을 넣어주십시오."하는 음성 지시가 나오는데, 이게 복도에 울려 퍼질 정도로 커다란 음성이다. 게다가 인간의 존엄성 같은 건 전혀 생각지도 않는 듯한 아무 억양 없는 어조의 음성인 것이 더 화를 돋운다.

병동이란 어차피 환자만 있는 장소이니 주변 시선 같은 걸 신경써봤자 어쩔 수 없다는 것은 잘 알고 있다. 그래도 내게는 이게 인격적으로 모멸감을 주려는 기계로밖에는 생각되지 않았다.

새삼스레 집계를 내 보니 내가 배출하고 있는 소변의 양은 하루에 2.5리터. 보통사람의 두 배 이상이 나오고 있다는 계산이 된다. 그 정도 양의 수분을 매일매일 섭취하고 있으니 당연한 것이지만, 이렇게 확실하게 숫자로 제시되면 왠지 앞날이 불안해진다.

그 주 토요일과 일요일은 외박허가서를 내고 집에서 지내기로 했다.
"외박하십니까? 네, 좋지요. 좀 더 자주 하세요."

다치바나 선생의 말이다. 주말뿐 아니라 평일에도 더 자주 외박해도
좋다. 어차피 퇴원하면 전부 혼자서 하지 않으면 안 되니까 좋은 연습
이 될 거라는 것이다. 그렇긴 해도 병동을 떠나 있는 동안에도 혈당측
정과 인슐린주사는 계속해야 하고, 잘못 먹으면 혈당치가 올라가 버린
다. 약간 불안하기도 해서 우선 토요일 점심식사 이후부터 일요일 오후
늦게까지, 라는 식으로 신고서를 제출했다.

"자, 이게 가타세 씨의 외박용 키트입니다."

그렇게 말하면서 오오사키 씨가 건네준 것은 여권 크기의 검은색 주
머니였다. 안에는 평소에 너스센터의 한 귀퉁이에서 사용하고 있는 도
구 일습이 들어 있었다. 혈당측정기와 일회용 전극 칩, 천공기와 1회용
채혈침, 종이봉투에 나누어 담은 소독 탈지면, 인슐린주사기와 1회용
주사침, 그리고 '저혈당'이 일어났을 때를 대비한 포도당 정제가 몇 알.

바로 옆에 있는 회사에는 매일 다니고 있었지만 거리로 나가는 것,
전철을 타는 것은 9일만이다. 역의 혼잡함에도 현기증이 날 것 같았다.
그러나 나는 집으로 돌아가기 전에 일부러 환승역에서 밖으로 나가 커

피가 맛있는 단골 다방에 들렀다. 카페가 아니라 '다방'. 4인용 자리를 혼자 차지하고도 오래 앉아 있을 수 있는 다방이다. 향기로운 커피향이 가득한 실내에서 책을 읽으며 천천히 드립해주는 '하와이 코나'를 기다린다. 그것만으로도 만족스러운 기분이 된다.

그러던 김에 결국 유혹에 못 이겨 담배를 한 개비 피우고 말았다. 사실은 미련을 떨치지 못하고 '정말로, 죽도록 피우고 싶어졌을 때'를 위해 입원 후에 한 갑을 사서 몰래 갖고 있었던 것이다. 지금이 '정말로, 죽도록' 피우고 싶은 순간은 아니었지만, 지금의 이 우아한 순간은 그윽한 담배연기와 함께하지 않으면 완성되지 않을 것 같은 기분이 들었다.

9일만의 세븐스타는 강렬했다. 머리가 제멋대로 흔들리나 싶더니 천장이 빙글빙글 돈다. 중학생 시절, 처음 담배를 피웠던 순간과 비슷했다.

그런 은밀한 즐거움을 만끽하고 난 뒤, 나는 아파트로 돌아갔다. 이미 알고 있었지만 현관에 마중을 나와 준 것은 미케마츠 뿐, 나츠는 없었다. 대체로 하루 건너씩 늦은 오후에 면회를 와서 한 시간 정도 있다 가는 것이 나츠에게 가능한 최대한이었으며, 그밖에는 토요일과 일요일에도 하루 종일 근무가 있는 것이다.

오랜만에 나를 만난 때문인지 반가워하는 미케마츠와 잠시 놀아준 후, 나는 원래 내 담당이었던 집 전체의 청소를 시작했다. 어쩌다 잠깐 귀가한 거라고 해서 게으름을 피울 수는 없다. 오히려 병실에 있을 때보다 할 일이 많은 것이다.

나츠는 평소보다는 빨리 돌아와서 〈식품교환표〉를 보며 저녁을 만들어줬다. 앞으로 30분쯤 후면 식사를 시작할 수 있을 듯한 시점에 외박 세트를 꺼내 혈당을 측정하고 주사를 놓았다. 천공기로 손가락 끝을 찌르는 모습을 보고 나츠가 얼굴을 찌푸렸다. 이미 스무 번도 넘게 이 작업을 해온 나에게 이제 주저함 같은 것은 없다. 그렇다고 아픔이 적어진 것은 아니지만.

나츠는 예정대로 약 30분쯤 뒤에 식사를 완성시켰다. 역시 기초가 확실한 만큼 별 망설임도 없이 자기류自己流로 이상적인 식단을 구성했다. 그리고 맛있다.

"나는 식이요법은 모르지만 지금까지도 본능적으로 이것에 가까운 식단을 짜 왔다는 생각이 들어. 그래선지 일일이 무게를 재야하는 게 좀 번거롭긴 해도 의외로 위화감은 없어."

나츠가 말했다.

"나는 원래 야채가 충분하지 않은 외식이 너무 싫거든. 야채를 좀 더 많이 먹고 싶어. 우리 엄마는 식사 때마다 야채조림이라든가 야채무침이라든가, 그런 식으로 식탁에 야채를 많이 놓는 사람이었기 때문에 거꾸로 고기나 탄수화물이 많은 식사는 기분이 좀 나쁠 정도야."

그러고 보면 나츠가 아직 지금처럼 바쁘지 않아 꼬박꼬박 식사준비를 했던 시절, 식탁에는 언제나 야채 반찬이 풍성하게 놓여 있었던 것 같다. 다행히 나 자신도 원래부터 야채를 꽤 좋아했다. 요리를 좋아하는 어머니가 도쿄의 서민동네에서 자랐던 덕에, 염분은 약간 높지만 대체로 영양 밸런스가 잘 잡힌 식사를 만들어 주었기 때문이다.

그렇다면, 나츠의 요리를 계속 먹을 수 있었다면 당뇨병 같은 것은 걸리지 않았을지도 모른다. 나츠도 "내가 이렇게 바쁘지만 않았다면…."하며 후회한다. 그러나 결국은 나 자신이 나빴던 것이다. 집에 밥이 없다는 핑계로 모양만 야채인 채소절임이 찔끔 들어 있는 튀김우동이나 볶음밥세트 같은 걸 점심에도 저녁에도 아무렇지 않게 먹어치워선 안 되는 것이었다.

다음날 아침, 나츠는 다시 출근했다. 아침상을 치우고 잠시 휴식을 취한 후, 곧 점심 식단을 생각하기 시작했다. 양식에 굶주려있었기에 스파게티로 결정했다. 올리브오일은 적게, 양파를 많이 다져서 홀 토마토 베이스로 소스를 만들면 그것만으로도 상당량의 야채를 섭취할 수 있다. 거기에 냉동 시푸드를 적당히 첨가하고 삶은 달걀을 올린 샐러드를 조금 곁들이면 의외로 이상적인 당뇨병 식사가 된다. 다만 파스타의 양은 삶기 전 상태에서 80그램. 지금까지는 한 번에 100그램 정도를 먹고 있었으니 역시 양이 조금 적은 듯하다.

완성시간을 역산해서 30분전에 이미 주사를 놓았는데, 마무리단계에서 의외로 시간이 걸려 10분 정도가 더 지났을 땐 상당히 당황했다. 아직 경험이 없는 만큼 '저혈당 상태'가 되는 게 무섭다. 집에서 아무도 모르게 혼수상태에 빠져 혼자 죽는 것만큼은 사양이다.

점심식사도 무사히 마치고, 다음 주를 위해 와이셔츠를 챙기려고 했더니 다림질을 해 놓은 게 한 장도 없다. 세탁과 다림질 담당은 나츠였지만 주말도 없이 바쁜 요즘엔 다림질할 시간조차 없었던 모양이다. 와이셔츠 다섯 장을 다리고 내친 김에 병원에서 갖고 온 1주일분의 와이셔츠를 세탁하고 났더니 벌써 시간이 다 되었다. 나는 나츠에게 간단한 메모를 남기고 현재의 주거지인 도립 신주쿠병원으로 다시 돌아갔다.

"돌아왔네요."

하고 조금 반가운 듯이 운노 씨가 말했다. 솔직히 반가운 감정 같은 것은, 나에게는 눈곱만큼도 없었다.

8

위문행렬

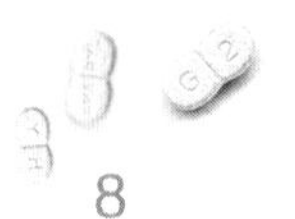

　보통 사람이 며칠 정도 입원하게 되면 대부분 식구 중 누군가가 병문 안을 온다. 건너편 저쪽의 사기사와 씨는 거의 매일같이 딸이 손자를 데리고 와서 '목소리가 큰 사기사와 일족'의 '민폐'에 가까운 단란한 대화를 나누고 있었고, 2박3일짜리 짤막한 검사입원만 하는 사람에게도 부인이 한 번쯤은 다녀가는 게 보통이었다.

　그러나 운노 씨에게 그런 사람이 와 있는 것은 한 번도 본 적이 없다. 원래 그에게 처자가 있는지 없는지조차 나는 몰랐다. 없다고 해도 별로 의외롭게 생각되지도 않겠지만, 그래도 부모나 형제, 친구 등 누군가 한 사람 정도는 얼굴을 보일 법 하지 않은가.

　아니, 아무도 오지 않는 것은 아니다. 나는 이미 몇 번인가 남자 둘이 침대 옆에 서서 운노 씨와 이야기를 나누고 있는 것을 목격했다. 다만 본인과의 관계는 알 수 없다. 두 사람 모두 항상 넥타이를 매고 샐러리맨 같은 차림을 하고 있었고, 나이는 30대 초반인 나와 비슷해 보였다. 다시 말해서 운노 씨의 '친구'라고 생각하기에는 무리가 있었다는 것이다. 그렇다면 회사 동료? 그렇다고 하기엔 묘하게 자주 오고 있다.

어느 날, 두 사람이 운노 씨에게 말하고 있는 내용을 어쩌다 듣고 말았다.

"운노 씨, 말씀대로 휴대전화는 해약해 놓았습니다."

"그리고 운노 씨, 언짢게 생각하지 말고 들으세요. 입원했다는 거, 가족한테는 연락해 놓는 게 좋지 않을까요?"

"그렇죠. 무슨 일이 일어날지 알 수 없잖아요? 무슨 일이라도 생기면 어쩌시려고."

뭔가 편안치 않은 내용이다. 운노 씨는 떨떠름한 표정으로 상당히 귀찮다는 듯 건성으로 대답을 하고 있다.

이윽고 두 사람이 돌아가자 이야기의 일부가 내 자리까지 들렸을 거라고 짐작했는지, 운노 씨가 뭔가 변명을 하듯 말을 걸어왔다.

"헤어진 마누라가 옛날에 TV에 자주 나왔었지."

너무나도 느닷없는 이야기라, 나는 그가 무슨 말을 하려는 건지 알 수가 없었다.

"아…?"

“그… 저, 뭐라더라…. 마츠노 미키? 뭐 그런 여배우 있잖아? 그 여자하고 같이 드라마도 출연하고, 광고에도 나왔었어.”

마츠노 미키라면 최근에는 별로 안 보이지만 한때는 왕성하게 TV에 출연하곤 했던 꽤 인기 있는 여배우다. 그렇다면 운노 씨의 전처도 여배우였다는 것인가.

“그래요?”

“부동산회사 놈들이 쓸데없는 참견을 해가지고….”

내가 이야기의 내용을 파악하지 못해 난처한 표정을 짓고 있는 걸 보더니, 운노 씨는 어지럽혀져 있는 침대 한구석을 부스럭거리며 뒤적이기 시작했다. 뭔지 잘은 모르겠으나 아까 그 두 사람이 부동산회사의 직원이라는 것만은 알 수 있었다. 상상컨대 운노 씨는 용태가 급격히 악화되어 ‘긴급입원’을 한 거고, 그로 인해 내팽개쳐진 여러 가지 수속을 부동산회사에 대행시켜놓은 모양이었다.

“그 자식들, 이딴 걸 가져왔어.”

돌아온 운노 씨의 손에는 액자에 들어있는 한 장의 사진이 있었다. 사진에는 다방 같은 곳에서 사이좋게 마주앉아 있는 중년의 커플이 있다. 한쪽은 운노 씨인데 지금보다는 머리숱도 많고 훨씬 행복한 얼굴을 하고 있다. 그 때문인지 지금보다도 훨씬 매력적으로 보인다. 이 사진을 보니 수완 좋은 사업가였다는 말에도 조금은 믿음이 간다.

그리고 그와 마주앉아 있는 사람은 원숙미가 물씬 풍기는 중년 여성. 흠, 이 여자가 TV에 출연했다는 전처인가. 모르는 얼굴이었지만 이 정도의 미인이라면 여배우였다고 해도 틀림은 없을 것이다.

"와, 굉장한 미인이네요!"

나는 그렇게 말했다. 진심으로 그렇게 말한 것이다. 다만, 그에 이어지는 말은 꿀꺽 삼켜버렸다.

—왜 헤어졌어요?

물어볼 것까지도 없는 일이다. 틀림없이 더 이상 쓸모가 없어져 채였을 것이다. 남녀 사이의 일이니 직접적인 계기가 무엇이었는지는 모르지만, 그 배경에 '돈이 떨어졌다는 사실'이 있을 거라는 정도는 상상하기가 어렵지 않다. 자가용차에서 '이동전화'를 사용하고 있던 것도 옛날 얘기고, 지금은 휴대전화도 해약해야 할 정도로 돈에 쪼들리고 있는 것이다.

부동산회사가 어정거리는 것도 틀림없이 지금까지 살고 있던 집을 비워줘야 하게 되었기 때문일 것이다. 빨리 집을 비워주었으면 해서 귀찮은 수속을 대신 해주고 있는 것이다. 그리고 방에 남아있던 것들의 처분을 위임받고 정리하던 중에 소중해 보이는 사진을 발견하고는 나름대로 마음을 써준답시고 그걸 병실까지 가져온 것이다.

헤어지고 나서도 그런 사진을 액자에 넣어서 애지중지 갖고 있던 운노 씨, 그러면서도 별것 아니라는 척을 하며 그걸 나에게 슬쩍 보여주는 운노 씨가 불쌍하게 느껴졌다.

한편, 내 경우는 그런 운노 씨에게는 미안할 정도로 고독과는 무관한 입원생활이다. 매일 회사도 다니고 있고 이틀에 한 번은 나츠가, 그에 더하여 며칠에 한 번 꼴로 언제나 누군가가 병문안을 와주었기 때문이다. 대부분은 회사의 친한 동료들이다. 어머니가 걱정이 되어서 보러 오는 것은 그렇다 치지만, 회사에서도 만날 보는 동료들이 병원에 오는 것은 '병문안'이라기보다는 그저 재미있어하며 '놀러 오는 것'에 가깝다.

다만, 그래도 명색이 병문안인데 뭐라도 갖고 가야지 하는 데에 생각이 미치면 다들 조금은 곤란해지는 모양이다. 보통 같으면 과일이나 과자로 커버되지만 당뇨병 환자에게 고영양식은 금물. 그래도 다들 신경을 써서 티백이나 1회용 드립커피 팩, 침대 곁에 둘 수 있는 장식품, 만화책 등 '칼로리가 없는 것'을 골라서 가져와 준다.

병실은 공기가 안 좋아서 그들이 오면 데이룸으로 데려가 차를 대접하거나 하는데, 어쩐 일인지 그 방문자들이 아리사를 비롯하여 전원 여자들이었다. 이유는 아마도 두 가지일 것이다. 나는 원래부터 동성보다는 이성과 사이좋게 지낼 수 있는 종류의 사람이고, 누군가에게 '병문안을 가는' 일 같은 데에는 보통 여성이 남성보다 적극적이기 때문이다. 그 결과, 내게는 거의 매일처럼 누군가 '여자가 찾아오는' 상황이 된다. 운노 씨는 그런 현상을 다소 의아스럽게, 그리고 조금은 심통 난 듯한 눈으로 멀리서 살피고 있었다.

그러나 그런 마음 편한 '위문객' 중에 조금 미묘한 존재가 섞여 있을 때도 있다. 아키요시 고토미 같은 경우이다.

앞서도 말했듯이 나는 본질적으로 친구 중에 여자가 많은 타입이긴 하지만 그녀들은 어디까지나 '친구'일 뿐 그중 누군가와 거기에서 일탈한 관계로 엮이는 일은 기본적으로는 없었다. 기본적으로는 말이다.

이성에게 '인기 있는' 상태와 자의와는 무관하게 그런 상황에 놓이는 것과는 엄연히 다르다. 여자들이 아무런 저항감 없이 기혼자인 나와 둘이서 마시거나 하는 것은 내가 그녀들에게 흑심을 품고 있지 않다는 게 확실하기 때문이고, 보통은 그런 걸 두고 '인기가 있다'고는 말하지 않는다.

예를 들어 아리사와 나는 종종 둘이서 전철이 거의 끊길 때까지 마시고 있지만, 아무리 취해도 그 관계가 묘한 방향으로 미끄러지는 일은 도저히 생각조차 할 수가 없다. 아리사에게 이성으로서의 매력이 없다는 게 아니다. 내가 그녀와의 관계를, 그리고 그녀가 나와의 관계를 어떤 식으로 정의하고 있는가 하는 게 문제인 것이다. 그녀와 어떻게 될 여지가 있다고 한다면 벌써 옛날에 그렇게 되었을 것이다.

아마 내 자신이 그렇게 되지 않을 요소를 가진 상대와는 너무 친해지지 않도록 무의식적으로 컨트롤하고 있는 것 같다. 어설프게 이성 친구가 많아지기 쉬운 인간이 몸에 익힌 일종의 안전핀 같은 것이다.

그러나 가끔 그게 제대로 작동하지 않는 경우가 있다. 아키요시 고토미가 그런 경우였다.

아니, 고토미도 원래는 아리사처럼 그저 '술친구'였다. 단지 고토미는 정서가 조금 불안정해서 가끔 크게 흔들린다. 평소에 잘 유지하고 있던 행동의 기준을 갑자기 던져버린다든가 하는 것이다. 마치 줄곧 들고 있던 가방을 '무겁다'는 이유만으로 갑자기 길가에 버리고 마는, 그런 식이다.

고토미는 같은 회사에 다니는 다섯 살 연하의 후배로, 에비스에 있는 별도의 작은 사무실에서 근무하기 때문에 일상적으로는 얼굴을 마주칠 일이 없지만 한 달에 한 번 정도는 따로 만나서 마시는 사이였다. 그녀의 기준이 크게 흔들렸던 것은 아직 내가 당뇨병의 '당'자도 의식하지 않고 있었던, 방약무인하게 먹고 마시며 즐기던 작년 여름 무렵이었다.

그날 우리는 신오쿠보의 한국식당에서 막걸리를 들이키면서 아무리 봐도 둘이서는 다 먹을 수 없을 정도로 산처럼 쌓인 고기를 자포자기한 것처럼 계속 불판 위에 늘어놓고 있었다. 일본어가 서투른 한국인 점원에게 우리의 주문이 제대로 전달되지 않은 것이다.

“둘이서 갈빗집에 가는 남녀는 ‘그렇고 그런 사이’라고들 하지만 우리들의 경우엔 그런 일이 있을 수 없겠지?”

그런 농담을 주고받던 동안에는 평소와 마찬가지였지만, 도중에서부터 고토미의 눈치가 조금 이상해졌다. 결혼을 전제로 사귀고 있던 남자와의 관계가 요즘 매끄럽지 못한 것이다. 헤어질까 봐, 라고도 한다. 그것도 좋지만 일단 그 남자의 기분도 헤아려 주는 건 어떨까. 그런 이야기를 하고 있는 동안에 고토미는 ‘아마 나는 연애체질이 아닌가 봐요’라며 될 대로 되라는 식으로 말을 하기 시작했다.

2차를 갈까 어쩔까 생각하고 있을 때, 갑자기 고토미가 말했다.

“아, 집에 가는 것도 귀찮네. 가타세 씨, 내일 아침까지 같이 있어 줄 수 없어요?”

“아침까지라니… 어디서?”

“어디 적당한 곳에서.”

그녀가 손가락으로 가리킨 ‘적당한 곳’이란 신오쿠보를 유명하게 만들고 있는 러브호텔 거리를 말하는 것이 틀림없었다.

그런데, 나는 거기서 그녀를 설득해서 그녀를 혼자 숙박시키고 본인은 집으로 돌아가는 대신 어둑한 골목길 속으로 함께 사라져버린 것이다.

여자가 먼저 유혹했는데 거절하면 창피해 할까봐, 따위의 변명을 할 생각은 털끝만큼도 없다. 나 역시 ‘기준이 흔들렸다’는 이야기일 뿐이다. 아니, 어쩌면 나는 상대가 계기를 주기만 한다면 언제라도 가볍게 불 속으로 뛰어드는 남자인지도 모른다. 그 상대에게 어떤 의미에서든 일정 이상의 호의를 갖고 있기만 한다면.

본질적으로 한심한 것이다. 내 스스로도 어렴풋이 그런 걸 자각하고 있었기 때문에 '계기'가 만들어질지도 모르는 상대와 교류하는 것을 평소부터 피하고 있었던 게 아닐까. 고토미와 지금까지 자지 않았던 것도 단순히 그녀가 그런 내색을 보이지 않았기 때문일지도 모른다.

일이 끝난 뒤, 그대로 자고 가겠다는 고토미를 그곳에 두고 혼자 집으로 돌아오면서 나는 멍하니 그런 것을 생각하고 있었다. 상상했던 것보다 육감적인 몸매를 가진 그녀의 피부를 마음속에 어지러이 떠올리면서.

단 한 번 정도라면 '실수'였다고 칠 수 있다. 나츠에게 감출 수 있다는 자신도 있었다. 이런 일이 있었던 직후에는 일부러 서로 피하는 것도 계면쩍었고, 나도 고토미도 '뭐든지 마음 편하게 상담할 수 있는 이성 친구'로서의 상대를 잃어버리고 싶진 않았다. 그래서 우리는 그 후로도 아무 일도 없었다는 듯이 한 달에 한 번씩 계속 만나고 있었다. 관계의 내용이 지금까지와 달라진 것은 없다, 이 정도면 존속될 수 있다, 라고 생각하고 있었다. 그러나 그것은 겉으로만 그랬던 것으로, 아마도 정말은 이미 결정적으로 무언가가 변질되어 있었던 것이다. 신오쿠보의 그 하룻밤을 경계로 아주 깊은 부분에서.

두 번째에는 내가 먼저 손을 내밀었다. 어쩌다 이런저런 일이 잘 진행이 안 돼서 몹시 짜증이 나던 때였다. 고토미는 "아, 좋아요."하며 선선히 응했다. 마치 '조카딸의 생일선물을 고르는 데 같이 가달라'고 부탁받은 것처럼.

그게 금년 2월의 일로, 그 뒤로는 고토미와 그런 일은 없었다. 그러나 '두 번 있었던 일은 세 번도 있을 수 있는 것'이다. 이젠 어느 쪽인가가 조금 '흔들리는 것'만도 바로 고 사인이 될 것이다.

"뭘 사올까 망설이다가 이걸로 했어요."

고토미는 그렇게 말하면서 데이룸의 작은 테이블 위에 감잎차 상자를 올려놓았다.

"혈당치를 내리는 데에 좋대요."

"와, 고마워. 신경 쓰게 해서 좀 미안한걸."

짙은 초록색의 민소매 원피스에서 알맞게 살이 붙은 팔과 꽤 풍만한 가슴이 여지없이 드러나 있다. 고토미의 그런 모습은 이미 여러 번 봤을 텐데도 병원에서 보니까 이상하게 더 요염해 보인다. 별로 기운이 있어 보이지도 않고 얼굴색도 좋지 않지만, 그 탓에 원래부터 하얀 피부가 한층 더 농후한 색향을 풍기고 있는 것처럼 느껴져서 나는 당황하여 눈을 돌렸다. 계속 보고 있으면 혈당치가 올라가 버릴 것 같다.

“건강해 보이네요. 마지막으로 만났을 때보다 얼굴색이 훨씬 좋아
요.”

“응, 약이 효과가 있나봐. 살은 여전히 안 붙고 있지만.”

“지금 몇 킬로그램이에요?”

“53.2였나?”

“우와, 나하고도 별로 차이 없잖아요! 남자 체중이 아니에요, 그건!”

내 키는 170센티미터가 조금 넘는 정도이므로 흔히 말하는 ‘표준체
중’인 63킬로그램에는 훨씬 못 미친다. 정말 다치바나 선생의 말대로
‘머지않아 체중이 늘어날 것’인지 조금 미심쩍을 정도다.

“그렇지만 기분은 아주 좋아. 규칙적인 식생활이란 게 좋은 거더군.
몸에서 독기가 빠져가는 기분이 들어. 그보다도 오히려 병문안 온 고토
미가 기운이 없어 보이는데?”

“네…. 사실은 어제도 크게 다투었지 뭐에요.”

고토미는 여섯 살 연상인 남자와 이미 사실혼 상태에 들어가 있다.
혼인신고는 ‘적당한 때를 보아서’ 한다고 하지만, 같이 살고 있으면 역
시 여러 가지로 신경 쓰이는 게 많은지 언쟁이 끊이질 않는 모양이다.
주의를 주면 말한 부분은 고치지만 본질적인 문제를 이해하지는 못하
는 것 같다고 고토미는 말한다.

“글쎄, 이해는 하고 있을 거야. 그렇지만 남자는, 물론 나 자신도 포

함해서 말인데, 인격적인 성장이 아주 늦으니까 말이야. 여자 입장에서는 서른이 넘었는데 무슨 '성장'이냐고 생각할지 모르겠지만 긴 안목으로 봐주라고. 나도 집사람한테 얼마나 '교육'을 받았는데. 그 사람이 고토미한테서 주의 받은 부분을 고치려고 하는 겸허함만 갖고 있다면 가능성은 충분히 있는 것 아닐까? 시간은 걸릴지 몰라도."

"그럴까요…. 그럼 좀 더 느긋하게 지켜볼까."

우리 부부 같은 관계가 이상형이라고, 고토미는 언제나 말하고 있었다. 맞벌이부부에 가계비는 반반씩 내고, 남은 급료는 완전히 자기 재량. 가사는 균등하게 분담하고, 서로가 이성 친구와 마시러 가도 '친구'인 이상 참견은 안 한다. 그녀가 남자와의 관계에 관해서 나에게 자주 상담해오는 것도 나를 그 방면의 '선구자'로 보는 의식이 있기 때문이다. 얄궂게도 지금은 그녀 자신이 그 '이상형의 부부관계'에 은밀히 비집고 들어온 모양이 되어버렸지만.

"교 짱?"

그때 갑자기 익숙한 목소리가 들려와서, 나는 엉겁결에 몸을 움츠렸다. 어느 새 나츠가 테이블 옆에 서있었다.

"어? 응? 아, 오늘은 못 온다고 하지 않았던가?"

"미안, 접대 예정이 다음 주로 변경돼버려서 시간이 나서 잠깐 들렀어."

"아, 어머? …사모님?"

고토미는 용수철에서 튕겨지듯이 일어나서는 나츠를 향해서 몇 번이나 머리를 숙였다.

"저, 처음 뵙겠습니다. 아, 저는 아키요시라고 합니다. 가타세 씨에게는 항상 신세를 지고 있어요. 아, 아니, 회사에서, 회사에서 신세를!"

그렇게 '회사에서'라고 강조하면 오히려 수상하다. 그러나 나츠는 나에게 여자 친구들이 여럿 있다는 걸 이미 알고 있기에 특별히 수상쩍어하는 일도 없이 점잖게 인사를 했다.

"아, 아니요, 천만에요. 남편이 늘 폐를 끼치고 있겠죠."

"뭐, 뭐야, 깜짝 놀랐잖아. 저, 아키요시 씨는 우리 회사 에비스 사무실에서 근무하는데 오늘 퇴근길에 잠깐 들러준 거야…."

"그러세요? 일부러 미안합니다."

나츠는 영업 일선에서 단련된 붙임성으로 곧 고토미와 이야기를 시작했다. 고토미도 조금 당황하면서 상냥하게 맞장구를 치고 있었지만, 조금 지나자 "그럼 저는 이만…."하며 일어섰다.

엘리베이터까지 배웅한다는 구실로 같이 나와서 고토미에게 살짝 사과를 했다.

"아, 미안해. 전혀 예상치 못했던 일이라 깜짝 놀랐지?"

"네, 조금…. 그렇지만 부인은 느낌이 아주 좋은 사람이네요."

간이 철렁했다. 다른 여자 친구라면 똑같은 상황이라도 당황할 이유
가 없는데 하필이면 왜 고토미가 와 있을 때 이런 일이 생기는가.

세탁할 게 있으면 가지고 돌아가려고 왔다던 나츠는 침대를 보자 갑
자기 피곤해졌는지 "잠깐만 누워도 돼?"하며 내 침대에 누웠다. 커튼
을 쳐놓고 있어서 수상하게 생각될 것도 없다. 나는 자기가 병문안을
온 것처럼 옆의 동그란 의자에 앉았다.

나츠는 침대에서 졸음이 가득한 목소리로 뭔가 한두 마디를 말하더
니 금세 잠들어 버리고 말았다. 격무에 시달리고 있는 것이다. 문득 긴
장이 풀어지기만 하면 수마가 덮쳐올 정도로 피곤한 상태인 것이다. 그
러나 자고 있을 때의 나츠는 천진난만하게 아주 행복한 얼굴을 하고 있
다. 나는 잠시 동안, 입술을 약간 벌리고 정신없이 자고 있는 나츠의 얼
굴을 가만히 보고 있었다.

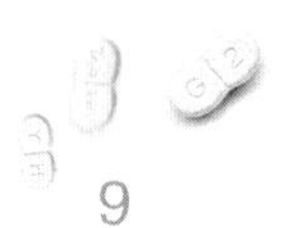

9

교육입원 개시

그 다음주부터 '교육입원'이 시작되었다. 흔히 당뇨병으로 입원했다고 하면 보통은 이 '교육입원'을 말하는 것이다. 내 경우에는 특별히 증상이 심했으므로 교육입원에 앞서 조정기간이 추가되었던 것뿐이다.

당뇨병이라는 병은 대부분 생활습관에서 기인하므로 습관 자체를 고치지 않으면 증상 개선을 기대할 수 없다. 그러므로 구체적으로 무엇을 어떻게 고쳐야 하는가에 대해서 '교육'을 받는 게 이 입원의 목적이다. 2주간에 걸쳐 오전과 오후에 각 과목당 1시간가량 강의를 듣는다. 병동 내에 있는 '컨퍼런스룸'이라 불리는 작은 회의실 같은 방이 교실이다.

가장 중요시되는 것은 '영양지도'—즉 퇴원 후에 모든 것을 스스로 알아서 해야 하는 식이요법의 실제에 관한 내용이지만 그 사이사이에 운동요법과 약물요법, 당뇨병 관련 검사법과 일상생활에서의 주의점 등에 관한 강의도 포함되어 있는 등 실제 내용은 다양하다.

강의시간표를 보고 가장 이상하게 생각한 것은 '치과위생 지도'였지만 강의를 듣고 나자 '아, 그렇구나'하고 이해가 되었다. 고혈당상태가 되면 모세혈관이 끊어지기 쉬운데다가 혈액이 만성적으로 영양과다상태가 되어 치조농루齒槽膿漏* 등을 일으키기 쉽기 때문이다. 치과위생사가 입안이 흐물흐물해질 정도로 썩어서 손도 쓸 수 없게 된 환자의 무시무시한 사진을 보여주며 "이렇게 되지 않도록 이를 열심히 닦는 습관을 가지세요."라고 말할 만도 하다.

'손톱·발톱 깎는 법'이라는 강의까지 있다. 특히 발톱. "오늘부터 발톱은 이렇게 평행이 되도록 깎으세요."라고 한다. 발톱은 보통 발톱의 모양에 따라 둥글게 깎지만, 당뇨환자에게 그런 방법은 금물이다. 발톱에 미세한 상처가 생길 염려가 있기 때문이다. 고혈당 상태에서는 그런 상처가 화농되기 쉬울 뿐더러 말단신경장애가 일어나 있을 가능성이 있기 때문에 모르는 새에 상처가 악화되어 당뇨병성 괴저壞疽를 일으킨다든가 최악의 경우에는 다리의 일부를 절단하게 되는 경우도 있기 때문이다.

그런 설명과 함께 썩어 들어간 다리의 사진을 보여주면 역시 상당히

---

*치조농루 : 치주증이라고도 하며, 치아를 턱뼈에 고정·유지시키는 치주조직의 만성진행성 질환으로 치아의 주변에서 농이 나오고 치아가 흔들리다가 결국엔 빠져버린다.

섬짓해진다. 신경장애가 악화되면 '발바닥에 만두피를 붙인 듯한 느낌'이 든다고 한다. 감각이 소실되는 것이다. 많은 환자가 이구동성으로 그런 표현을 하고 있다. 그래서 아주 작은 유리조각 등에 상처를 입어도 의식하지 못하고 방치해두는 경우가 있다. 거기에서 화농이 시작되는 것이다. 나는 무심코 양말을 벗고 발바닥을 만져보지 않을 수 없었다.

그러나 강의를 듣고 있는 사이에 차츰 알게 된 것은 '발의 괴저'라든가 '안저출혈', '치조농루' 등 당뇨병의 합병증으로 열거되는 여러 가지 증상의 대부분은 혈당치가 높은 상태를 상당히 오랫동안 방치해둔 후에야 비로소 일어나는 일인 것 같다.

"가타세 씨의 경우는 발병한지 얼마 안 됐으니까 아직 신경장애를 일으킬 염려는 없습니다."

다치바나 선생도 그렇게 장담했었다.

그리고 냉정하게 생각해보면 발이 어느 날 한순간에 갑자기 썩을 리는 없다. 그렇게 되기까지의 과정이 있었을 터이다. 그 동안에 한 번도 자기 발의 상태를 제대로 체크하지 않았다는 것 자체가 이상한 일 아닌가. 유일하게 생각할 수 있는 것은 '못 본 것으로 한다'라는 패턴이다. 나 자신도 당뇨 증상이 명백하게 나타나고 있었음에도 불구하고 무리하게 다른 원인을 생각하려고 했었다. 현실을 직시하지 않으면 시기를 놓치게 된다. 그 극단적인 예가 바로 이런 환자들이 아닐까.

실제로 당뇨 때문에 안저출혈이 일어나 왼쪽 눈을 실명한 어느 환자의 사례는 의사로부터 몇 번이나 경고를 받았음에도 불구하고 장기간에 걸쳐 전혀 식생활을 개선하지 않았던 것이 원인이었다고 한다. 나 같은 경우에는 일단 병원 문을 두드린 이상 기본적으로 의사의 충고나 지시에 따르는 것이 당연하다고 생각하지만, 실제로 그렇게 생각하는 사람은 놀랄 만큼 적은 모양이다.

'교육입원'의 프로그램은 '환자는 기본적으로 의사의 지시를 지키지 않는다'라는 기본인식 하에 설정되어 있다. 나는 수차례에 걸쳐 강의를 들으면서 그런 인상을 강하게 받았다. 시끄러울 정도로, 지겨울 정도로 반복해야 겨우 말을 들을까 말까다. 그것은 같이 강의를 듣고 있는 환자들만 관찰해 봐도 쉽게 상상할 수 있는 일이었다.

'교육입원'은 각 층 단위로 같은 시기에 입원한 당뇨병 환자 몇 명씩을 한데 모아 실시하고 있다. 내가 듣고 있는 강의의 경우에는 나 외에도 세 명의 환자가 이를테면 '동기'로서 같은 내용을 배우고 있었다.

그중에서는 내가 압도적으로 최연소자이며, 다른 세 명은 모두 60세 전후의 고령자였다. 한 사람은 남자인 기도코로 씨. 뼈와 가죽만 앙상히 남아 있는 걸로 보아 아마도 병이 상당히 악화된 후에 입원했을 것이다. 나머지 두 사람은 같은 여자이지만 타입은 상당히 다르다. 세리자와 씨는 그런대로 품격이 있는 조용한 사람이지만 다른 한 사람, 요시나리 씨는 아주 수다스럽고 더구나 아직도 여자로서의 '현역' 의식이 강한 모양이다. 작은 몸집에도 불구하고 등 뒤까지 기른 검은머리를 자랑스럽게 나부끼고 있다는 점에서도 그런 것을 알 수 있고, 기회가 있을 때마다 나를 포함한 남자 환자들에게 왠지 응석부리는 듯한 목소리로 말을 거는 습관이 있다.

"그 쬐그만 여편네, 도대체 시끄러워 죽겠어! 다 늙은 주제에 아양은 또 왜 떨어!"

언젠가 병실에서 운노 씨가 그렇게 욕설을 퍼부은 적이 있다. 비록 운노 씨라 할지라도 남자라는 사실은 틀림없다 보니 요시나리 씨가 끈끈한 목소리로 말을 건 모양이었다.

"아는 척하지 말란 말이야!"

마지막 그 한마디는 운노 씨 본인에게 그대로 돌려주고 싶었지만, 사실 요시나리 씨는 조금 주의가 필요한 인물로서 친절하게 대해주면 곧 기어올라 앞뒤 안 가리고 뻔뻔하게 행동하는 사람이었다. 그래서 나도 강의시간 외에는 될 수 있는 한 가까이 하지 않았다.

이 요시나리 씨는 강의 도중에도 툭 하면 남의 말에 훼방을 놓는다.

"어머, 두부 먹으면 안 돼요? 두부는 건강식품 아니에요? 얼마 전에 텔레비전에서 어느 의학박사님이 두부 먹으면 오래 산다고 그랬는데…?”

아무도 두부를 ‘먹으면 안 된다’고는 하지 않았다. 다만 두부는 ‘주로 단백질을 포함한 식품’이어서 의외로 칼로리가 높으니까 식단을 짤 때 주의하라고 한 것뿐이다.

“연어가 3분의 2토막에 1단위지요? 1단위만 먹고 싶을 때, 그럼 남은 3분의 1은 어떻게 해요? 어중간하게 남잖아요? 그런 어중간한 음식들로 냉장고가 가득 차면 어떡해요?”

그런 걸 남이 알게 뭐냐. 고양이한테라도 주면 될 것 아닌가.

또 이런 일도 있었다. 당뇨병 환자가 받게 되는 여러 가지 검사에 관해서 검사기사檢査技師가 강의를 하고 있을 때였다. 그 검사기사는 본인도 당뇨병에 걸려있었는데, 여담으로 어떤 에피소드를 들려주었다. 그가 착실하게 식이요법을 계속하고 있던 어느 날, 손자가 자신의 생일을 축하한다며 촛불을 밝힌 케이크를 들고 왔다고 한다.

“할아버지, 생신 축하드려요!”

물론 식이요법이라는 관점에서 본다면 당분과 지방분과 탄수화물 덩어리일 뿐인 케이크를 먹는다는 것은 당치도 않다. 그러나 그는 고맙다고 말한 뒤, 주저 없이 그 케이크를 전부 먹어 치웠다고 한다.

“글쎄, 그런 상황에서 어떻게 그걸 안 먹을 수가 있겠어요? 손자가 생일을 축하해 주는 건데. 그런 경우에는 괜찮아요. 그냥 먹으면 돼요.

다음 날 조금 참고 식사량을 줄이면 됩니다. 의사들은 절대 안 된다고 하지만 그 사람들은 자기가 그런 입장이 되어 본적이 없기 때문에 그런 말을 하는 거예요.”

이 에피소드의 요점은 ‘아무리 식이요법이라고 해도 그렇게 자로 재듯이 따질 필요는 없다’는 것이다. 밖에서 생활을 하는 이상 아무래도 규정된 양 이상 먹는 것을 피할 수 없는 순간도 있을 터이다. 그러나 때때로 약간의 일탈이 있다고 해도 전체적으로 최종 계산만 맞으면 그걸로 괜찮은 것이고, 그런 정도의 마음가짐으로 임해야 식이요법도 오래 지속할 수 있는 것이다.

“아, 그렇지만 영양사 선생님한테는 내가 이런 말을 했다고 말하지 마세요. 야단맞으니까. 이것은 어디까지나 당뇨병 환자의 한 사람으로서, 즉 여러분과 같은 입장에 선 사람으로서의 체험담이니까요.”

그는 마지막에 그렇게 덧붙이는 것도 잊지 않았다. 그럼에도 불구하고 그 다음번 ‘영양지도’ 시간에 ‘당뇨병 환자에게 케이크는 독과 같은 것이다’라는 이야기가 나오자, 요시나리 씨는 아무런 망설임도 없이 이렇게 발언했다.

“그렇지만 어제 검사기사님은 생일에 손자한테서 케이크를 받으면 먹어도 된다고 하던데요?”

그녀도 일부러 누군가를 골탕 먹이려고 이런 식의 발언을 하는 것은 아니다. 아마 머리가 별로 안 좋은 듯하다. 본질을 모르고 있기 때문에 '일반화'가 안 되고 엉뚱한 방향으로 이해를 한다든가 같은 것을 몇 번씩이나 되묻는 것이다. 그리고 주어진 정보의 우열을 가리지 못해서 사소한 문제에 일일이 얽매인다.

그 덕분에 강의가 예정보다 10분, 15분씩 길어지는 일이 자주 일어나고 있었다.

어느 날 내가 요시나리 씨의 그런 비본질적인 발언들에 진절머리를 내며 '컨퍼런스 룸'에서 병실로 돌아오자 "공부 끝났어?"하고 운노 씨가 말을 걸어 왔다.

"또 그 기분 나쁜 여편네가 얘기를 질질 끌고 있었지? 똑같은 말을 몇 번씩이나 물으면서 말이야."

"네, 정말이지 그대로입니다. 어떻게 아세요?"

"나는 여러 종류의 사람을 많이 대해봐서 척 보면 알아."

그렇군, 술장사를 했었으니 사람 관찰하는 것이 특기일 것이다. 자기 자신에 대한 관찰도 좀 더 잘했더라면 그도 지금의 참상에까지는 이르지 않았을지도 모르지만.

이렇듯 요시나리 씨가 '모르고 있는 것'은 확실했지만 다른 두 사람 역시 요시나리 씨와는 달리 별 말이 없으니까 눈에 띄지 않는 것뿐, 이해도가 그리 높지 않다는 것은 소소한 일들로 미루어 짐작할 수 있었다.

아니, 그들에게서는 처음부터 '이해하려고 하는' 기색이 보이질 않았다. 모이라고 해서 모였고 눈앞에 강사가 서 있으니까 우선 그 동안만 얌전하게 듣고 있을 뿐이지, 퇴원하고 나면 그것을 자기 힘으로 실천해야만 한다는 당사자 의식 같은 것은 전혀 느낄 수가 없었다.

그 증거로 '교육입원'의 전반부가 끝났을 때, 병원 측에서 주말에는 일시적으로 귀가할 것을 권장했음에도 불구하고 외박 서류를 제출한 사람은 나 하나뿐이었다. 공부한 것을 실제로 시험해볼 절호의 찬스가 왔는데도 스스로 그것을 포기한 것이다.

"웬만하면 댁에 돌아가서서 실제로 해보시는 게 좋은데요…."

영양사 선생도 반쯤은 체념한 듯한 어조로 그렇게 말한다.

무리도 아니지, 하고 이해가 되는 부분도 있다. 나는 입원 전에 독학으로 식이요법의 기본적인 지식을 익혔고 며칠뿐이긴 하지만 실천도 한 적이 있었기 때문에 강의 내용 자체는 별로 어렵게 느껴지지 않았다. 하지만 그들로서는 처음 듣는 사실들뿐일 게다. 더군다나 연령도 꽤 높다. 이제 와서 새로운 것을 처음부터 배우는 것은 꽤 힘들 것이다.

그러나 그러면 안 되는 것이다. 여기서 제대로 배워놓지 않으면 언제 배운단 말인가. 나는 그들과 같은 전철은 밟지 않겠다고 새삼 결의를 다졌다.

그런 와중에 기쁜 소식 하나가 들려왔다. 지난번 '축뇨'의 검사 결과가 나와서 내 당뇨병의 '형形'이 판명된 것이다.

"2형입니다. 다행입니다. 요법을 열심히 계속하면 좋아질 거예요."

다치바나 선생이 싱긋 미소를 지으며 그렇게 말했다.

평생 인슐린주사를 필요로 하게 되는 '1형'이 아니라 췌장이 '약해져 있을 뿐'인 '2형'. 약해져 있을 뿐, 나의 췌장은 아직 자력으로 인슐린을 분비할 수 있는 것이다. 불행 중 다행이라고 할 수 있겠다.

"그러면 시험적으로 인슐린 투여를 중단하고 먹는 약으로 바꿔볼까요? 최근에는 혈당치도 안정되어 있으니까요."

당뇨병 환자에게 투여되는 약품은 인슐린만이 아니다. '경구혈당강하제經口血糖降下劑'라고 불리는 먹는 약이 있다. 췌장을 자극하여 인슐린의 분비를 촉진하는 것이나 장에서의 포도당 흡수를 억제하여 결과적으로 혈당의 상승을 막는 것 등 여러 종류가 있는데, 내게는 '속효성 인슐린 분비 촉진제'라는 것이 처방되었다. 식사를 시작하기 직전에 먹으면 되는 것으로 'ㅇㅇ분 전에'라는 구속이 없는 만큼 관리도 편하다.

그것은 또한 저혈당의 공포로부터도 멀어질 수 있다는 것을 의미하고 있다.

며칠 전, 나는 처음으로 '저혈당'이라는 것을 경험했었다. 전에도 말했지만 저혈당이란 약물요법을 받고 있는 당뇨병 환자의 혈당치가 필요 이상으로 내려갔을 때 나타나는 빈혈 비슷한 상태를 말한다.

그것은 점심식사 직후에 갑자기 덮쳐왔다. 쟁반을 급식차에 갖다 놓고 이를 닦은 후 칫솔을 세척하고 있을 때의 일이다. 처음에 느낀 것은 손의 감각이 이상하다, 라는 느낌이었다. 그 감각을 말로 표현하기는 좀 어려운데, 마치 손 안이 갑자기 뻥 뚫린 것처럼 섬뜩하리만치 공허한 느낌이었다.

손수건으로 손을 닦고 나서 손을 쥐락펴락하며 감각을 확인하고 있는 동안 눈의 초점이 점점 흐려지기 시작했다. 초점이 맞아야 할 부근에서 어슴푸레하게 검은 안개 같은 것이 보였다. 그와 동시에 머릿속의 땀구멍과 목덜미에서 일제히 식은땀이 솟구쳐 나오고 심장이 경종처럼 요란하게 박동을 치기 시작했다. 손끝도 부들거리며 멋대로 흔들리고 있었다.

이대로 그냥 있으면 죽는다, 라는 본능적인 공포가 몸을 가로질렀다.

무슨 일이 일어나고 있는지 전혀 모르는 채 우선 병실로 돌아와 침대에 가만히 앉아 있었더니, 다행히 몇 분 후에는 그 상태에서 벗어날 수 있었다. 곧 회사로 돌아가야 할 시간이었으므로 그 당시에는 깊게 생각해보지 않았지만, 나중에 다치바나 선생에게 그 상황에 대해 보고했더니 "그건 틀림없는 저혈당입니다."라는 대답이 돌아왔다.

생각해보니 그날은 어쩌다 식사배급이 늦어져서 점심을 먹기 시작한

시간이 보통 때보다 15분 정도 늦었었다. 더구나 그날따라 인슐린주사
는 조금 빨리 맞았던 것이다. 식사를 시작하기 30분전에 주사를 맞는
것이 이상적이지만, 그날은 주사를 맞고 나서 식사를 시작하기까지 결
국 1시간가량 걸렸던 탓에 먹은 게 소화되어 포도당으로 변하기도 전
에 인슐린이 먼저 작용하기 시작한 것이다.

"앞으로 그런 일이 있으면 바로 포도당 정제를 드세요."

다치바나 선생은 그렇게 말했다. 포도당 정제라는 것은 말 그대로 포
도당 덩어리로, 납작하고 커다란 정제로 되어 있다. 침대에서 떨고 있
었던 때에도 순간적으로 그것을 생각했었다. 그러나 그 상태가 진짜
'저혈당'인지 어떤지 확신할 수가 없었던 것이다.

다행히 그때가 식사 직후였기 때문에 잠시 후 먹은 게 소화됨과 동시
에 저혈당상태에서도 자연히 벗어날 수 있었지만 그렇지 않았다면, 또
는 식사 개시 시간이 좀 더 늦었더라면 그대로 의식을 잃고 혼수상태에
빠졌을지도 모른다. 말로만 들었던 '저혈당'이 얼마나 무서운 것인지를
뼈저리게 알게 되었다.

단지 인슐린을 투여하는 시간 하나를 가늠하는 것만 해도 꽤 어려운
일이다. 병원처럼 프로가 관리하고 있는 상황에서조차 이런 일이 일어
나는 것이다. '식사하기 30분 전에 투여한다'라고 말하는 것은 간단하
지만, 식사를 직접 준비하는 경우에는 음식이 식탁에 차려지는 시간을

정확하게 계산하기까지 상당한 경험이 필요할 것이다. 더욱 곤란한 것은 외식을 하게 될 경우다. 식당에 들어가서 주문한 음식이 테이블에 놓일 때까지 몇 분이 걸릴지, 즉 식당에 들어가서는 몇 분 전에 주사를 놓는 것이 가장 적당한지를 알 수 있을 턱이 없다.

식사 직전에 먹기만 하면 되는 '경구혈당강하제'라면 우선 그런 번잡스러움이 없고, 음식이 눈앞에 놓이고 난 후에 먹으면 되는 것이니 저혈당을 일으킬 염려도 거의 없다고 할 수 있다.

이것만으로 지금까지와 다름없이 혈당을 컨트롤할 수 있다면 상당히 편해진다. 나는 그 즐거운 뉴스를 갖고 토요일 점심 전, 외출허가서를 의기양양하게 너스센터에 제출했다. '동기' 사람들이 전원 그 권리를 포기한 '교육입원'의 중간 휴식 중 외박이다.

"외박이군요. 돌아오시는 것은 일요일 늦은 오후. 잘 알았습니다."

허가서를 접수한 사람은 마침 담당 간호사인 오오사키 씨였다.

"사실, 우연찮게도 오늘이 제 생일입니다."

"어머나, 그래요? 축하합니다! 잘됐네요, 마침 외박할 수 있는 날이어서."

"네, 오늘 저녁은 집사람이 조촐한 생일상을 차려준다고 했어요. 물론 식이요법을 따른 식단이지만요."

"그랬군요! 마음껏 즐기고 오세요."

그렇다. 정말로 우연찮게도 나는 입원 중에 서른네 번째 생일을 맞게 되었고, 그날이 마침 외박이 가능한 토요일이었던 것이다.

그날 밤 나츠가 만들어준 저녁식사는 여러 가지 의미에서 완벽했다.

주 요리는 크기는 작지만 그래도 와규* 스테이크. 거기에 삶은 브로콜리, 아스파라거스, 당근 등의 야채가 듬뿍 곁들여져 있다. 샐러드와 콘 스프, 마늘을 곁들인 버섯 소테, 바게트. 호화스럽게 보이지만, 나츠는 "이래봬도 거의 규정 칼로리 내로 맞춘 거야."라며 자신만만해 했다.

더욱 기뻤던 것은 얇게 자른 오렌지를 띄운 페리에가 있다는 사실이었다. 축배용 샴페인 대신이었다.

"생일 축하합니다!"

나츠가 그렇게 말하며 페리에 잔을 마주쳐 왔다. 충분히 맛있는 식사를 한 뒤였지만, 나츠는 장난스럽게 웃으며 말했다.

"헤헤, 사실은 디저트도 있거든!"

여기에 또? 하고 눈을 돌리자, 거기에는 바로 나츠의 바나나케이크가 있었다.

아니, 정확히 그것은 아니다. 내가 너무나 좋아하는 바나나케이크에 가깝게 만든, 구운 바나나였다. 바나나 한 개를 송두리째 오븐 토스터

＊와규和牛 : 일본산 소.

에 구웠다. 껍질이 새카맣게 되어 버려서 보기에는 좀 그래도, 나이프로 껍질을 벗기자 부드럽게 녹은 과즙이 흐르며 숨이 막힐 정도로 달콤한 향기를 내뿜었다.

“바나나 한 송이는 조금 많을지도 모르지만 오늘은 특별한 날이니까.”

이게 의외로 맛있었다. 믿을 수 없을 정도로 맛있었다. 바나나라는 과일이 단지 굽기만 해도 이렇게 ‘과자 같은’ 맛이 난다는 사실을 나츠는 어떻게 알고 있었는지.

“고마워. 정말로 최고야. 너무 맛있어!”

바나나의 달콤함에 넋을 잃으며 나는 무심코 눈물을 글썽이고 있었다.

몇 번이나 감사를 해도 모자란 기분이었다. 정말 좋은 아내를 가졌다고 생각했다. 어떤 호화스러운 레스토랑에서 대접을 받은 것보다도 잊지 못할 생일날이 될 것 같은 기분이 들었다.

10

퇴원

교육입원도 후반으로 접어들고 한 달에 걸친 입원생활도 점점 마무리를 향한 초읽기에 들어가 있었다. 퇴원 전날의 마지막 '영양지도'는 지금까지 배운 식이요법 지식에 관해서 복습하는 테스트였다. 테스트 형식은 아주 단순해서 시험지에 몇 가지 식품의 이름이 적혀 있고 그 각각이 식이요법의 관점에서 봤을 때 어느 분류에 속하는지를 답하는 것뿐이었다.

'영양지도' 강의에서는 일본당뇨병학회가 편찬한 〈식품교환표〉를 교재로 사용하고 있었다. 식품을 분류한 다음 대략적인 열량을 칼로리로 표시해둔 책이다. 나도 나츠도 실제로 이것을 참조하면서 '당뇨병 식사'를 만들고 있는 것이다.

그 '분류'라는 것을 조금 자세히 설명하면, 모든 식품은 원칙적으로

‘표1’에서 ‘표6’ 중의 어느 한 가지로 분류된다. 다만 설탕, 된장, 맛술 등의 조미료와 술, 과자 등의 기호품은 이것과는 별도의 범위이다.

대충 말하자면 ‘표1’은 흰쌀이나 빵 같은 곡물류, ‘표2’는 과일로서 이 두 항목이 ‘주로 탄수화물을 포함한 식품’이다. 여기에 이어서 ‘주로 단백질을 포함한 식품’으로 ‘표3’의 육류, 생선류가 있고, ‘표4’가 유제품, 그밖에 ‘주로 지방질을 포함한 식품’으로 ‘표5’의 유지油脂, 다지성多脂性식품이 있으며, 마지막으로 ‘주로 비타민, 미네랄을 포함한 식품’으로 ‘표6’의 야채, 버섯류가 있다.

테스트는 문제의 식품이 어느 분류에 해당하는지를 표에서 찾아 답을 적는 것이었다.

【문제】

다음 식품은 표1~표6 중 어느 분류에 속합니까?

1~6의 숫자로 답해주십시오.

조미료일 경우에는 ‘조’라고 기입해 주십시오.

(1) 양배추

(2) 돼지 허벅지살

(3) 요구르트

이런 식이다. 참고로 정답은 (1)표6 (2)표3 (3)표4이다. 언뜻 보기에는 간단해 보이지만, 전에도 말했던 것처럼 여기에는 의외의 함정이 있다. 예를 들어 일반적인 콩류는 '곡류'에 해당하므로 '표1'이지만 대두(두부, 낫토 등의 대두제품도 포함)나 껍질째 삶는 풋콩은 단백질 함유량이 특히 많아서 '표3'으로 분류된다. 또한 돼지 허벅지살은 '표3'이지만 돼지 삼겹살이나 베이컨은 지방질이 많기 때문에 '표5'로 취급된다.

그런 부분은 물론 '함정 문제'로 일부러 들어가 있는 거였지만, 실전을 포함하여 열심히 예습을 해온 나는 거의 생각할 것도 없이 술술 해답을 써내려갔다. 실제로 이것이 머릿속에 들어가 있지 않으면 퇴원 후의 식이요법이 원만하게 진행될 리도 없는 것이다. 그런데 다른 세 사람을 보니 아니나 다를까 악전고투하고 있다. 아니 정확하게는 '악전고투'하고 있는 것은 요시나리 씨와 세리자와 씨, 두 여성뿐이다.

기도코로 씨는 천하태평이었다. 왜냐하면 그는 첫 문제를 풀기 시작할 때부터 〈식품교환표〉를 버젓이 펼쳐 들고 정답을 확인해가면서 답안을 작성하고 있었기 때문이다.

영양사는 기도코로 씨의 너무나도 대담한 부정행위를 아는지 모르는지, 모두가 답안 작성을 마칠 때까지 그저 조용히 기다리고 있을 뿐이다.

분류	종류	1단위의 양
표1	곡류	밥 50그램, 식빵 30그램, 스파게티(건조) 20그램, 감자 110그램, 연근 120그램
표2	과일	사과 150그램, 딸기 250그램, 바나나 100그램, 귤 200그램
표3	생선	대구 100그램, 전갱이 60그램, 고등어 40그램, 가리비 120그램, 오징어 100그램
	고기	소고기 허벅지 살 40그램, 돼지고기 등심살 60그램, 닭 가슴살 80그램, 닭고기 다짐육 40그램, 로스 햄 40그램
	달걀, 치즈 대두와 그 제품	계란 50그램, 프로세스 치즈 20그램 두부(연두부) 140그램, 두부(일반두부) 100그램, 낫토 40그램, 유부 20그램, 삶은 풋콩 60그램
표4	우유와 유제품	보통우유 120밀리리터, 요구르트 120그램, 탈지분유(스킴밀크) 20그램
표5	유지, 다지성식품	식물성 기름 10그램, 드레싱 20그램, 마요네즈 10그램, 아보카도 40그램, 삼겹살 20그램, 베이컨 20그램, 아몬드 15그램
표6	야채 버섯, 묵	녹황색 야채, 연한 색 야채를 여러 가지 섞어서 300그램 먹는 양의 제한 없음
조미료		된장 40그램, 맛술 35그램, 설탕 20그램, 카레 루 15그램, 토마토 케첩 60그램

“자, 이제 시간이 다 됐는데요. 아직 쓰지 못한 곳은 그냥 두셔도 되니까 교재를 보고 각자 답을 맞춰보세요.”

이윽고 영양사는 그렇게 지시했다.

“다 하셨어요? 그러면 마지막으로 여러분의 점수를 알려주세요. 아셨죠? 교재를 보지 않고 답을 맞힌 것에만 동그라미를 치세요. 그리고 그 숫자를 말해주세요. 자, 우선 가타세 씨, 40점 만점 중에서 몇 점이었나요?”

“38점입니다.”

풋콩(표3)과 연근(표1)만 기억이 확실치 않아 틀리고 말았다. 아깝다.

“요시나리 씨는 몇 점이었습니까?”

“20…4점. 전혀 모르겠어요, 저는.”

“네. 기도코로 씨는?”

“32점!”

거짓말 마, 이 아저씨야! 사실은 빵점이지?

그리고 그가 공공연한 커닝을 했음에도 불구하고 놓친 8점은 선생이 “답을 맞춰보세요.”라고 지시한 시점까지도 아직 답을 옮겨 적지 못했던 부분일 것이다.

요컨대, 애당초 공부할 마음이 없는 것이다. 이 사람은 나와 같은 날에 교육입원을 수료하고 바깥세계로 돌아가지만, 그리 멀지 않은 장래에 거의 틀림없이 이곳으로 다시 돌아오게 될 것이다. 시치미를 떼고 앉아있는 빼빼 마른 기도코로 씨를 보면서 나는 그렇게 확신했다. 남은 두 사람도 크게 다를 것이 없다. 결국 대부분의 환자들이 어쩔 수 없이 두 번, 세 번씩 입원을 하게 되는 것이다.

마지막 날인 토요일, 이 병원에서의 마지막 혈당측정을 끝내고 병실로 돌아갈 때 문득 너스센터 옆 벽에 붙은 종이가 눈에 띄었다. '이 병동의 식사에 관해서'라고 적혀 있다. 환자의 병명에 따라서 각각 식사의 내용과 양이 다른 경우가 있다는 것, 허가 없이 다른 환자와 반찬 교환 등을 하지 말 것… 등, 어찌 보면 당연한 주의사항이 열거되어 있는 끝에 작은 글씨로 이런 내용이 첨부되어 있었다.

아침식사는 일식(밥) 또는 양식(빵) 중에서 선택할 수 있습니다.
양식을 희망하는 분은 전날 밤까지 간호사에게 말씀해 주십시오.

그런 거라면 미리 말해줬으면 좋았을 것을. 아니, 아마 이 벽보는 내가 입원하기 전부터 붙어 있었을 것이다. 단지 내가 부주의했던 것뿐이다. 그러나 오오사키 씨가 처음에 한마디만 해줬더라면 나는 매일같이 나오는 밥에 질리지 않아도 되었을 텐데.

어쨌든 마지막 아침식사도 새로이 신청하기에는 이미 늦어버렸다. 나온 것은 여전히 변함없는 일식이었다.

그 아침식사를 끝냈을 무렵, 다치바나 선생이 회진을 왔다.

"오늘로 무사히 퇴원이군요. 경구혈당강하제도 잘 듣는 것 같으니까 퇴원 후에도 계속해서 먹는 것으로 합시다."

기분 탓인지 선생도 밝은 표정을 하고 있다. "한 달 안에 꼭 퇴원시키겠습니다."라고 자신만만하게 선언했던 일이 생각난다. 그는 확실히 약속을 지켰다. 프로레슬러처럼 믿음직스러운 체격은 결코 허세가 아니었다.

"아주 순조로우니까 그러다가 먹는 약도 필요 없어지고 식이요법과 운동요법만으로 괜찮게 될지도 모릅니다. 앞으로는 한 달에 한 번 외래환자로 오시면 됩니다만, 지금 뭐 특별히 걱정되시는 거라도 있나요?"

"저, 혈당측정인데요…."

입원 중에는 혈당측정이 매끼 식사와 꼭 세트로 되어 있었다. 손가락을 찔러 구멍을 내고 피를 짜낸 횟수도 이제 100번 가까이 될 것이다. 둘째손가락부터 새끼손가락까지 안 아픈 손가락이 없다. 이 이상 구멍을 내고 싶지는 않다. 그러나 계속 그것을 해온 탓에 혈당을 재지 않고 식사를 한다는 건 왠지 마음이 불안하다. 측정기를 구입하는 것은 가능한가.

“그럼요, 구입하시겠다면 밑에서 팝니다. 그렇지만 저는 개인적으로
는 권하지 않습니다.”

다치바나 선생은 그렇게 단언했다.

“우선, 꽤 비쌉니다. 2만 엔 정도 합니다. 게다가 갖고 있으면 역시
식사 때마다 측정하게 되겠죠? 그러면서 하루에 세 번, 올라갔다는 둥
내려갔다는 둥 하면서 그때마다 일희일비一喜一悲하는 인생이 과연 바람
직한 걸까 하는 생각이 들어요. 마치 혈당치를 재기 위해서 사는 것처
럼 되는 게 아닐까 해서요. 가타세 씨는 좀 더 느긋하게 사셨으면 합니
다. 어차피 한 달에 한 번 채혈해서 헤모글로빈 A1c를 측정하면 과거
2, 3개월간의 상태는 알 수 있으니까 그걸로 대체적인 경향은 알 수 있
습니다. 그거면 충분합니다.”

이 사람이 하는 말은 역시 설득력이 있다. 정말 그 말이 맞을지도 모
른다. 어차피 요법은 앞으로도 계속해서 하지 않으면 안 된다. 즉 이 병
과는 오랫동안 싸워나가야 하는 것이다. 그렇게 생각하면 매번 마음을
졸이며 혈당치를 재는 것이 과연 얼마나 의미가 있겠는가.

“알았습니다. 그러면 사지 않겠습니다.”

“걱정 마세요, 가타세 씨는 이해력이 좋고 열심히 노력하고 계시니
반드시 좋아질 겁니다.”

다치바나 선생은 그렇게 말하고는 거구를 흔들며 사라졌다. 그 등을

향해 무심코 "지도해주셔서 감사합니다!"라고 외치고 싶어졌다.

'교육입원'은 '수료증서'의 수여와 함께 정식으로 끝났다. 컨퍼런스룸에 모인 나와 3명의 '동기'에게 만면에 가식적인 미소를 띤 원장이 직접 증서를 전달했다. 최후의 확인 테스트에서 노골적으로 커닝을 했던 기도코로 씨도, 본론과는 상관없이 언제나 옆길로 빠져서 결국 수업시간을 연장시켰던 요시나리 씨도, 너무 조용해서 존재감이 없었던 세리자와 씨도 모두 수료증서를 받았다. '귀하는당병원의당뇨병교육입원의 전과정을수료했습니다 앞으로의생활에꼭도움이되시길바랍니다'라는, 무슨 까닭인지 마침표도 쉼표도 없는 문장이 인쇄되어 있다.

어쨌든 여기서 얻은 지식은 틀림없이 '앞으로의 생활에 도움'이 될 것이다. 다른 사람들은 몰라도, 적어도 나 자신에 관해서는 자신이 있었다.

병실로 돌아왔을 때 마침 나츠가 왔다. 보통은 토요일에도 출근했었지만 역시 오늘만큼은 휴가를 낸 것이다.

"오오, 퇴원하세요? 축하합니다!"

침대주변을 정리하고 있는 우리들을 보고 사기사와 씨가 웃으면서 말했다. 원래부터 사람 좋은 분위기의 할아버지다. 그 커다란 목소리도 이럴 땐 좋게만 들린다.

“여러모로 신세가 많았습니다. 가끔 오는 어린아이는 손자인가요? 아주 귀엽던데요.”

나츠도 나의 퇴원에 마음이 들떠 있는지 평소보다 더욱 사교적이 되어 립 서비스를 하고 있다. 그러나 나는 왠지 모르게 운노 씨의 불안한 침묵 쪽이 마음에 걸렸다. 오늘 아침부터 묘하게 말이 없는 것이다. 평소에는 귀찮을 정도로 참견이 많던 그가 일부러 내 쪽으로 웅크린 등을 향한 채 침대에서 움직이지를 않는다.

“그럼, 운노 씨도… 저 오늘 퇴원합니다.”

트렁크와 몇 개의 종이 가방에 짐을 전부 집어넣고 병실을 나서기 전, 나는 부러 그의 침대 앞까지 가서 인사를 했다.

“응? 아아….”

“여러모로 신세를 많이 졌습니다.”

“으, 응.”

운노 씨는 그렇게 건성으로 대답하면서 힘없이 고개를 끄덕거리고 있을 뿐, 내 얼굴조차 제대로 쳐다보지 않았다.

“왜 그랬을까? 그렇게 시끄럽던 사람이….”

너스센터를 향해 복도를 걸으면서 말하자 나츠가 웃었다.

“삐진 거 아냐? 자기는 퇴원하려면 멀었는데 먼저 나가버려서.”

붙임성이 있는 사람은 남보다 유달리 외로움을 타는 사람이기도 하다는 거겠지. 게다가 생각해 보니 '마중 나올 아내가 있다'는 점도 심기를 불편하게 했을지 모른다. 나 역시 한편으로는 운노 씨와 헤어지는 것을 가장 섭섭하게 생각하고 있었다. 독서를 방해하는 귀찮은 인물, 이런 기회가 아니면 일생 알고 지낼 리 없는 종류의 인간이긴 했지만, 거꾸로 생각하면 이걸 마지막으로 두 번 다시 만날 일이 없을 것이다. 그렇게 생각하니 어느 날 다시 훌쩍 들러보게 될 지도 모르겠다는 생각도 조금은 든다.

그러나 그것도 아마도 퇴원이라는 이벤트에 따른 순간적인 감상에 지나지 않을 것이다. 지금은 한 달 동안 먹고 자며 지내왔던 병동을 떠난다는 사실에조차 일말의 섭섭함을 느끼고 있으니까.

너스센터에서 담당 간호사인 오오사키 씨를 만났다. 나츠하고 미리 의논해서 감사의 뜻으로 과자를 선물하기로 했었는데, 오오사키 씨는 받을 수가 없다고 했다.

"받으면 안 돼요, 우리는."

도립병원 공무원이라 뇌물로 취급된다는 것일까. 할 수 없이 과자는 집어넣고 대신 여러 번 깊이 머리를 숙여 인사를 하고 나왔는데, 도로 가져가게 될 가능성을 고려해서 차 같은 것을 준비했더라면 좋았을 거라는 생각이 들었다. 과자는 집에서 소비하기가 어렵다. 적어도 나는 거의 먹을 수가 없다.

11

담당 교체

"완벽해요, 훌륭합니다! 이렇게까지 완벽하게 하신 분은, 제가 봐온 분들 중에서도 다섯 손가락 안에 들어요!"

영양사가 감격에 겨워 외쳤다. 퇴원 후 첫 번째 영양지도에서의 일이다.

도립 신주쿠병원에서는 당뇨병 외래환자에 대해 월 1회 진료와 함께 영양지도를 병행하고 있다. 교육입원 중에 배운 식이요법 관련 지식을 이후의 생활에 제대로 적용하고 있는지 어떤지 정기적으로 체크하기 위해서이다. 외래에 오기 전 3일분의 식사내용을 상세하게 기록하여 보고해서 영양사에게 '채점'을 받는 것이다.

그 바로 전에 있었던 진료에서도 나는 다치바나 선생으로부터 절찬을 받았다. 입원 시점에 13.8을 마크하고 있었던 헤모글로빈 A1c가 퇴원 후의 채혈에서는 9.5까지 급락한 것이다.

입원 당시에 받았던 〈당뇨병 건강수첩〉에는 헤모글로빈 A1c의 추이를 그래프로 기록할 수 있는 페이지가 있다.

"이걸 보세요, 급강하입니다. 이건 굉장히 빨리 내려간 거예요. 입원하셨을 땐 글쎄, 너무 높아서 눈금이 없었잖아요."

다치바나 선생의 말대로 그래프의 눈금은 12.5가 최고치이다. 내 상태가 얼마나 나빴었는지를 알 수 있다. 당뇨도 케톤체도 이번에는 나오지 않았다. 콜레스테롤이나 중성지방 등의 수치도 눈이 번쩍 뜨일 만큼 개선되어 있다. 사실 이번 외래검진은 퇴원하고 겨우 1주일 지난 시점에서의 채혈과 채뇨 결과이므로 거의 입원치료의 결과를 보고 있는 것이나 마찬가지다. 이제부터의 경과를 살펴봐야 비로소 생활이 개선되었다는 것을 증명할 수 있는 것이다.

그러나 영양지도에서 받은 평가는 사실 그대로라고 생각한다. 나는 3일간의 식사에 대해 조금의 거짓도 없이 모든 것을 정확하게 보고했으니까.

퇴원할 때 건네받은 식사내용보고서는 한 장이 1일분으로, 아침, 점심, 저녁, 각 끼니에 먹은 음식의 이름과 거기에 사용된 식품의 내용을 열거하고 각 식품별로 무게를 적는 형식으로 되어 있다. 그 오른쪽 부분은 표1~표6에 조미료를 포함한 7열로 세분화되어 있어 각각의 식품이 해당되는 분류 부분에 중량으로 산출한 단위 수를 적는 것이다. 그 세로 합계가 하루에 섭취한 음식의 분류별 합계가 된다.

1일 1,800킬로칼로리, 22.5단위의 식사를 처방받은 나의 경우 식품의 분류별 배분은 〈표1(주로 탄수화물)＝12단위, 표2(과일)＝1단위, 표3(주로 단백질)＝5단위, 표4(우유 등)＝1.5단위, 표5(유지)＝1.5단위, 표6(야채 등)＝1단위, 조미료＝0.5단위〉가 이상적이라고 한다. 즉 표의 가장 아래의 세로 합계가 이것과 딱 맞으면 모든 영양소를 과하거나 부족함 없이 섭취하고 있는 것이 된다.

물론 완전히 일치시키는 것은 기술적으로 불가능에 가깝다. 그러나 내가 제출한 표는 세로 합계 부분에 거의 오차가 없고, 전체적으로도 초과 또는 부족분이 플러스마이너스 1단위 정도의 범위 내에 있다. 이것은 정말 '완벽'하다고 말해도 좋다. 당연하다. 매일 세 끼를 정확히 계산해서 식단을 짜고, 하나하나 무게를 달아가며 조리하고 있기 때문이다.

"어떠세요? 원래 이 영양지도는 진료 때마다 같이 하게 되어 있지만, 가타세 씨처럼 완벽하게 이해하고 계시면 앞으로는 일부러 오실 필요가 없을 것 같은데요…."

"아, 그럴 수만 있다면 저야 아주 좋죠. 이 표 쓰는 것도 꽤 힘들거든요."

칼로리 계산은 어차피 그때그때 빠짐없이 하고 있지만, 그것을 보고용으로 다시 표에 정리하는 데에는 시간이 꽤 걸린다. 요 3일분의 표를 만들고 있는 동안에도 나는 나츠에게 온갖 불평을 늘어놓았었다. 잘 이해하고 있는 사람에게는 굳이 이런 표를 쓰지 않아도 되게 했으면 좋겠다고. 그랬는데 최초의 영양지도에서 가볍게 '면제'를 받은 것이다.

그럴 수밖에 없다. 퇴원 후의 나는 마치 '식이요법의 화신'처럼 변해 있었으니까.

입원 전까지는 건너뛰는 적이 많았던 아침식사도 꼭 챙겨서 먹었다. 식사를 한 끼라도 거르면 하루의 혈당치가 들쑥날쑥하게 되고, 그게 췌장에 부담을 주게 되기 때문이다. 또 거의 외식으로 해결하던 점심식사는 도시락을 원칙으로 바꿨다. 물론 집에서 제대로 칼로리 계산을 해서 만든 도시락이다. 저녁식사도 별 일이 없으면 바로 집으로 돌아와 식사를 만들었다.

식사당번은 여전히 나츠였지만, 실제로는 항상 그렇게 되는 건 아니었다. 도시락만큼은 가능한 한 나츠가 만들어 주었지만 그 덕분에 아침 시간이 바빠져서 아침식사 준비까지 맡길 수는 없게 되었다. 저녁에도 잔업이 잦은 나츠의 귀가를 기다리다가는 자칫하면 식사시간이 10시 가까이가 되어버린다. 그래서 결과적으로는 거의 먼저 집에 돌아와 있는 내가 만드는 경우가 늘어나고 있었다.

"이참에 아예 담당을 바꾸는 게 좋지 않을까 싶은데….”

어느 날 내가 그렇게 제안하자 나츠도 금세 찬성했다.

"응, 나도 그렇게 생각했었어. 나는 일 때문에 만날 늦으니까 저녁 준비를 해야 할 시간에 집에 들어와 있을 적이 거의 없잖아. 도시락은 그래도 어떻게든 되니까 내가 계속 준비할 수 있지만.”

그렇게 해서 ‘식사’(도시락 제외)와 ‘세탁’의 담당을 바꾸기로 했다. 나츠는 원래 세탁을 좋아하지 않아서 그런지 좀 침울한 듯한 표정을 짓고 있었지만, 대사를 위해 약간의 희생은 감수할 수밖에 없다. 그리고 나도 현 시점에서는 할 수 있는 요리의 레퍼토리가 거의 없다. 그럼에도 불구하고 한 끼를 넘겼다고 생각하는 순간 또다시 다음 식단을 생각해야 한다. 말하자면 제대로 된 훈련도 받지 못한 채 전선에 내보내진 병사 같은 입장인 것이다.

아침식사에 관해서는 크게 까다로울 게 없다. 패턴을 정해버리면 되는 것이다. 아침에 일찍 일어나지 못하는 우리 둘은 항상 시간에 쫓기기 일쑤이고, 게다가 나츠는 원래부터 아침에는 식욕이 없는 편이라 별로 먹지도 않는다. 일단은 나만 걱정하면 된다. 그리고 입원 중에 일식 일색의 식단에 질렸던 나는 빵에 굶주려 있었다.

주식인 표1의 한 끼 분량은 한 봉지에 여섯 장짜리 식빵이라면 두 장, 롤빵이라면 두 개가 적당하다. 하루에 5단위가 필요한 표3은 ‘아침식사에 1단위, 점심과 저녁식사에 2단위씩'으로 미리 배분해놓는다. 아침에 필요한 것은 1단위이므로 달걀 한 개를 오믈렛이나 프라이로 해서 먹든가, 아니면 햄 두 장을 빵과 같이 먹거나 비엔나소시지 두 개를 삶아 먹는 식이다.

하루에 1.5단위를 섭취해야 하는 표4는 우유나 무가당 플레인요구르트 180밀리리터를 아침식사 때 먹는다. 표2의 과일도 하루에 1단위가 필요하지만 도시락에는 넣기 어려우므로 아침과 저녁에 반반씩 섭취한다. 즉 아침식사 때에는 0.5단위만 섭취하면 되니까 바나나라면 반 개, 사과라면 1/4개를 먹는다. 작게 잘라서 요구르트를 끼얹어 먹는 것도 좋다. 시큼한 무가당 요구르트가 과일의 단맛 덕분에 먹기 쉬워지니까.

문제는 표6의 야채다. 매끼마다 '여러 가지 야채를 섞어서 100그램 정도'를 섭취해야 한다.

왜 당뇨병 환자가 야채를 많이 먹어야 하느냐면, 물론 비타민과 미네랄 등 야채에 포함된 영양소가 몸에 좋기 때문이기도 하지만, 포인트는 식물성 섬유질이다. 식물성 섬유질을 대량으로 섭취하면 그게 다른 식품을 감싸서 소화가 천천히 되게끔 해준다. 그 결과 혈당치의 급격한 상승을 막을 수 있는 것이다. 그래서 식물성 섬유질 덩어리이면서도 칼로리는 거의 없는 곤약이나 해초, 버섯 등을 표6으로 분류하여 다량 섭취하도록 장려하고 있다.

또 야채는 일반적으로 수분을 많이 포함하고 있기 때문에 많이 먹으면 포만감이 느껴져서 칼로리가 높은 식품을 무턱대고 뱃속에 채워 넣지 않게 된다는 이점도 있다. 그래서 식사 때에는 되도록 야채를 먼저, 많이 먹는 게 좋다고 한다.

보통은 토마토, 오이, 양상추, 샐러리 등의 생야채나 전날 밤에 데쳐 둔 브로콜리, 아스파라거스 등으로 샐러드를 만드는데, 드레싱이나 마요네즈는 표5, 즉 유지방에 속하므로 여기에서 단위를 많이 써버리면 다른 요리에 기름을 쓰기가 어렵게 된다. 여유가 있다면 전날 밤에 야채스프를 만들어 두면 양배추나 양파, 홍당무 등을 효율적으로 섭취할 수 있어 좋다.

아침은 대강 이런 식이다. 그러나 매일 아침이 똑같으면 질리니까 가끔은 피자토스트를 만든다든가(그 경우에는 빵에 얹는 치즈 한 장이 표3의 1단위에 해당한다), 빵 대신에 시리얼을 먹는다든가, 아니면 밥을 먹는다든가 하지만, 대체적인 패턴을 정해놓는 편이 일일이 생각할 필요가 없어 편리하다.

하지만 저녁식사까지 이런 요령으로 할 수는 없었다. 언제나 똑같은 메뉴여서는 곧 질려버리게 될 거고, 나츠도 같은 음식을 먹을 것을 생각하면 가능한 메뉴를 풍부하게 하고 싶다는 게 당연한 심정 아닐까. 우선은 췌장의 기능 유지가 목표지만, 확실히 '내가 만든 요리를 먹어

주는 사람이 있다'는 사실은 요리에 대한 의욕을 높여준다.

처음에 산 〈당뇨병의 식사〉만으로는 이제 식단을 꾸려갈 수 없게 되었다. 나는 나츠가 사둔 요리책을 모조리 섭렵하면서 열심히 연구했다. 물론 그런 책에 나와 있는 레시피는 일반용이기 때문에 그대로 만들면 칼로리가 적당치 못한 경우가 많다. 그럴 땐 〈식품교환표〉와 대조해가며 재료의 사용량을 조절하여 요리를 만들었다.

요리라는 것은 시작해보면 의외로 재미있다. 그리고 경험이 쌓일수록 처음 만드는 요리에도 겁을 내지 않게 된다. 요리란 분명히 유닛의 조합에 불과한 것이다. '자른다', '껍질을 벗긴다', '잘게 썬다'라든가 '굽는다', '삶는다', '볶는다', '찐다'라는 각각의 공정에 대해 어떤 식품을 사용해서 어떤 식으로 조합할 것인지, 모든 것은 그 변주變奏라고 해도 좋다.

간을 맞추는 것도 뭔가 특별한 요리가 아니라면 대강 패턴이 정해져 있다. 일식의 경우 '다시, 간장, 술, 맛술'이 기본이고, 이것들을 사용해서 간을 맞추면 크게 틀리지는 않는다.

요령도 점점 자연스럽게 몸에 배어든다. 〈당뇨병의 식사〉를 한손에 들고 처음으로 혼자서 당뇨병 식사를 만들었던 때처럼 절차를 틀려서 막대한 시간을 허비하는 일도 이제는 없다.

우선은 쌀을 씻어서 전기밥솥에 안치고, 된장국을 만들어 놓은 다음에 부식, 주 요리 순으로 조리해 나간다. 우엉이나 파처럼 물에 담가둘 필요가 있는 것, 소금이나 후추를 뿌린다든가 양념장에 재워놓는다든가 해서 밑간을 해둬야 할 필요가 있는 것 등은 미리 해놓는다. 조림요리라면 조리는 동안 식탁 준비를 한다든가 밖에서 사온 반찬을 그릇에 담거나 하면 좋다. 굽거나 볶는 요리는 우선은 재료 준비만 해놓고 불에 올리는 것은 반드시 가장 나중에 한다. 그 사이에 된장국을 약한 불로 다시 데워둔다.

이렇게 해서 나는 대략 40분 내에 저녁식사를 준비할 수 있게 되었다. 요리의 레퍼토리도 단기간에 비약적으로 늘어났다. '야채를 많이 섭취한다'는 명제를 늘 의식하고 있다 보니 그런 요리가 많다. 고기를 채워 넣은 피망 찜, 우엉무침, 가다랑어포를 얹은 꼬투리강낭콩 조림, 버섯과 무즙 조림, 닭고기와 야채 찜, 오징어와 무 조림, 배추와 무 와사비 무침, 고등어와 배추 중국식 조림, 대구 호일 찜, 풋고추와 잔멸치 볶음, 명란으로 양념한 가지튀김, 돼지고기로 까치콩을 말아 찐 것, 무와 조개관자 무침….

처음에는 어쨌든 식사 담당이 나츠였기 때문에 일단 집에 돌아와 보고 나서야 식단을 생각하고 냉장고 안에 남아있는 재료를 확인, 모자라는 것들을 메모해서 집 옆의 슈퍼마켓에 사러 가곤 했었지만, 그렇게 하면 실제로 요리를 시작하기까지는 상당한 시간이 걸린다. 그래서 정식으로 내가 담당이 된 후로는 방법을 바꿔서 전날 밤에 다음날의 저녁 식단까지 짜두게 되었다. 그리고 그날 밤에 냉장고를 체크해서 쇼핑 메모를 만들어두는 것이다. 다음날 아침에 그걸 안주머니에 넣고 출근하면 귀갓길에 슈퍼마켓에 들러 필요한 것을 살 수 있다.

다만, 집에 돌아오고 나서 당분간은 숨 쉴 여유조차 없다는 건 이전과 마찬가지였다. 사온 것들을 냉장고에 넣고 미케마츠의 화장실을 깨끗이 치우고 먹이접시에 사료를 부어주는 일부터 시작해서 저녁 준비를 위해 싱크대를 치워야 한다. 아침에는 나츠도 설거지까지 하고 갈 여유가 없다 보니 아침에 사용한 그릇들이 그대로 쌓여있는 것이다. 싱크대가 어지럽혀져 있으면 기동력이 둔해져서 요리에도 쓸데없이 시간이 걸리므로 먼저 치워둘 필요가 있다. 하는 김에 점심시간에 회사에서 먹은 도시락 그릇도 닦고, 그 다음에 겨우 요리를 시작한다. 대체로 잔업이 없어 일찍 돌아온다고 해도 식탁에 음식이 차려지는 것은 보통 8시부터 8시 30분경이다.

하지만 그 시간에도 나츠가 돌아와 함께 식탁에 앉는 일은 거의 없다. 나츠의 귀가시간은 빨라야 8시 30분, 보통은 10시 전후이다. 거래처의 접대 같은 게 있는 날이면 새벽에 돌아오는 일도 가끔 있다. 그래서 나츠가 귀가할 때까지 굳이 기다리지는 않는다. 식이요법의 관점에서는 매일, 가능한 한 규칙적으로—즉 가능한 한 정해진 시간대에 식사를 하는 게 이상적이기 때문이다.

나츠는 진짜 바빴다. 나의 식이요법에 협력하고 싶은 마음은 가득하겠지만 가능한 일은 물리적으로 제한되어 있었다. 도시락도 일주일에 한두 번, 심할 때는 네 번 정도까지 도저히 만들 여유가 없을 때가 있다. 그러나 도시락이란 재료만 있으면 그 다음에는 담기만 하면 되는 것이다. 전날 밤에 남은 음식이든지 뭐든지 칼로리만 맞으면 된다.

나도 그녀의 사정을 생각해서 도시락에도 넣을 수 있도록 가능한 한 저녁 반찬을 많이 만드는 습관이 생겼다. 국 한 그릇과 세 가지 반찬을 원칙으로 하는 저녁식사를 매일 밤마다 전부 새로 만드는 게 부담스러워서 한 종류는 밖에서 사온 반찬으로 때우고 있었는데 그 반찬도 가끔은 넉넉하게 사서 도시락에 넣을 수 있게 하기도 했다. 그렇게 해도 도시락을 준비하지 못하는 때가 있다.

무리도 아니다. 매일같이 거래처 접대로 오전 1시에 귀가하고 다음날 아침 9시까지 출근해야 하는데 어떻게 도시락 준비까지 할 수 있겠는가. 결국은 내가 집에 있는 것으로 급하게 도시락을 싸게 된다.

"미안해, 어제도 오늘도 도시락 못 만들어서. 그렇지만 가끔은 외식이나 편의점 도시락도 괜찮지 않을까?"

나츠는 그렇게 말한다. 그러나 나는 어디까지나 집에서 만든 도시락을 고집했다.

아마도 반쯤은 강박관념 같은 것이었다고 생각한다. '가끔은 괜찮겠지'하고 스스로 일탈을 허용해버리면 그것을 신호로 처방된 칼로리를 지키려고 하는 의지가 조금씩 무너져가게 되지 않을까. 그리고 다음번 채혈에서 수치가 급격하게 나빠지기라도 한다면….

그래도 몇 번인가는 도저히 도시락을 준비할 수 없어서 할 수 없이 외식을 한 적이 있다.

식당을 정하기가 어렵다. 단순히 음식이 많은 정도라면 알아서 얼마만큼을 남기면 되니 간단하다. 매일 재료의 무게를 재고 요리를 만드는 생활을 거듭하고 있으면, 예를 들어 돼지고기라면 이게 대충 몇 그램이라는 것을 보기만 해도 알 수 있게 된다. 나는 이미 닭다리에서 눈대중으로 60그램(1단위)만을 정확히 잘라낼 수 있을 정도의 실력이 몸에 배어 있었다. 외식의 진짜 문제점은 바로 야채를 섭취하기가 어렵다는 점이다.

망설인 끝에 나는 입원 전부터 점심시간에 자주 들르던 대만 식당을 선택했다. 언뜻 생각하기에 중국식이라고 하면 기름진 요리가 많아 당뇨병에 나쁠 것 같지만 의외로 야채를 듬뿍 사용한 요리가 많다. 그리고 그 식당에는 점심시간에 한해서 얼마든지 추가가 가능한 샐러드 바가 있어서 생야채를 마음껏 먹을 수 있다. '샐러드 바'라고는 해도 아무렇게나 자른 양상추나 토마토 등을 산처럼 쌓아둔 옆에 특대 사이즈의 마요네즈 병이 하나 놓여 있을 뿐인 '와일드'한 샐러드 바이지만 말이다.

나는 고기야채볶음 정식을 주문하고 생야채를 접시에 가득 담아 자리에 앉았다. 이걸로 100그램이라는 할당량은 가볍게 달성할 수 있을 것이다. 다만 마요네즈는 칼로리가 높으므로 접시의 가장자리에 아주 조금만 담았다. 엄지손톱 정도밖에 안 되는 그것을 소중하게 배분해가며 먹어야 한다.

잠시 후, 옆 테이블에 나와 비슷한 연령대의 샐러리맨 세 사람이 앉았다. 그들은 국수와 볶음밥이 세트로 되어 있는 정식을 주문하고는 곧 줄줄이 샐러드 바로 향했다. 흐음, 주문한 것은 초 고칼로리이지만 일단은 야채도 섭취해야 한다는 의식은 갖고 있는 것으로 보인다. 그렇게 생각하고 기특하게 여긴 것도 잠깐, 나는 자리로 돌아온 그들이 손에 들고 있는 것을 보고는 기가 막혀서 눈이 휘둥그레졌다.

수북이 담긴 야채… 아니, 마요네즈다. 수북이 담긴 마요네즈. 마요네즈로 표면이 덮여서 그 아래에 있을 양상추의 초록색이 전혀 보이지 않는다. 세 사람 모두 그런 상태의 '샐러드'를 들고 있다. 샐러드라는 것은 그렇게 해서 먹는 거라는 게 일반적인 상식이라도 되는 듯이. 자리에 앉기가 바쁘게 그들은 아무 말도 없이 그것을 덥석덥석 먹어대기 시작했다.

저런 것은 '야채를 먹는다'라고 할 수도 없다. '야채 위에 올린 마요네즈'를 먹고 있는 것이다. 보고 있는 것만으로도 기분이 나빠진다.

이윽고 테이블 위에 국수와 볶음밥 세트가 놓이자, 그들은 그것도 순식간에 먹어 치웠다.

더더욱 놀란 것은 한 사람, 두 사람 자리에서 일어나더니 생야채를 추가로 더 갖고 오는 게 아닌가. 아니, '수북한 마요네즈를 추가'했다고 해야 할까.

그 마요네즈만으로도 내가 하루에 섭취해도 좋은 표5(유지)의 세 배, 칼로리로 말하자면 300킬로칼로리 가까이 되지 않을까. 칼로리 같은 건 전혀 의식하지 않고 먹고 싶은 대로 먹어댔던 입원 전의 나조차도 저런 짓은 하지 않았다.

그런 기름덩어리를 아무런 망설임도 없이 부지런히 입안에 밀어 넣고 있는 그들을 보고 있자니 점점 화가 나기 시작했다.

어떻게 저런 사람들이 건강하고, 왜 내가 당뇨병인가. 저렇게 기분 나쁘게 먹어대는 놈들이 어떻게 아무런 식사 제한도 받지 않으면서 태평스럽게 살고 있는 것인가.

아니, 지금은 그들도 아무렇지도 않게 제멋대로 먹고 있지만 그런 식생활이 일상적인 거라고 한다면 조만간 내장이 이상해지지 않을 리가 없다. 자각증상이 없고 어쩌다보니 아직 발견되지 않았을 뿐 어쩌면 이미 췌장이나 간장, 신장 중 어느 쪽이, 또는 전부가 상해 있을지

그렇다면 통근시간에 운동을 하는 것도 쉽지 않게 된다. 처음에는 아침에 30분 일찍 집을 나서는 게 도저히 힘들 것 같아서 귀가시간에 해야겠다고 생각했지만, 저녁식사는 귀가한 뒤에 먹게 되니 회사에서 집으로 돌아가는 길이란 결국 '식전'에 해당하므로 실격이다. 그렇다고 해서 매일같이 저녁식사 후에 30분씩 산보하러 나간다는 것도 피곤하다. 역시 아침에 해야 할까? 그러나 나는 원래부터 아침에 못 일어나는 편이니 지속되기 어려울 게 분명하다.

무리하지 않고 계속하는 것이 중요한 것이다. 나는 우선순위를 그쪽에 두기로 하고 저녁식사 후에 근육 트레이닝을 중심으로 하는 운동을 시작했다. 팔굽혀펴기나 복근운동 등은 근력을 붙이는 정도 밖에는 도움이 되지 않지만 아예 안 하는 것보다는 낫다. 거기에 더해서 힌두 스쿼트를 하거나 조깅을 흉내 낸 제자리 뛰기 운동을 하기도 했다.

결국 그런 식으로 2, 30분을 쓸 거라면 차라리 산보하러 나가는 게 낫지 않겠냐고 생각할 수도 있겠지만, 방 안에서 운동을 하면 그동안 신문을 읽거나 프랑스어회화 비디오테이프를 볼 수도 있다. 그냥 걷기만 해서는 아무래도 시간이 아깝다는 생각이 들어서 참기가 어려운 것이다. 그리고 얼마 지나지 않아 그것은 거의 매일 거르지 않는 '습관'이 되었다.

덕분에 근육은 상당히 붙었다. 팔굽혀펴기도 처음에는 계속해서 열

번도 못할 정도로 한심한 상태였지만 '15회씩 2세트', '20회씩 3세트'하
는 식으로 서서히 운동량을 늘려서 결국은 연속 100회도 어렵잖게 할
수 있게 되었다. 복근도 생겨서 태어나서 처음으로 '배에 왕王 자'가 생
겼다. 다만 그게 운동요법이라는 측면에서 보면 얼마나 쓸모가 있는 것
인지는 잘 모르겠지만 말이다.

어쨌든 이런 노력은 하루하루 열매를 맺어갔고, 수치는 다치바나 선
생도 놀랄 정도로 눈에 띄게 개선되어 갔다. 다만 그 나름의 희생은 치
러야 했다.

12

알력

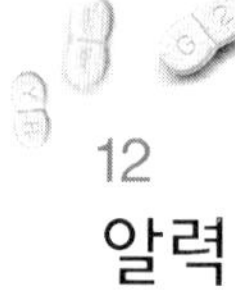

　퇴원 후, 술자리는 주 1회만 갖는 것으로 거의 정착되었다. 그때까지는 주 2~3회씩 술자리로 인간관계를 다져왔던 술친구들과의 만남을 주 1회로 엄격하게 통제하다 보니 각자를 만나 마시는 간격은 멀어진다. 그래도 대부분의 인간관계는 입원 전이나 다름없이 유지되고 있었다.

　1번 타자는 역시 히가시노 아리사였다. 퇴원한 다음 주 금요일에 곧 약속을 했다. 알코올이 들어가면 어차피 총 칼로리 섭취량은 대폭 초과되지만, 일단은 나름대로 신경을 써서 야채가 포함된 안주를 많이 주문한다든가 튀김 종류는 피한다든가 하는 식으로 신중을 기했다. 그러나 야채를 섭취하기가 어려운 것은 이자카야도 마찬가지였다.

　"야채요? 그러면 이 해물 마리네이드 샐러드는 어때요?"

　아리사가 메뉴를 가리킨다.

"글쎄… 이건 아마 해물의 양이 더 많을 것 같아. 해물은 단백질이거든. 그리고 '마리네이드'라면 기름에 절인 거나 마찬가지고."

"아, 그러면 이건 어때요? 토란찜!"

"응… 감자류는 야채가 아니라 탄수화물로 취급되거든…."

"그러면 두부 같은 것도 안 됩니까?"

"미안, 두부는… 단백질로 취급해…. 아, 이걸로 하지. 야채스틱. 이거라면 틀림없이 순도 100퍼센트짜리 야채니까. 요리치고는 재미없지만."

나는 이와 비슷한 대화를 이후로도 수많은 사람들과 지겨울 정도로 되풀이하게 된다. 그러는 동안에 점점 귀찮아져서, 애초부터 야채를 섭취하려는 시도 자체를 포기하게 되었다. 물론 밖에서 마실 때에 한해서의 이야기다. 그럴 땐 깨끗이 단념하고 '오늘은 OK'라고 해두는 것이다. 이자카야에서 식이요법을 관철하려고 한다는 것 자체가 처음부터 무리한 이야기이고, 여러 가지로 제한을 두다 보면 같이 마시는 상대방에게도 미안하다.

술도 이자카야 같은 곳에 가서 말 그대로 '맛보는 정도'로 끝내는 것은 어려운 일이다. 원래부터 그 정도만 마시는 사람이었다면 별로 문제될 게 없겠지만, 나는 내버려두면 가게가 문을 닫을 때까지 끝없이 마셔댈지도 모르는 쪽인 것이다.

그리고 술에 취하면 가장 무서운 것이, 취기가 돌수록 판단기준 그 자체가 갱신되어간다는 것이다. "오늘은 가볍게 한두 잔 정도만!"이라고 말했던 게 마시다 보니 막차시간이 되어버렸다는 식의 경험은 많은 사람이 공유하고 있을 것이다. '당뇨병 환자니까 마셔도 석 잔 정도까지만 해두자'라는 것은 취하지 않은 상태에서 다짐하는 말이다. 실제로 석 잔째를 마시고 나면 꽤 취기가 올라와서 '한 잔 더 마신다고 해서 크게 다를 것도 없겠지', '뭐, 한 잔 더 마셔도 괜찮지 않을까', '마지막으로 한 잔만 더'하는 식으로 시간의 경과에 따라 기준이 점점 변해간다.

처음의 한 잔은 예전의 세 배 정도의 시간을 들여서 아껴가며 마신다. 그러나 두 잔째 이후부터는 명백하게 속도가 빨라지는 것이다.

"저는 제 식대로 마실 테니까 가타세 선배는 본인의 페이스로 천천히 마셔 주세요. 저한테 맞추려고 신경 쓰실 필요 없어요."

아리사가 일부러 그런 식으로 못을 박아주었음에도 불구하고 마지막에는 입원전과 아무런 다름이 없는 상황이 되어 버렸다. 야채를 섭취한다는 둥의 노력은 한 순간에 모두 물거품이 되었다.

"이러니 저러니 하면서도 꽤 드셨네요, 오늘도. 정말 괜찮으신가요?"

"괜찮아, 괜찮아!"

"그거, 근거는 갖고 하시는 말씀이신가요? 취객들은 기본적으로 모두 그렇게 말하던데요?"

물론 '근거' 따위가 있을 리 없다. 취하면 그런 것은 아무래도 상관없어지는 것이다. 그러나 매주 비슷한 상황이 반복되고 있는 동안, 어느 덧 그것은 실제로 '근거'가 있는 행동이 되어 있었다. '그래도' 수치가 개선되어 갔던 것이다.

퇴원 직후의 채혈에서 9.5로 급락했던 헤모글로빈 A1c는 10월의 검사에서는 7.7로, 11월의 검사에서는 6.5까지 떨어졌다. 그래프로 그리면 입원했던 시점의 13.8에서 거의 직선으로 급강하하는 형태가 된다. 건강한 사람과 거의 같다고 보는 당뇨병 치료의 목표치 '5.8 이하'가 코앞에 다가와 있었다. 콜레스테롤과 중성지방 수치도 순조롭게 떨어졌고, 반대로 체중은 4킬로그램 정도 회복되었다.

"굉장하네요, 가타세 씨. 아주 좋습니다! 이게 다 가타세 씨가 열심히 하신 덕분이겠죠!"

다치바나 선생이 놀라움을 감추지 못하며 그렇게 말했다.

"퇴원하시고 나서는 외래진료로 한 달에 한 번씩 오고 계신데, 이 정도라면 두 달에 한 번으로 충분할 것 같네요. 다음 예약은 1월로 할까요?"

그렇군. 이 정도 마시는 것은 치료에 악영향을 끼칠 정도는 아닌 것이다. 수치가 모든 것을 말해주고 있다. 당당해져도 좋다. 실제로 나는 그렇게 가슴을 펴도 될 만큼 성과를 내고 있다고 생각한다. 어떤 의미로는 1주일에 한 번 술을 마신다는, 그 무엇과도 바꿀 수 없는 즐거움을 사수하기 위해서라도 나는 그 외의 6일간은 그야말로 죽을 각오로 노력하고 있었던 것이다.

식이요법을 조금이라도 수월하게 행할 수 있도록 여러 가지 응용도 했다.

〈식단/쇼핑 메모〉를 고안해낸 것도 그중 하나다. 전날 밤에 다음날 저녁의 식단까지 생각하고 냉장고의 재고를 체크해서 다음날 사와야 할 재료를 메모해 두는 일을 매일 거듭하는 동안에 이런 일을 위한 전용 서식을 만들면 어떨까 하고 생각한 것이다. 나는 컴퓨터에 들어 있는 엑셀을 사용해서 스스로가 생각하는 용도에 가장 적합한 표를 작성해봤다.

이 표는 A4사이즈를 넷으로 분할한 것으로, 상단의 '쇼핑 메모'와 하단의 '식단 메모'로 구성되어 있다. 우선 하단의 식단 메모부터 설명하면, 이것은 〈① 주 요리, ② 반찬 1, ③ 반찬 2, ④ 국〉의 네 칸으로 나뉜다. 영양 밸런스를 고려해서 '국 한 그릇과 세 가지 반찬'이라는 구성의 식사를 원칙으로 하고 있기 때문이다. 각 칸에는 우선 '음식 이름'을 쓰고 그 옆에 '1인분'의 칼로리를 계산할 수 있는 칸(사용하는 재료는 무엇인가, 목표량은 몇 그램인가, 그것은 몇 단위인가)을 만들었다. 그러나 여기서 계산하는 것은 '표3', 즉 단백질류에 한해서이다.

왜냐하면 모든 음식에 대해서 표1~표6 및 조미료까지 포함해 그 모든 분류 내역을 일일이 계산하자면 끝이 없기 때문이다. 원칙적으로는 그런 게 필요하지만 익숙해지면 그 밖의 분류에 관해서는 특별히 무게나 칼로리를 의식하지 않아도 거의 문제가 없다. 예를 들어 주식은 흰쌀밥을 원칙으로 정해놓고 '이 밥공기에 이 정도면 몇 단위'라고 기억해두면 그걸로 오케이다. 표2의 과일은 아침과 저녁에 반씩 먹는 것으로 정해뒀기 때문에 이것도 일일이 신경 쓰지 않아도 된다.

표4의 유제품류는 아침식사에서 하루치 기준량을 다 해결하고 있기 때문에 저녁식사에까지 그것을 고려할 필요는 없다. 표5의 유지 및 조미료는 둘 다 칼로리가 높지만 '되도록 적게'라는 의식을 늘 갖고 있으면 허용범위를 넘는 일은 별로 없다. 예를 들어 고등어 된장조림이 주 요리일 때에는 국을 된장국이 아니라 맑은장국으로 한다든가, 주 요리가 볶은 음식이라면 다른 반찬은 되도록 무치거나 찌거나 해서 기름을 사용하지 않는 요리로 한다든가 하는 정도로 충분하다. 둘 다 전혀 사용하지 않고 하루의 식사를 마치는 일은 불가능에 가까우므로 반대로 모자랄 일도 없다.

표6의 야채류는 '한 끼에 여러 가지 야채를 섞어서 100그램 정도'가 적정량으로 되어 있지만 이 경우엔 반대로 '되도록 많이'라는 의식만 갖고 있으면 된다. 규정된 '100그램'을 다소 넘었다고 해도 칼로리 함유량이 원체 적기 때문에 다른 재료와는 달리 거의 영향이 없다. '100그램 이상 섭취'해도 상관없다. 그리고 '100그램 이상'의 야채란 익히

지 않은 상태로 보면 양이 꽤 많지만, 국을 포함한 다양한 요리에 적극적으로 야채를 활용한다면 무난하게 할당량을 달성할 수 있다.

물론 처음부터 이렇게 했던 것은 아니다. 처음에는 계량스푼이나 저울로 일일이 정확한 무게를 재었지만, 어느 정도 패턴이 정해지고 나니 굳이 그렇게 하지 않아도 대강 가늠할 수 있게 된 것이다. 그중에서 가장 유의해야 할 것이 표3의 단백질류라는 것도 차츰 알게 된다. 내 경우에는 저녁식사에 할당되어 있는 표3이 2단위이므로 식단을 짤 때 표3의 합계가 2단위를 넘지 않도록 하는 부분만 특별히 유의하면 된다. 그래서 이 표에는 표3만 계산하게끔 만든 것이다.

어느 날의 메모를 보자. 나는 다음날의 저녁식단을 이렇게 짰다. 우선 주 요리가 '생강에 볶은 새우와 쪽파'. 여기에 사용하는 표3은 1인분에 새우 120그램. 새우는 80그램에 1단위이므로 이것은 1.5단위에 해당된다. 즉 표3만 보면 0.5단위가 더 필요한데, 이것은 된장국에 넣을 유부로 충당한다. 유부는 한 장에 1단위이므로 그 반쪽만 쓰면 0.5단위가 된다.

그 외에 '콩나물 무침'과 '슈퍼마켓 반찬'(이것은 다음날 슈퍼마켓에서 사는 반찬으로 우엉무침이나 톳조림인 경우가 많다), 된장국에는 유부뿐 아니라 배추도 듬뿍 넣으므로 야채는 충분하다.

그러나 이것은 어디까지나 '1인분'의 계산법이다. 실제로는 나츠의 몫과, 경우에 따라서는 다음날 도시락에 넣을 것도 포함해서 넉넉히 만들기 때문에 마지막에 '사용량 합계란'을 만들었다. 이 합계란에 2인분이라면 '×2', 3인분이라면 '×3'이라고 적고, 새우를 예로 들면 1인분에 120그램이니까 '240그램', '360그램'이라는 식으로 최종적으로 필요한 양을 적어 넣는다.

그 다음은 상단의 쇼핑 메모다. 이 칸은 '당일용', '비축용', '도시락용', '기타'로 나뉘어 있다. 냉장고의 재고상황을 체크해서, 작성한 식단을 실현하기 위해 보충해야 할 재료는 '당일용'에 적는다. 예를 들어 냉장고에 새우가 없으면 '새우'라고 적는다. 실제로 쇼핑을 할 때는 아래의 식단 메모에 적은 '사용량 합계'를 참조해서 '360그램'이 필요하다면 그 양만큼을 사면 되는 것이다.

그밖에 아침식사를 포함해서 자주 사용되면서 오래 보존할 수 있는 것들(양파, 홍당무, 홍차, 시리얼 등) 중 사둘 필요가 있는 것은 '비축용'에 적어놓고, 다음날 이후에 도시락을 만들 때 편리하게끔 특별히 사놓고 싶은 것은 '도시락용'에, 그밖에 필요한 것(주방세제 등)이 있으면 '기타'에 각각 적어놓는다.

메모는 그것으로 완성이다. 다음날 아침에 잊지 않고 그것을 양복 안주머니에 넣어두면 그날 귀가할 때 잊지 않고 필요한 것들을 사 올 수 있을뿐더러, 같은 메모를 보면서 그날의 식사를 준비할 수도 있다. 또 사용 후에 보관해두면 어떤 식사를 해왔는지에 대한 귀중한 기록도 된

식단/쇼핑메모

11월 6일 (월)

쇼핑메모

당일용	새우, 반찬 1, 콩나물
비축용	우유, 시리얼, 낫토
도시락용	닭 다리살
기타	주방세제

식단메모

	음식명	1인분			사용합계
		표3	목표량	단위	
① 주 요리	생강에 볶은 새우와 쪽파	새우	120그램	1.5	×2 240그램~
② 반찬 1	콩나물무침			×	
③ 반찬 2	야채 조림				×
④ 국	배추와 유부 된장국	유부	1/2장	0.5	×2 100그램~
비고	아침 : 낫토, 야채절임				

다. 내가 생각해도 이건 꽤 잘 만들어진 서식으로, 식이요법 생활의 합리화에 큰 도움이 되었다.

그러나 그것과 쇼핑 노하우가 느는 것과는 별개의 문제다. 만약 냉장고에 배추가 남아 있다면 가능한 한 그걸 이용할 수 있도록 식단을 짠다든가, 어제 저녁에 쓰고 남은 돼지고기를 오늘 볶음요리에 이용한다든가 하는 지혜쯤은 생기게 마련일 게다. 그런데도 나는 '이상적인 식이요법을 실천한다'는 명분에 너무 신경을 쓴 나머지 '가능한 한 싼값에 만든다'라는 부분은 전혀 의식하지 못했다.

그 결과, 문득 계산해보니 두 사람의 식비만으로 한 달에 5만 엔 가까이를 쓰고 있었다. 외식을 거의 하지 않았음에도 그렇다. 그게 싸게 먹힌 게 아니라는 것쯤은 가계에 거의 관여하지 않았던 나라도 쉽게 알 수 있었다.

"그건 좀… 많이 쓴 것 같네."

나츠도 그렇게 말했다.

물론 맞벌이에 아이도 없는 우리 집의 가계에서 한 달에 5만 엔의 식비가 심각한 수준까지는 아니다. 하지만 나츠는 절약정신이 투철해서 '불필요한 비용 지출은 되도록 피한다'는 타입이었다.

"아, 하지만 안 그래도 이것저것 힘들 텐데 교 짱 편한 대로 하지 뭐."

입을 다물어 버린 나를 보고 나츠가 황급히 덧붙였지만, 솔직히 나는 너무나도 서투른 본인의 살림솜씨에 그만 우울해져 버렸다.

그 후로 나는 식비에 드는 예산을 조금이라도 줄이려고 자주적으로 노력했다. 식이요법의 질은 유지하면서도 무엇 때문에 식비가 많아지는지, 어디에 문제가 있는지를 분석했던 것이다. 예를 들어 아침식사용 빵을 항상 환승역의 고급 베이커리에서 사는 것은 낭비가 아닐까, 하는 그런 것들 말이다.

동시에 늘 가던 슈퍼마켓에도 그때까지는 전혀 눈치 채지 못했던 갖가지 '특전'이 준비되어 있다는 것을 알게 되었다.

포인트 카드에 500점이 모일 때마다 500엔짜리 상품교환권과 교환할 수 있는데 수요일에는 세 배, 일요일에는 다섯 배의 포인트를 받을 수 있다는 것이다. 그렇다면 단가가 비싼 '비축용' 식품은 가능한 한 그런 서비스데이에 사면 된다. 또 매주 월요일에는 슈마이나 물만두 같은 인스턴트 제품을 100엔에 파는 서비스가 있다. 이런 건 도시락이나 아침식사 등에 이용할 수 있다.

또 국산 브로콜리는 개당 148엔이지만, 미국산은 씹을 때의 식감이 약간 딱딱하기는 해도 100엔에 살 수 있다. 흉년이 들거나 해서 양배추나 무우, 오크라 등의 가격이 급등하고 있을 때에는 구입을 피하고, 항상 가격이 저렴한 콩나물 등으로 대신할 반찬을 생각한다. 얇게 썬 돼지고기가 필요할 때에는 모양을 갖추어서 예쁘게 담아놓은 팩보다는 가지런하지 못한 고기조각들이 난잡하게 담겨 있는 '자투리 고기' 쪽이 값이 싸다. 우유도 주의 깊게 보면 싸게 파는 종류가 매일 바뀐다.

주부라면 당연한 것이라 새삼스러울 것도 없는 일일지 모르겠지만, 나에게는 하나하나가 새로 '학습'하지 않으면 안 되는 일이었다. 그러나 그런 것들을 파악하고 '언제나 조금이라도 싼 것을' 찾아 장을 보다 보면, 개별적으로는 몇 십 엔 차이에 불과해도 모아 놓고 보면 상당한 경비를 절감할 수 있게 된다.

이런 노력의 결과 나는 그 다음 달 집계에서 식비를 놀랍게도 2만 엔대, 즉 전월에 비해 절반 가까이로 줄이는 데에 성공했다. 물론 식이요법은 그때까지와 마찬가지로 이상적인 형태를 유지하면서 말이다. 나는 주부들이 단돈 10엔이 싸고 안 싸고에 집착하는 이유를 몸으로 이해하게 되었다.

그러나 그게 쉬운 일은 아니었음은 굳이 말할 필요도 없다. 나는 마치 구도자求道者처럼 자기 자신을 엄하게 다스리는 생활을 계속하고 있었다. 식이요법이나 운동요법을 실천하지 않으면 안 되게 된 덕에 생활 형태 자체가 크게 바뀌었으니 사실은 다른 무엇인가를 그만큼 포기했어야 하는 거였다고 생각한다. 그러나 나는 그럴 수가 없었다. 그때까지 해오던 것들은 그대로 계속하면서 그 위에 치료에 관한 방대한 여러 일들을 추가하려고 했던 것이다.

어학공부나 독서 등도 물론이지만, 내게 있어서 가장 중요한 것은 소설을 쓰는 일이었다. 그것만큼은 양보할 수 없었다. 예전보다 소설을 쓰는 시간이 적어진 것은 할 수 없다고 쳐도 '전혀 쓰지 않는다'는 것은 나로서는 상상할 수조차 없는 일이었다.

왜 그렇게까지 하면서 소설 쓰기를 고집하는지 이상하게 생각하는 사람도 있을 것이다. 신인상 예선조차 좀처럼 통과하지 못했고, 이제는 적극적으로 응모하는 일조차 없어졌는데도 말이다. 그러나 아마도, 그렇기 때문이었을 것이다. 단념해버릴지도 모르는 갈림길에 다다랐다는 자각이 있었기 때문에 나는 오기로라도 그것을 사수하려 했던 것이다.

내가 진지하게 소설을 쓰기 시작한 것은 사회인이 되고 나서부터였다. 별다른 선택의 여지도 없이 샐러리맨이 되었지만 그저 시계추처럼 회사와 집을 오가는 일상은 따분했다. 뭔가 인생을 이렇게 끝맺지 않게 해줄 플러스알파, '또 하나의 세계' 같은 것을 갖고 싶었다. 그 때 생각한 것이 소설을 쓰는 일이었다. 그 안에서 펼쳐지는 사건과 이야기는 말 그대로 '또 하나의 세계'이다. 자신의 상상력에만 의지해서 다른 세계를 만드는 것. 그것이 단조로운 일상을 보내고 있는 나에게 커다란 안식처가 되어주었다.

자가요법에 급급한 이 시기에 만일 글 쓰는 것을 단념한다면 어떻게 될까. 생활은 틀림없이 그 자체만으로 꽉 차버릴 것이다. 오직 요법의 실천만을 위한 삶. 그런 것은 정말 싫다. 아무리 몸이 부자유스러운 병자라 하더라도 의미 있는 삶을 사는 것은 가능할 터이다. 그걸 증명하기 위해서라도 '소설을 쓰고 있다'라는 사실이 반드시 필요한 것이다.

나는 스스로에게 그렇게 말하며 매일 밤 조금씩, 무리를 해서라도 반드시 컴퓨터와 마주하고 있었다. 30분만이라도, 15분만이라도 좋으니까 쓰기 위한 시간을 마련하려고 애썼다. 어떤 의미로는 그것이야말로 내게 있어서 최후의 마지노선이 되어 있었던 것이다.

그러나 그걸 위해서는 산처럼 많은 일들을 그야말로 분초를 다투며 재빨리 해나가야만 했다.

해야만 하는 일들은 너무나도 많았다.

나츠가 그렇게까지 바쁘지 않았다면 조금은 나았을지도 모른다. 그러나 잔업과 접대 등으로 매일 늦게까지 일하고 주말에도 거의 집에 없는 나츠에게 뭘 바랄 수 있겠는가. 오히려 뭔가를 바라는 쪽이 사람도 아닐 것이다.

내가 식사 담당이 되면서 설거지는 나츠의 담당으로 바뀌었지만, 밤 10시쯤에 돌아와 겨우 식사를 하는 나츠는 이미 기진맥진해 있어서 바로 설거지를 하려고 하질 않는다. 나는 빨리 깨끗한 부엌에서 내일 아침식사 준비를 하고 싶은데 싱크대에는 언제까지나 설거지거리가 쌓여 있는 채인 것이다. 도대체 언제 할 건지 안절부절 하며 기다리고 있는 동안 시계는 11시를 넘어 12시에 가까워진다. 이렇게 되면 내일 도시락조차 준비할 수 있을지 어떨지 알 수가 없다. 그렇다고 해서 척 보기에도 지쳐 있는 나츠를 재촉하는 것도 곤란한 일이다.

할 수 없이 나는 아무 말 없이 내 담당도 아닌 설거지를 대신 하기 시작한다. 처음에는 나츠도 "아, 나중에 할 테니까 그냥 둬."라든가 "아, 미안. 부탁해도 될까?"라며 신경을 썼었지만, 언제부턴가는 그런 말조차 하지 않게 되었다. 마치 식사를 준비하는 것도 치우는 것도 원래부터 내가 담당이었다는 듯이.

그리고 아침식사용 야채스프의 준비를 마치고 나서 머뭇거리며 "그런데, 내일 도시락은?"하고 물으면 녹초가 된 목소리로 "미안, 못 만들 것 같아."라는 대답이 돌아온다. 나는 한숨을 내쉬며 그 준비도 해놓는다. 모든 것을 마치고 나면 벌써 1시가 넘어 있다.

바쁜 것은 할 수 없는 일이고 피곤한 것도 안다. 그리고 애당초 가사가 늘어난 것은 내가 병에 걸린 탓이다. 그러나 그렇다고 해서 이 모든 것을 왜 내가 해야만 하는 것인가.

주말이 되어도 사정은 크게 바뀌지 않았다.

예를 들자면 세탁 건이다. 담당은 일단 나츠였지만, 평일에는 세탁을 할 여유가 전혀 없다. 주말에 집에 있으면 한꺼번에 세탁을 하지만 그럴 기회조차 별로 없다. 당장 다음 주에 입을 속옷과 와이셔츠의 여분이 이미 바닥나기 시작한다. 내내 마음을 졸이다가 결국 일요일 오후, 나츠가 일하러 나간 사이에 최소한의 분량만 스스로 세탁을 하고 다림질을 하게 된다.

식사도 나츠가 집에서 먹는 것은 고작해야 저녁식사 정도이지만, 나는 아침도 점심도 칼로리 계산을 해서 만들어야 한다. 혼자 먹으니까 당연히 설거지도 내가 하게 되는 것이다. 더욱이 주말에는 원래 내 담당인 '집 청소'가 있다. 식단을 짜고 만들고 먹고 치우고, 짜고 만들고 먹고 치우고, 세탁을 하고, 청소를 하고⋯ 하는 동안에 그만 울고 싶어진다. 하고 또 해도 일이 끝이 없는 것처럼 느껴진다.

거실에서 진공청소기를 돌리고 있는데 아까 베란다에서 걷어 들인 채로 옆방에 산처럼 쌓여 있는 세탁물들이 눈에 들어왔다. 아아, 이게 끝나면 저것들을 정리해서 개켜놓고 다음 주에 입을 와이셔츠를 다려야 하고, 그 다음에는 저녁식단을 짜서 슈퍼에 다녀와야 하고, 게다가 목욕탕 청소도 아직 끝나지 않았고, 배수구가 조금 막혀 있는 것 같은데 그것도 손을 봐야 하고⋯. 거기까지 생각했을 때, 나는 마침내 그 자리에 털썩 주저앉아 거의 울상이 되어 청소기 파이프를 마루에 내동댕이치고 말았다.

“아아, 정말이지 더는 싫다!”

미케마츠가 깜짝 놀라 재빨리 저쪽으로 뛰어간다.

생각해보면 칼로리 계산만 안 할 뿐, 전업주부는 이것과 거의 다름없는 매일을 지내고 있을 터이다. 내가 지금 무슨 응석인가. 한 번은 그렇게 자신을 타이르며 정신을 차린 적도 있지만, 피로는 절로 누적되어 가고 그에 비례하여 참을성도 사라져 간다.

며칠 뒤, 저녁식사를 마친 후에 나는 끝내 폭발하고 말았다.

여느 때와 마찬가지로 식후에 바로 설거지를 시작하지 않는 나츠를 보고는 더 이상 참을 수 없어서 묵묵히 싱크대 앞에 섰을 때의 일이다. 나츠는 거실의 소파에 축 늘어진 몸을 맡긴 채로 역시 아무 말도 하지 않았다. 나는 그때까지 쌓이고 쌓인 피로와 불만이 목구멍까지 올라와 있었다. 말로 내뱉지 않는 대신, 나는 닦아야 할 접시들을 싱크대 안으로 거칠게 던져 넣는 식으로 그것을 표현해버리고 말았다.

“아, 내가 나중에 할게….”

나츠가 소파에서 나른한 목소리로 그렇게 말한다.

“괜찮아. 피곤하잖아?”

배려심 가득한 말의 내용과는 달리, 말투는 무뚝뚝하게 튀어나온다. 당연히 나츠도 그에 발끈해서 따지고 든다.

“그럼 왜 그렇게 시끄럽게 소리 내면서 하는데? 비난하는 것 같잖아.”

그 말을 듣는 순간, 내 분노 게이지가 최고점에 달했다.

"그래, 왜 내가 해야 하는가 해서 그래!"

"그러니까 내가 나중에 한다고 그랬잖아!"

"'나중에'라니, 도대체 언제? 항상 몇 시간이고 그냥 내팽개쳐두잖아!"

"피곤해서 금방은 못 한단 말이야!"

"그런 건가 해서 기다려 봐도 전혀 할 기미가 안 보이니까 할 수 없이 내가 하잖아! 그리고 처음에는 미안하다는 말이라도 하더니 요즘엔 그것조차 없잖아! 아무 말도 없이 나한테 떠민 거 아냐? 당연한 것처럼 말이지!"

"그거야 부탁하지도 않았는데 당신이 해버리니까 그렇지! 자기 멋대로 해놓고는 왜 나한테 화풀이를 해?"

"내 멋대로 하다니… 그런 핑계가 어디 있어? 그러면 누가 여기를 치운단 말이야!"

"그러니까… 항상 나중에 하려고 생각하고 있단 말이야! 그런 걸 당신이 맘대로 먼저 치우잖아!"

곧 날짜가 바뀌려는 심야의 아파트에서 주방 카운터를 사이에 두고 두 사람의 성난 목소리가 어지러이 날아다니고 있었다. 두 사람 다 피로가 한계에 달한 상황이라 상대방에 대한 예의 같은 것은 전혀 없다.

각자의 짜증을 서로에게 그대로 내던지고 있는 것뿐이다.

귀신같은 형상으로 서로를 노려본 채 교착상태가 잠시 이어지고 난 뒤에야, 나는 치켜 올렸던 어깨를 조금 낮추며 말을 계속했다.

"아무튼… 여기를 치우지 않으면 내일 식사 준비도 할 수 없잖아…. 그래, 말이 나왔으니 말이지만 도시락도 결국엔 거의 못 만들잖아. 밤 1시가 되도록 아직 설거지조차 끝나지 않았는데 어느 세월에 도시락 반찬 준비까지 할 수 있을지, 나로서는 당연히 신경이 쓰이지 않겠어?"

"응, 도시락은 준비 못할 때가 있어서, 그건 미안하게 생각하고 있어…."

나츠도 조금 목소리를 낮추어서 말하기 시작했다.

"그렇지만 그럴 땐 편의점에서 사면 안 되는 거야? 칼로리 표시도 있으니까 어느 정도는 조절할 수 있잖아. 더구나 매일 그러는 것도 아니잖아? 왜 그게 안 되는 거야? 왜 그렇게 뭐든지 완벽하게 하려고 그래?"

이렇게 말하면 나는 할 말이 없어진다. 확실히 나는 지나칠 정도로 완벽함을 고집하고 있다. 맞벌이부부 가정에서 '완벽한 식이요법'을 관철하려고 했던 것 자체가 애당초 무모했던 것일지도 모른다. 굳이 거기에 도전하려고 하는 건 나의 문제고, 결과적으로 거기에 나츠를 끌어들인 꼴이 되었다면 명백히 내가 나쁘다.

그러나 나는 패배를 인정하는 것이 화가 나서 말을 딴 곳으로 돌리고 말았다.

"아니, 설거지나 도시락뿐이 아니야. 세탁도 그래. 거의 못하잖아? 언젠가는 할 지 몰라도. 생각을 해봐. 일요일인데도 다음날 입고 갈 속옷이나 와이셔츠가 없을 때, 그날도 나츠는 일하러 나가서 밤늦게야 돌아온다는 걸 알고 있으면 할 수 없이 내가 낮 동안 할 수밖에 없잖아? 세탁도 다리미질도."

"그건… 그건 미안해. 그렇지만 다림질하는 게 너무 중노동이라…."

"응, …확실히 그건 해보니까 알겠어. 손수건이라면 몰라도 와이셔츠는 정말 힘들더라. 한 장 다리는 것만도 꽤 피곤해."

"그렇단 말이야…."

서로 하고 싶은 말을 해버린 덕분에 '가사는 힘들다'라는 공감이 두 사람 사이에 싹트기 시작하여 그때부터는 건설적인 대화를 나눌 수 있었다.

나츠의 변명과 제안은 이렇다. 잔업하고 돌아와서 식사를 하고 나면 긴장이 풀린 탓인지 물밀듯이 피로가 몰려와 잠시 동안은 전혀 움직일 수가 없으므로 시간이 걸리는 것은 이해해주기 바란다. 그러나 설거지는 꼭 할 것이다. 그날 밤에 못하면 다음날 아침에 하도록 하겠다. 그 대신 식기세척기 구입을 검토해주기 바란다.

와이셔츠의 세탁과 다림질은 원래 ‘세탁소에 맡기는 게 아깝다’는 이유로 직접 하고 있었지만 이런 상황에서는 앞으로 어떻게 될지 약속하기가 어렵다. 그러므로 앞으로는 세탁소에 맡기면 어떻겠는가. 단, 비용에 관해서는 자기에게 청구해도 상관없다.

여기서 비용에 관한 이야기가 왜 나오는가 하면, 맞벌이에 아이가 없는 우리는 기본적으로 ‘독립채산제’를 채택하고 있어서 가계비는 반반씩 갹출한 중에서 쓰고, 그 외에는 각자가 자기 급료를 마음대로 써도 좋다는 시스템이기 때문이다. 자기에게만 필요한 약값, 자기만 입는 양복의 세탁비 등은 ‘가계비’가 아니다. 각자가 자기의 지갑에서 지불하는 것이다.

그래서 내 와이셔츠를 세탁소에 맡길 경우 원칙적으로는 그 비용을 내가 부담해야 하지만, 나츠는 그것을 떠맡겠다고 하는 것이다. 그 정도야 얼마 되지도 않는 돈이니 내가 지불하겠다고 주장했지만 ‘그런 건 확실히 해둬야 한다’며 나츠도 물러서지 않았다.

문제는 식기세척기다. 나는 처음에는 이 제안에 난색을 표했다. 원래 일이 이렇게 되기 전까지 설거지는 내 담당이었고, 나 자신은 그 작업을 부담스럽게 생각한 적이 없었다. 요리도 설거지도 둘 다, 라면 이야기는 틀리지만 설거지 하나만으로 ‘힘들다’라고 생각한 적은 없었던 것이다. 그래서 그런 일을 기계에 대신하도록 하자는 제안을 납득하기가 어려웠다. 게다가 내가 알고 있는 '식기세척기'란 학창시절에 아르바이트로 일했던 이자카야의 주방에서 돌아가고 있던 마치 세탁기처럼 거대한 것이었다.

"요새는 일반가정용으로 훨씬 콤팩트한 것들이 많이 나와 있어. 내가 나중에 할인점에 가서 팸플릿을 가져올게."

나츠에게 있어서 설거지는 원래부터 싫은 일이다. 당연히 피곤할 때에는 부담감도 더욱 커질 것이다. 그런 걸 생각하면 나츠의 제안에도 무리가 없지는 않다고 생각되었다.

"생각해보면 맞벌이인데 경제적으로 궁색한 것도 아니고, 돈으로 해결할 수 있는 일은 점점 바꿔갔으면 해."

그 주장도 당연하다고 생각했다. 두 사람의 연봉을 합하면 1천만 엔은 가볍게 넘는다. 거기서 약간의 돈을 써서 설거지를 기계화하는 일이 뭐 그리 어렵겠는가. 어쨌든 언제나 둘이 껄끄럽게 지내는 것보다는 낫다.

이렇게 해서 우리 집 주방에는 최신식 식기세척기가 설치되었다.

나츠는 "너무 편해졌어!"라며 싱글벙글이고, 실제로 예전보다는 설거지를 싫어하지 않게 되었다. 설치공간상의 문제로 요리를 할 때의 작업공간이 대폭 줄어들었다는 게 옥에 티였지만 전체적으로 보면 구입하는 게 정답이었다고 할 수 있다. 오염된 식기를 가볍게 물로 씻어 세척기 안에 넣고 단추를 누르기만 하면 건조까지 자동으로 되는 편리한 물건이다.

그러나 식기가 많건 적건 간에 세척에서 건조까지는 의외로 시간이 걸린다. 한밤중에 목이 말라서 주방에 나가보면 나츠가 잠들기 직전에 작동시켜둔 세척기가 남몰래 웅웅 소리를 내며 돌아가고 있을 때가 있다. 그런 게 우리 집의 심야 풍경 중 하나가 되었다.

13

악화

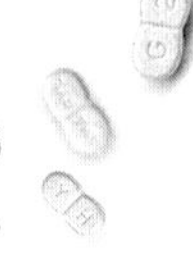

때로는 그런 식으로 부부싸움도 있었지만, 절제된 생활은 그 후로도 거의 같은 형태로 계속되었다. 나는 칼로리를 계산하고 식사를 만들고 운동도 하고 책을 읽고 프랑스어를 공부하고 소설을 썼다. 그리고 일주일에 한 번, 스스로에게 음주를 허락했다.

그러나 함께 마시는 사람들 중 일부는 내가 당뇨병 환자라는 사실에 대해 과도하게 신경을 쓰는 경향이 있었다. 그들은 이 병에 관한 정확한 지식을 갖고 있는 것도 아니고 내가 평소에 얼마나 치료에 신경을 쓰며 노력을 기울이고 있는지도 모른다. 그러다 보니 그러는 것도 무리는 아니라고 이해할 수 있다. 그럼에도 불구하고 나는 그들의 '선의'에 대해 짜증을 감추지 못할 때가 있었다.

예를 들어 어떤 회식에 내가 갑자기 참석하게 되었다고 하자. 그러면 간사가 이미 정해져 있었던 이탈리안 레스토랑을 취소하고 일부러 일식집으로 예약을 바꾸거나 하는 것이다. 일반적으로 '당뇨병에는 양식보다 일식이 좋다'는, 어딘가에서 주워들은 어설픈 지식을 참고한 것이리라.

신경을 씨주는 것은 고맙다. 그러나 일식집으로 바꾼 것이 과연 옳은 판단일까? 꼭 그렇다고도 할 수 없는 면이 있다.

일식이 좋다고 하는 것은 일반적으로 양식보다는 일식 쪽이 기름을 사용한 요리가 적고 야채를 사용한 요리의 종류가 많기 때문이지만, 그것은 '음식의 카테고리'로서의 일반적인 성향에 지나지 않는다. 외식인 이상, 일식집이라고 해도 보통은 일반 손님의 입맛에 맞추어 고칼로리 요리를 중심으로 메뉴를 구성해두는 것이다.

고기튀김에도 두부튀김에도 기름이 사용되고 있다. 조림요리에는 감자류가 많은데, 감자류는 탄수화물을 많이 포함하고 있어서 의외로 고칼로리 음식이다. 생선회도 종류에 따라서는 무시할 수 없는 양의 지방질을 포함하고 있다. 흔히 '고기보다 생선이 좋다'고 하는 이야기도 칼로리만 놓고 본다면 실제로는 환상에 가깝다. 꽁치나 방어 등 특히 기름이 많은 생선은 같은 무게로 비교해보면 소고기 허벅지살보다도 칼로리가 높을 정도다.

글쎄, 그런 것은 모를 수도 있으니 어쩔 수 없다고 생각한다. 그러나 그렇다면 어설픈 지식에 바탕을 두고 쓸데없이 신경 쓰지 않았으면 싶은 것이다. 나 한 사람을 위해서 식당을 바꾸는 일 자체가 정신적으로 부담이 된다. 애당초 여러 사람이 참가하는 회식이나 술자리에서까지 '식이요법의 관점에서 볼 때 이상적인' 식사 같은 것을 기대하지는 않는다. 그런 자리에서는 처음부터 깨끗이 단념하고 있는 것이다. 싫다면 아예 출석하지도 않는다. 그런 뜻을 이해하지 못하는 사람들이 있다.

술에 대해서도 그렇다. 누군가 소주를 추가로 주문할 때 "나도 한 잔 더."라고 말하면 주변에 있는 사람들이 입을 모아 "가타세 씨는 이제 그만 마시는 게 좋아."라며 타이른다. 그게 겨우 석 잔째일 때도 그렇다. 어린아이도 아니고, 그 한 잔을 마시고 안 마시고는 완전히 자기 책임 하에 결정하고 있는 것이다. 그렇게 마셔도 수치는 개선되고 있다는 자신감을 바탕으로 감히 한 잔을 더 마시겠다고 하는 것이다. 그 자신감에 찬물을 끼얹는 듯한 말을 들으면 솔직히 울컥 화가 난다.

이런 일들도 있었던 까닭에, 나는 원래부터 별로 내켜하지 않았던 단체회식을 더욱 더 피하게 되었다. 아리사처럼 서로 잘 아는 상대와 둘이서 마시거나, 많아도 세 사람 정도로 마시는 게 마음이 편하다. 내가 '자기 책임 하에' 그 자리에 있는 거라는 것을 일일이 설명하지 않아도 되니까 말이다.

그렇지만 연말연시에는 아무래도 이런 저런 모임이 많아진다. 인간

관계라는 것도 있다 보니 '술은 1주일에 한 번만'이라는 규칙을 엄격하게 지킬 수 없게 된다. 망년회나 신년회도 그렇지만, 정월에는 역시 집에서도 술을 마시게 되고 평소보다 고칼로리의 식사를 하게 된다. 나츠와 함께 부모님 댁으로 신년인사를 가면 어머니가 "야채가 좋을 것 같아시."라며 연근을 많이 넣은 요리를 내온다. 연근은 탄수화물로 취급되는데, 라고 생각하지만 일일이 까다롭게 지적하는 것도 좀 뭣해서 아무 말 없이 그냥 먹는다.

그래서 1월 말의 진료 때에는 조금 긴장을 했었다. 매번 채혈 시 측정하는 '헤모글로빈 A1c'는 과거 1~2개월간의 혈당 컨트롤 상태를 나타내는 지표다. 그동안 내가 얼마나 지시 칼로리에서 벗어난 식생활을 해왔는지는 스스로가 잘 알고 있었다.

"이번에는 좀… 자신이 없습니다. 수치가 별로 좋지 않을 것 같은데요."

진료실에서 내가 자신 없는 목소리로 그렇게 중얼거리자, 다치바나 선생은 장난스럽게 목을 갸웃하며 말했다.

"응? 가타세 씨도 그래요? 이상하네요, 이맘때에는 왜 그런지 그렇게 말하는 환자분들이 많더라고요."

그러나 결과는 6.3. 지난 번 11월의 결과가 6.5였으니 수치 자체는 확실히 좋아졌다. 하향 속도는 처음보다는 좀 완만해졌지만 그래도 목표치인 5.8에 도달하기 직전이라는 점에서는 여전히 변한 게 없다.

"괜찮습니다, 잘 되어가고 있어요. 이 상태로 계속해주세요."

나는 살짝 안심을 하고, 새로이 마음을 다잡기로 맹세했다. 그리고 실제로 2월부터는 매주 한 번의 술자리를 빼고는 상당히 엄격하게 지시 칼로리를 지키는 생활로 다시 돌아갔다.

"요 몇 달 동안 지켜보면서 생각한 건데."

어느 날, 나츠가 말했다.

"헤모글로빈 A1c가 전처럼 10을 넘는 일은 이제 없지 않을까? 교 짱, 아주 열심히 하고 있잖아. 그렇다고 대충 해도 좋다는 건 아니지만 이제 조금은 마음을 편하게 갖고 해도 되지 않을까?"

나츠가 하고 싶어 하는 말은 알고 있다. 나는 사실 지나칠 정도로 열심히 하고 있었다. 그러다 보니 마음에 여유가 없는 상태가 되어버려서 같이 살고 있는 나츠에게까지 그런 게 느껴지는 것이다. 정확하게 하려고 자신을 채찍질하다가 스트레스가 쌓여서 오히려 병에 악영향을 끼치는 일이라도 생긴다면 그야말로 본말전도本末轉倒일 것이다.

"스트레스가 원인이 되어 당뇨병이 생기는 일은 보통 없습니다. 그렇지만 일단 당뇨병이 발병하고 나면 스트레스는 크나큰 적입니다. 놀랄 만큼 병을 악화시키거든요."

다치바나 선생도 그렇게 말했다.

도 모른다. 아무튼 나 같은 '우등생'은 흔치 않을 테니까.

"예전과 다름없이 열심히 하고 있는데요…."

나는 그렇게밖에 할 말이 없었다. 실제로 사실이기도 했고 말이다.

뭐가 잘못되었을까. 나는 혼란스런 기억을 더듬어 최근 1, 2개월간의 스스로를 돌아보았지만 짚이는 바는 거의 없있다. '수치가 개선되고 있으니까 괜찮다'며 스스로 판단하여 마셔오던 술의 양이 최근 약간 방심한 탓에 늘어났을지도 모른다. 일요일 오후에 가끔 집 근처 카페에서 커피를 마시면서 과자를 조금 먹을 때도 있다. 그러나 그런 것은 사소한 일탈에 불과하지 않은가.

그렇지 않으면 스트레스일까. 너무 열심히 하려다가 오히려 자기 목을 조르고 있는 것일까. 그렇지만, 그렇다면 왜 지금까지는 순조롭게 그래프가 아래를 향하고 있었던 것일까.

"그런데요, 하필 이럴 때 아주 말씀드리기 어려운 얘기입니다만…."

나의 침묵을 깨뜨리며 다치바나 선생이 말을 꺼냈다.

"사실 다음 달부터 이 병원은 더 이상 도립병원이 아니게 됩니다. 제 3섹터*의 경영으로 전환돼요."

"아…."

＊제3섹터 : 민관공동民官共同으로 출자한 사업.

"그래서 그에 따른 대대적인 조직 개편이 있어서요, 저 같은 당뇨병 전문의는 더 이상 있을 수가 없게 된답니다."

다치바나 선생은 조금 침울한 얼굴로 그렇게 말했다.

"네? 그럼 선생님은 어떻게 되시는 건가요?"

"우선 여기에는 있을 수 없게 된다는 거죠. 다음에 갈 곳은 아직 정해져 있지 않지만요."

'울고 싶을 때 뺨 맞은 격'이라는 말은 바로 이럴 때 쓰는 말인 게다. 그러잖아도 수치가 갑자기 악화되어 불안해하고 있는 중에, 다니던 병원에서 담당의사가 사라진다고? 더군다나 당뇨병 전문의의 자리를 없앤다니 도대체 무슨 생각을 하고 있는 건가. '성인 6명 중 1명이 예비군'이라고 할 정도로, 이후로 더욱 주목을 받게 될 병인데도 말이다.

"저… 그럼 저는 앞으로 어떻게 해야 합니까…?"

"같은 도립병원 중에 전문의가 있는 곳을 어딘가 소개해드릴 수는 있습니다. 가타세 씨의 경우는… 아, 이타바시병원이 댁에서 가깝겠네요."

그렇게 말하고 다치바나 선생은 그 자리에서 술술 소개장을 쓰더니 카르테와 함께 봉투에 집어넣었다. 그러나 받는 사람의 이름을 적는 자리는 공백이었다. 도립 이타바시병원만이 아니라 민간 클리닉 중에도 좋은 곳이 있으니까 인터넷 같은 곳에서 여러 모로 조사를 해보고 나서 병원을 정하는 게 어떻겠냐는 말도 해줬다.

"곧바로 정하기가 어려울지도 모르니까 약은 좀 넉넉하게 처방해두 겠습니다."

그렇게 말하면서 마지막 처방전을 쓰고 있는 다치바나 선생의 손끝 을, 나는 속절없이 그저 바라보고만 있었다.

"그러면, 저… 여러 모로 고마웠습니다."

"네, 몸조심하십시오."

다치바나 선생과의 이별은 너무나 간단하고도 어정쩡한 것이 되어버 렸다. 그 프로레슬러 같은 묵직한 체형과 묘하게 설득력 있는 느긋한 말투가 생각보다 큰 의지가 되어왔다는 사실을 처음으로 느꼈다. 마음 같아서는 악수라도 하고 제대로 된 인사를 하고 싶었다. 그러나 수치가 악화됐다는 사실을 안 직후라 그런지 아무래도 겸연쩍었다.

나는 부모에게 버림받은 어린아이처럼 불안한 기분으로 도립 신주쿠 병원을 나섰다. 그리고 이것이야말로 그 후에 나를 덮치게 되는 악몽의 불길한 서막이었다.

14

본의 아닌 재회

나는 그 이후로 몇 개월간을 떠돌이 당뇨병 환자로 지냈다. 아무 병원에도 다니지 않고 공중에 붕 떠있는 당뇨병 환자다.

바로 병원을 옮기려는 생각은 했었지만 매일매일 가사와 그 외의 일로 무지 바쁜 와중에 새로운 병원을 찾는 것도 쉽지 않았고, 약을 넉넉하게 처방 받았었기에 결국 방심했던 것이다. 문득 보니 그 약도 앞으로 2주일분밖에 없었다. 더 이상 생각할 것도 없이 다치바나 선생이 언급했던 도립 이타바시병원에 급히 전화를 했으나 다음 달까지 예약이 가득 차 있다고 한다.

소개장도 있는데 왜 그렇게 기다려야 하는 건지 알 수가 없다. 급증하는 당뇨병 환자의 수에 비해 전문의가 모자라는 것은 아닐까. 이유야 어쨌든, 그렇다면 2주일이나 약 없이 지내야하는 상황이 되어버린다.

이제는 제3섹터의 경영으로 바뀐, 전에 다니던 신주쿠병원에 사정을 이야기했더니 다른 내과의사가 처방전만 써주겠다고 해서 한 번 더 신주쿠병원에 가게 되었다. 처음 보는 의사는 내게 그때까지의 처방을 묻더니 들은 그대로 2주일분의 처방전을 써주었다.

그러나 그건 말 그대로 공백을 메울 약을 받은 것뿐으로, 검사를 받은 것도 진찰을 받은 것도 아니다. 마지막으로 혈액검사를 했던 게 3월 하순, 정식으로 이타바시병원의 환자가 된 게 6월 중순이니 실제로 3개월 동안 나는 어중간한 상태에서 약만 먹고 있었던 것이다.

그리고 이 3개월이라는 시간이 당뇨병 환자인 내게 있어서는, 어떤 의미에서는 최악의 나날이 되었다.

웬일인지 병세가 더욱 악화되어 간 것이다. 그것도 언덕길에서 굴러 떨어지듯이 급속히.

마지막 검사에서 헤모글로빈 A1c가 악화되어 있었던 것은 그 예고편에 지나지 않았던 것이다. 이유는 알 수 없다. 다만 나빠졌다는 것만은 알 수 있었다. 검사 같은 걸 받지 않아도 의심할 여지조차 없는 자각증상이 있었기 때문이다.

당뇨병의 경우, 증상을 자각할 수 있을 정도라면 이미 상당히 진행되어 있는 경우가 많다. 그렇기 때문에 무섭다는 것이다. 발병 초기에는 그것을 '당뇨병의 증상'이라고 '자각'하는 것을 계속 거부했던 나였지만 두 번째에도 그럴 수는 없었다. 그게 당뇨병의 증상이라는 것을 누구보다도 내가 가장 잘 알고 있으니 말이다.

나는 다시금 비정상적인 갈증을 느끼게 되고 빈번하게 화장실을 다니며 대량의 소변을 배출했다. 퇴원 후에 규칙적인 식사와 근육 트레이닝으로 몇 개월이나 걸려 가까스로 5킬로그램 정도 회복시켰던 체중도 순식간에 빠졌다. 그와 함께 계단을 오르내리는 것도 힘들어지고, 얼굴 살은 거의 두개골의 형태를 알 수 있을 정도로 빠졌다. 피부도 흙빛이 되고 윤기를 잃어서 거울로 자기의 얼굴을 보는 것이 무서울 지경이었다. 그리고 언제나 몸이 납으로 되어있는 것처럼 나른했다.

"살이 더 빠진 거 아냐?"

그런 식으로 순진하게 말을 걸어오는 것은 얼굴을 가끔 보는, 그리고 사정을 잘 모르는 사람들뿐이었다. 가까운 사람들은 나의 변화를 확실히 눈치 챘으면서도 그것을 언급해도 되는지 어떤지를 망설이고 있는 것이다. 그들이 그렇게 생각하고 있다는 게 피부로 느껴졌다.

나는 입으로는 여전히 열심히 식이요법과 운동요법을 계속하고 있다고 말하고 있었다. 그럼에도 불구하고 외형적으로는 점점 더 중환자 같은 모습이 되어간다. 내가 거짓말을 하고 있다고 생각한 사람도 있을지 모른다. 그러나 대부분은 아마도 내가 내 자신의 변화를 모를 리가 없다고 생각해서 구태여 입에 올리지 않고 있는 것이다. 그 정도로 나의 변화는 극렬한 것이었다.

마음을 쓰고 있는 것은 나츠도 마찬가지였다. 내가 눈치 채고 있는 것을, 그리고 그에 대해 몹시 고민하고 있다는 것을 나츠만큼 절실하게 느끼고 있던 사람은 아마 없었을 것이다. 가끔 "요새 컨디션은 어때?" 하며 아무렇지도 않은 척하고 물어볼 때도 있었다. 그러나 그렇게 물으면 내가 노골적으로 기분 나쁜 반응을 보인다는 것을 나츠는 알고 있었다.

"왜 그럴까. 왜 나빠지는 걸까."

사실은 그렇게 말하며 나츠에게 매달리고 싶었다. 적어도 나츠만은 내가 수치 개선을 위해 성심성의껏 노력하고 있다는 사실을 100퍼센트 믿어줄 것이다. 그녀는 나의 그런 모습을 매일 곁에서 보고 있으니까.

그러나 그 한편으로, 나는 "이럴 리가 없어!"라며 마음속으로 부르짖고 있기도 했다. 할 수 있는 일은 온 힘을 다해 하고 있다. 그래도 점점 악화되어 갈뿐이라면 이제껏 배워온, 그리고 실천해온 요법 그 자체가 틀렸다는 말이 아닐까? '악화되어 있다'는 말을 해버리면 그 시점부터는 그게 돌이킬 수 없는 사실이 되어 버릴 것만 같은 기분이 들었다.

그래서 나는 이 사태를 홀로 짊어지고 있었다. 그리고 어느새 항상 심기가 불편한 사람이 되어 있었다.

'이렇게 열심히 하고 있는데 어째서?'라는 초조함이 컵에서 넘치기 직전의 물처럼 언제나 내 안에 가득 차있었다. 나는 쉽게 화를 내고 아주 작은 일에도 짜증을 냈다. 어쩌면 그 자체가 '증상'의 하나였을지도 모르겠다.

조금 늦잠을 자버린 아침, 전날 밤에 반찬을 준비해놓은 도시락에 담은 밥이 식기를 기다리며 세수와 면도를 하고, 아침식사용 소시지를 삶으면서 양복으로 갈아입고, 바나나를 잘라 요구르트를 끼얹으면서 토스터에 빵을 굽고…하며 분주하게 준비하고 있는데, 겨우 십 몇 초 동안 눈을 뗀 사이에 빵이 새카맣게 타버렸다.

"아아, 정말 미치겠다!"

나는 화를 억누르지 못하고 빵을 짓이겨 있는 힘껏 마루에 내동댕이 쳤다.

"그 정도 일에 왜 그렇게 화를 내? 기껏해야 빵이잖아? 새로 구우면 그만인데."

나츠가 금방이라도 울 것 같은 표정을 지으며, 그래도 어딘가 조심스러운 말투로 나를 달랜다. 심호흡을 하고 기분을 진정시킨 후 아침식사를 마치고 밖으로 나갔는데, 앞에서 걷고 있는 행인의 움직임이 조금 굼뜨다고 느껴지는 순간 곧 뒤에서 발로 차버리고 싶은 충동이 일어난다. 왜 이놈저놈 할 것 없이 모두 나를 방해하는 거야! 라고 외치고 싶어진다.

퇴근길에 서류가방과 묵직한 슈퍼마켓 비닐봉지를 든 채로 아파트 우편함을 여니 아침에 미처 챙기지 못했던 조간신문 위로 무수한 우편물과 광고전단들이 쌓여 있다. 한 손으로 한꺼번에 끄집어내려니 비어져 나온 전단들이 빠져 한 장 두 장 밑으로 떨어진다.

원하시는 여성을 사택까지 파견해드립니다―나는 기혼자야, 이 자식들아! 아파트 급구!―여기 산지 아직 2년밖에 안 됐어, 멍청아! 폐품 회수는 저희에게 맡겨주세요―이 전단이 폐품이다, 젠장! 이놈저놈 할 것 없이 남의 집 우편함에 멋대로 쓰레기를 집어넣다니!

나는 떨어진 전단을 집어 손아귀에 넣고 구기면서 우울한 기분으로 엘리베이터로 향했다. 그리고 아무도 없는 집에 들어오자마자 전기밥솥에 남아 있는 밥을 내일 도시락에 쓰기 위해 플라스틱 용기에 옮겨놓고 나중에 닦기 편하도록 밥솥에 물을 부어 놓는다. 다음에는 사료 캔을 따서 미케마츠의 접시에 부어주고 고양이용 화장실을 깨끗이 치운다. 그런 후에야 겨우 양복에서 평상복으로 갈아입고는 얼굴과 손을 씻는다.

주방으로 돌아와서 쇼핑해온 것들을 냉장고에 넣고 싱크대에 쌓여 있는 아침식사의 잔해들을 설거지하려던 순간, 가방 안에 점심에 먹은 빈 도시락이 그대로 있다는 게 생각나서 급히 내 방으로 돌아가려니 미케마츠가 야옹야옹 울면서 발목에 들러붙는다.

“또 왜? 아까 밥도 줬고 화장실도 깨끗이 치워줬잖아!”

그렇게 한 마디 던지고 그냥 지나치려니 신경이 곤두서 있는 나에게 호응이라도 하듯이 더욱 소란스럽게 울면서 미케마츠가 내 앞길을 막는다.

“왜 그래, 시끄럽단 말이야!”

짜증이 나서 큰소리로 야단을 치자 미케마츠도 순간 겁을 먹는 듯했지만, 금세 다시 미칠 듯한 울음소리를 내기 시작한다. 무시하고 지나가려고 하니 항의를 하는 건지 달려들어서 내 발등을 물고 늘어진다.

“아야야! 그만 하라니까!”

떼어내려고 힘껏 발을 구르자 미케마츠는 그 반동으로 튕겨나가 책장에 세게 부딪히더니, 한 순간 마치 ‘기가 막혀서’라고 말하는 듯한 눈으로 나를 노려보곤 이내 쏜살같이 사라졌다. 나는 그제야 비로소 제정신이 들어 자신이 한 짓을 생각하고는 이내 하얗게 질려버렸다.

이건 마치 학대나 다름없는 짓 아닌가.

아이가 없는 나와 나츠에게 미케마츠는 자식이나 다름없었다. 그렇다고 해서 진짜 자식처럼은 아니지만, 둘이서 그야말로 눈에 넣어도 아프지 않을 정도로 귀여워했고 아낌없는 사랑을 쏟아 부었다. 그리고 그 모습이 눈에 띌 때마다 나츠와 “정말로 귀엽지?”하며 어쩔 줄을 몰라 하며 전형적인 ‘팔불출’ 기질을 발휘하고 있었던 것이다. 그러나 최근의 나를 돌이켜보면 그런 미케마츠에 대해서 너무나도 냉담했던 것 같다.

미케마츠가 평소와 다르게 시끄럽게 우는 것도 아마 주인인 내가 계속 신경이 곤두서 있다는 사실을 민감하게 느끼고 있기 때문일 것이다.

가끔 미케마츠가 한밤중에 기운이 남아서 놀고 싶어 하거나 계속 야옹대며 우리를 부를 때가 있다. 우리가 이미 잠자리에 들었든 전기를 껐든 상관도 없다. 그래도 예전 같으면 일어나서 잠깐 같이 놀아줄 여유가 있었다. 그러나 최근에는 "시끄러워!"하고 소리만 한 번 지를 뿐이다.

"아아, 정말 시끄러워, 시끄러워, 시끄러워! 제발 잠 좀 자게 해줘!"

히스테릭하게 그렇게 외칠 때까지 있다.

"이리와, 미케마츠. 교 짱 피곤한 모양이니까 이리와."

침대 옆머리에서 나츠가 졸린 목소리로 중재를 하기도 한다. 마치 자식에게 심하게 대하는 포악한 아버지로부터 자식을 감싸는 어머니처럼.

자식을 학대하는 부모란 언어도단이다, 라고 생각하고 있었다. 얼마나 스트레스를 받고 있는지는 몰라도 죄 없는, 그리고 압도적으로 약한 존재인 아이에게 화풀이를 하는 것은 인간도 아니다, 라고. 그러나 지금은 나도 아이를 학대하는 부모의 기분을 알 것 같은 기분을 느끼기 시작하고 있다. 느껴서는 안 될 그런 기분을. 의도적으로 미케마츠에게 직접적인 해를 가하려고 생각하는 수준까지는 아니지만 이대로 있다가는 언제 그런 쪽으로 쏠릴지 모를 일이다.

나는 어쩐지 불안한 마음이 되어 침실로 피난해 있던 미케마츠의 곁으로 슬그머니 다가갔다.

"미케마츠, 미안하다. 내가 나빴어…. 용서해줄래?"

미케마츠는 방금 있었던 일은 벌써 잊어버렸는지 온화하고 그윽한 눈으로 나를 보면서 내가 머리를 쓰다듬도록 몸을 맡겨온다. 눈물이 날 것 같았다. 그것은 어떤 일을 당해도 어디까지나 부모는 부모라고 생각하며 그리워하는 어린아이의 애처로운 모습과 아주 많이 닮아있었다.

이대로는 곤란하다.

스스로도 너무나 잘 알고 있었지만 어떻게 할 수가 없었다. 항상 신경이 곤두서 있고 참을성이 없어진 나에게 나츠라고 늘 성모(聖母)처럼 상냥하게 대해 줄 수 있는 것도 아닌 이상, 별것도 아닌 일로 부부싸움이 끊이지 않았다. 집 밖에 있을 때에도 마찬가지였다. 아리사와 마시고 있다가 술집 종업원의 접객 태도가 조금 나빴다는 것만으로 시비를 걸어서 아리사를 곤란하게 했던 적도 있다.

악화되고 있다는 자각이 있으면서도 술을 마신다는 것은 당치도 않은 일이었을지 모르겠다. 그러나 나는 예전보다도 더 '1주일에 한 번의 음주'를 필요로 하고 있었다. 매일매일 끝없이 축적되어가는 스트레스를 그걸로 겨우 해소하고 있는 거나 마찬가지였다. 당연히 한 번에 마시는 양도 늘었다. 마시기 시작하면 이미 조절 같은 건 전혀 생각하지 않았다. 처음부터 마시고 싶은 만큼 마셨다. 여기서 한두 잔을 참았다고 해봤자 어차피 사태는 변하지 않을 거라고 생각했다. 점점 자포자기 상태가 되어갔다.

그것을 이유로 그랬다는 것은 아니지반 이즈음 나는 또다시 아키요시 고토미와 '잘못'을 범했다.

퇴원 후에도 고토미와는 가끔 만나고 있었다. 혹여 그동안 무슨 일이 있었다든가 하는 일은 전혀 없었고, 솔직히 나는 내 앞가림에 정신이 없어서 그런 가욋일을 꾸밀 여유도 없었다. 우리는 단지 몇 잔인가의 술을 마시면서 이런저런 이야기를 하고 헤어졌을 뿐이다.

초여름에 들어선 그날 밤에도 '그럴 생각'은 눈곱만큼도 없었다. 고토미는 원래 아리사와는 달리 적극적으로 술을 많이 마시는 타입도 아니어서 나도 자연히 그에 맞추어 여유로운 속도로 마시고 있었다. 1차에서 맥주 두 잔과 소주 한 잔, 그 정도였다. 의식도 명료했고 이성적 판단을 할 능력도 충분이 있었다.

단지 나는 심하게 지쳐있었다. 보다 정확히 말하자면 피로라기보다는 권태감이었다. 그게 악화된 당뇨병의 증상 중 하나로서의 권태감인지 아니면 피를 짜내는 듯한 매일의 노력을 보상받지 못하는 현실에 대한 좌절감에서 기인한 것인지, 나는 이제 구별할 수조차 없었다. 아마

양쪽 다였을 것이다. 몸도 마음도 무겁고, 조금이라도 긴장을 풀면 곧 마음속의 거친 부분이 고토미를 향해 짓고 있는 미소를 제치고 밖으로 튀어나올 것 같았다.

"가타세 씨, 피곤하신 것 아니에요? 괜찮아요?"

고토미는 내 심정을 배려해서인지, 내 앞에서는 '건강이 안 좋아 보인다'라든가 '병상' 같은 어휘를 절대로 쓰지 않는다. 그래도 나의 외견이 보는 사람을 걱정시킬 정도로 '건강이 안 좋아' 보인다는 것은 그 말투에서 쉽게 상상할 수 있다. 나는 그것을 부정이라도 하듯이 무리해서 웃는 얼굴을 만들었다.

"아니야, 괜찮아. 이제 장소를 바꾸지. 가볍게 한 잔 더 하자고."

"괜찮다면 다행이지만요. 자, 그럼 어떻게 할까요? 어디 칵테일바라도…."

나는 스스로 '장소를 바꾸자'고 제안했으면서도, 또 다른 집을 찾아서 자리에 앉아 메뉴를 보고 칵테일이나 위스키를 주문할 것을 생각하니 갑자기 그게 끝도 없이 긴 시간이라도 되는 것처럼 느껴져 갑자기 말문이 막혔다.

"그러네, 오늘은 왠지…."

그렇게만 말하고 입을 다문 나를 고토미가 주의 깊게 보고 있다. 다음에 내 입을 통해서 나온 말은 이것이었다.

“그, 뭐랄까, 좀 쉬고 싶어. 잔뜩 퍼마시는 게 아니라 어딘가 조용한
곳에서. 아무에게도 방해 받지 않는 곳에서.”

그것은 아마 그 시점에서의 내 진심이었을 것이다. 그리고 만약 그랬
다면, 나는 고토미와 헤어져서 집으로 가야 했었던 것이다. 그러나 내
안의 어딘가 자포자기에 빠진 기분이 그것을 허락하지 않았다.

“아…, 그럼… 어디 조용한 데에서 ‘휴식’이라도 할까요?”

나는 내가 정말로 그러고 싶은지 어떤지 확신도 없는 채로 어정쩡하
게 고개를 끄덕이고 말았다.

호텔 방에 들어선 순간부터 수상한 예감이 들고 있었다. 그래도 막상
그때가 되면, 이라는 기대는 허망하게 배반당했다. 샤워를 하고 고토미
의 풍만한 육체를 앞에 두고도 나는 남자로서 전혀 기능하지 않았던 것
이다. 술을 지나치게 마셨을 때 그러는 것처럼 기분은 고조되어 있는데
몸이 생각처럼 반응하지 않는다, 라는 것과도 다르다. 애초부터 그런
기분이 들지를 않는 것이다.

“신경 쓸 것 없어요. 피곤해서 그럴 거예요.”

고토미의 그 상투적인 위로에 애매하게 고개를 끄덕이면서 이것은
‘피곤하다’라는 등의 문제가 아니라고 마음속으로 중얼거리고 있었다.
‘임포텐츠’, ‘성욕감퇴’. 전문서적에는 ‘권태감’, ‘갈증’, ‘손발 저림’ 등
과 나란히 그것도 ‘증상’ 중 하나로 열거되어 있다. 나츠가 너무나도 바

쁘다 보니 요즈음에는 그럴 기회조차 거의 없었기 때문에 눈치 채는 게 늦었을 뿐이다.

혈당치가 300을 넘어서 입원할 수밖에 없었을 때에도 이런 ‘증상’은 없었다. 이제는 어떻게 해도 속일 수가 없다. 틀림없이 나의 당뇨병은 급격히 악화되고 있는 것이다.

침대 위에서 처연하게 고개를 떨어뜨리고 있는 나의 등에 고토미가 벗은 가슴을 밀착하고는 걱정스러운 듯 양팔로 나를 감싼다. 그 손이 갈비뼈가 보일 정도로 앙상한 내 가슴을 더듬듯 쓰다듬는다.

“가타세 씨, 이렇게 말라서야….”

나는 그 손으로부터 도망치듯이 침대에서 내려와 재빨리 옷을 입었다.

신주쿠역으로 향하는 우리의 사이에는 어색한 침묵만이 흘렀다. 내 마음은 고토미에 대한 무안함과 나츠에 대한 미안함으로 가득해져서, 염치없는 소리지만 한시라도 빨리 혼자가 되고 싶었다. 그런 걸 알아차린 듯, 고토미가 일부러 명랑한 말투로 “다음에 또 마셔요.”라고 말했다. 나는 “응, 다음에.”하고 대답했지만, 눈은 마주치지 못했다.

중앙선 쾌속전철 플랫폼으로 향하는 계단 아래에서 나와 헤어져서 계단을 오른 고토미는 그 후로 내가 옆 계단을 올라 전철에 타서 곧바로 집으로 돌아갈 거라고 생각했을 것이다. 그러나 나는 그렇게 하지 않았다.

풀이 죽었다고나 할까, 아주 괴로운 기분이었다. 내 몸에 닥쳐온 불합리한 사태에 대한 분노와, 질리지도 않고 또다시 부정한 일을 저지르려고 한 자신에 대한 혐오감, 병증으로서의 나른함 등이 한데 섞여서 나를 자포자기의 밑바닥까지 끌어내리려 하고 있었다. 나는 망자처럼 비틀거리면서 동쪽출구의 개찰구를 지나, 이제 집으로 돌아가려고 일제히 역으로 향하는 인파 속을 역류하듯이 밤거리로 발을 내디뎠다.

목표도 없이 걷다 보니 어느새 가부키초 한복판에 와 있었다. 퇴원하고 나서 얼마 후에 회사가 도립 신주쿠병원의 옆에 있던 사루비아빌딩에서 하라주쿠로 이전했기 때문에 최근에는 이 근처에 올 일도 거의 없었다. 네온사인이 요란한 거리의 풍경 사이로 어둠 저편에 17층짜리 병원 건물이 희미하게 보인 순간, 나는 본능적으로 거기에서 눈을 돌려 반대편 골목으로 향했다. 병원이 가깝다고 생각하는 것만으로도 뒤가 켕기는 것 같기도 하고 화가 나는 것 같기도 한 기분이 드는 것이다.

‘복숭아클럽’, ‘애플’, ‘핑크레터’ 등의 선정적인 간판들이 번쩍거리며 시야에 들어온다. 방금 고토미와 어색하게 헤어지고 온 나는 그것을 보고 화가 치밀어 올라 혀를 차면서 간판 하나를 발로 걷어차고 말았다.

“뭐야, 당신!”

간판 뒤에서 나비넥타이를 맨 종업원이 나와 내 멱살을 잡았다. 나는 그 손을 난폭하게 뿌리치고 더욱더 골목 깊숙이 들어갔다. 종업원이 뒤에서 뭐라고 고함을 치고 있었지만 그 소리는 곧 시끄러운 거리 속으로 파묻히고 말았다.

자신이 무엇을 하고 싶어 하는 건지 알 수가 없었다. 단지 이 상태에서 그대로 집으로 돌아가는 것만은 싫었다.

정확하게 칼로리 제한을 하고 있어도 어차피 악화된다. 그렇다면 아예 술이든 뭐든 마셔버리자! 마시고 싶은 만큼 마시고 먹고 싶은 만큼 먹어버리자!

나는 우연히 눈에 띈 카운터 자리만 있는 바에 들어가 얼음을 넣은 위스키 다섯 잔을 연거푸 들이켰다. 안주로 시킨 믹스넛츠가 지방질을 듬뿍 포함한 상당한 고칼로리식품이라는 것을 어렴풋이 의식하면서 여섯 잔째를 주문했다. 술맛도 전혀 없었고, 조금도 취하지 않았다. 짜증이 나서 술값을 내고 자리에서 일어선 순간, 갑자기 머리가 흔들리며 한쪽으로 기울었다. 대화상대도 없이 묵묵히 마시고만 있다 보니 자신이 얼마나 취했는지도 모르고 있었던 것이다.

그런데도 나는 여전히 집으로 돌아갈 기분이 들지 않아서 다음에 들어갈 술집을 찾고 있었다. 문득 생선을 굽는 고소한 냄새가 콧속으로 흘러들어왔다. 갑자기 식욕이 동한 나는 색이 바란 노렌*을 걸어 둔 눈

---

*노렌 : 상점 출입구에 상호 등을 써넣어 드리운 천.

앞의 가게로 빨려들듯 들어갔다.

"어서 옵쇼! 손님 한 분!"

주독이 오른 얼굴의 주인이 기세 좋게 인사를 던지고 카운터에 물수건을 놓는다. 벽에 붙어 있는 메뉴로 눈을 돌리자 음료로는 '맥주', '소주', '청주'라고만 적혀 있다. 상표를 고를 수 있는 종류의 가게는 아닌 것 같다. 별 생각 없이 차가운 청주를 주문했더니 냉장고에서 아주 차가워진 '사와노츠루*' 작은 병을 내왔다.

이미 맛도 알 수 없게 된 상태에서 재빨리 그것을 잔에 따르고, 구운 생선이 먹고 싶어져서 이 가게에 들어왔다는 것을 생각해내어 벽의 메뉴를 보고 있는데 "어라?"하는 톤 높은 목소리가 들려왔다.

"아이고, 선생! 이게 웬일이야!"

조금 떨어진 자리에 앉아 있던 자그마한 몸집의 중년남자가 붙임성 있는 웃음을 만면에 띠고 종종걸음으로 이쪽으로 오고 있다. 이런 가게에서 아는 사람을 만날 턱이 없다. 우선 내가 도대체 무슨 '선생'이라는 건가. 그렇게 생각하고 있는 와중에 뇌의 일부가 아니야, 이 얼굴은 틀림없이 알고 있어, 하고 큰 소리로 외친다.

운노 씨였다.

＊사와노츠루 : 일본 청주의 한 종류.

입원 중에 같은 병실에 있던 그 운노 씨다.

물론 퇴원하고 나서는 처음 만나는 것이다. 생각지도 않았던 재회에 나는 무의식중에 웃음을 지었지만, 곧 그 반가움은 조금 외로워져 있었던 탓에 느낀 착각에 지나지 않는다는 사실을 깨달았다. 특별히 지금 만나고 싶은 사람은 아니었다. 굳이 구분하자면 가장 만나고 싶지 않은 사람이었을지도 모른다.

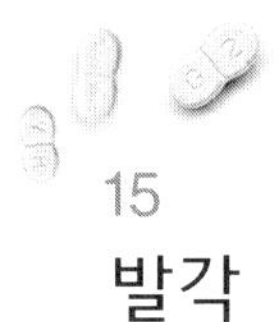

15

발각

"선생, 어떻게 지내셨소!"

운노 씨는 묻지도 않고 내 옆자리로 오더니 자기가 마시고 있던 '경월鏡月' 소주병과 얼음통, 잔 등을 이쪽으로 옮겼다. 작은 접시에 담겨있던 문어무침 같은 안주도 함께. 이미 어지간히 취한 듯 기분이 무척 좋아보였다. 일행은 없는 것 같다. 시계를 보니 이미 12시가 가까운데 언제부터 혼자서 마시고 있었던 걸까.

"글쎄요, 그저 그래요."

거의 의미 없는 대답을 흘리면서, 나는 어떻게 하면 그에게서 도망칠 수 있을까 하는 생각부터 하고 있었다. 그러나 술집 주인이 "안주는?" 하고 묻자 반사적으로 임연수어 소금구이를 주문하고 말았다. 그것만 먹고 이 집에서 나가자고 결심했다.

"허허, 우연도 참. 지금 퇴근하는 길?"

"아… 뭐 그런 셈이죠."

운노 씨 자신은 무슨 일을 하고 있는지, 너무 빨아서 색이 바란 폴로 셔츠에 허름한 청바지라는 별 볼일 없는 차림새다. 차림새를 보니 경기가 좋아 보이지는 않는다.

"항상 이 근처에서 마셔?"

"글쎄요…. '항상' 마시고 있는 건 아니고요."

'항상'은 아니야. 당신과는 달라. 온갖 성인병의 온 퍼레이드에다 뒷골목 허름한 가게에서 식사하고 있는 당신 같은 인종과는 다르단 말이야.

그렇게 말해 주고 싶었지만, 현재 나도 이런 시간에 가부키초에서 제멋대로 한참 먹고 마시는 중이다. 지금은 무슨 말을 해도 설득력이 없다.

"운노 씨, 병원에는 결국 얼마나 있었던 거예요?"

"두 달… 아니야, 두 달 반 정도였나. 그 뒤로는 뭐 평소처럼 지내지만 별로 안 좋아, 여전히. 말했지? 환경이 안 좋은데 뭐. 좋아질 리가 없어."

또 시작했다. 이 사람은 왜 뭐든지 이렇게 남 탓으로 돌리는 걸까.

"선생도 별로 안 좋아 보이는데?"

아무래도 내 이름을 잊어버린 모양인지 계속 '선생'으로 부를 심산인 것 같다.

"보면 알아, 얼굴색이 나쁜걸 뭐. 내장이 나쁜 사람들은 얼굴색 보면 알아. 그 뭐랄까, 흙빛? 그런 느낌이야."

나는 침울하게 대답한다.

"그렇지만 나는… 열심히 했거든요. 식이요법도 상당히 엄격하게 했고요. 실제로 얼마 전까지는 수치도 많이 개선됐었단 말입니다. 그게 갑자기 악화되어서…. 왜일까요? 이상하다고 생각되지 않아요?"

"그런 건 처음뿐이라니까. 다들 하라는 대로는 안 된다니까. 글쎄 감자가 몇 그램에 몇 칼로리입니다, 하고 일일이 따지고 있을 시간이 어디 있어? 사람들한테는 생활이란 게 있잖아…."

"아니, 그래도 난 그렇게 해왔었단 말입니다! 계속 해왔어요! 지금도 하고 있단 말이에요!"

"아아, 잘했어, 잘했어. 어쨌든 마시자고, 오늘은. 재회를 축하하며!"

대화는 처음부터 평행선을 달릴 뿐. 술에 취하지 않았다면 더 이상 말해도 소용없다는 것을 금방 판단할 수 있는 일이었다. 그러나 내 발언은 이미 듣는 사람이 알아듣든 말든 상관치 않는 주정뱅이의 푸념이나 다를 바 없었고, 운노 씨 쪽도 애초부터 제대로 들을 마음이 없었다. 우리들은 맞물리지 않는 대화를 계속하면서 그 가게에 꽤 오래 머물러 있었다.

임연수어 소금구이가 나왔을 무렵에는 이미 식욕이 사라져버린 후였지만 그래도 거의 기계적으로 그것을 혼자 다 먹어치웠다. 그것만 해도 약 250킬로칼로리에 가깝다는 사실은 애써 생각하지 않으려고 했다.

나중에 다시 생각해봐도 이미 전철이 끊긴 상태에서 왜 그 후로 운노 씨와 몇 시간이나 더 함께 있었는지는 도저히 기억나질 않았다. 어느 정도 정신을 차렸을 무렵에는 이미 그와 함께 캬바쿠라*의 소파에 몸을 깊숙이 묻고 제대로 된 말도 잘 못하는 머리 나빠 보이는 여자애들에게 둘러싸여 있었던 것이다.

"나는 말이지, 당뇨병이야. 알아? 당뇨. 당, 즉 달콤하단 말이지. 내 췌장은 지금 난리도 아니라고!"

"어머, 큰일이잖아요. 이런 데서 마시고 있어도 괜찮아요?"

"괜찮아, 괜찮아! 어차피 좋아질 리도 없으니까. 불치병이라는 말이지. 거기 앉아 있는 아저씨는 더 형편없어. 당뇨에 고지혈증에 신장병에 간경변에 알코올중독에 마약중독이지. 그렇죠? 운노 씨!"

"너, 말 만들지 마. 사람을 폐인취급하고 말이야. 결국 너도 한패잖아!"

한패. 그럴까. 그럴지도 모른다. 나는 운노 씨의 항변을 웃어넘기면

---

*캬바쿠라 : 단란주점과 비슷한 곳으로 술값과 함께 시간단위로 계산을 함.

서 으스스한 기분 속으로 가라앉는 자신을 희미하게 의식하고 있었다.

명백하게 본인의 건강에 대한 부주의가 원인인 내장질환을 '환경 탓'이라고 잘라 말하는 운노 씨. 영양지도 시에 공공연하게 커닝을 하며 애초부터 아무것도 배울 생각이 없는 기도코로 씨. 그들과 나는 다르다고 생각하고 있었다. 그들이 빠져드는 무한반복에서 나만은 재빨리 벗어날 수 있다고 생각하고 있었다. 그러나 본질적으로는 그들과 같은 것이 아닐까. 그렇지 않다면 왜 나는 이렇게 건강이 나쁜 걸까. 그리고 그럼에도 불구하고 왜 새벽 2시에 이런 술집에서 이름도 모르는 위스키를 연거푸 들이키고 있는 걸까.

그 후 얼마나 더 그 술집에 있었는지 정확한 기억은 없다. 나는 부자연스러울 정도로 소란스러운 상태로 아마 도중에 몇 번이나 바뀌었을 옆자리의 호스티스에게 뭔가를 계속해서 이야기하고 있었다. 술집으로부터 이미 몇 번째인지도 모를 '시간 연장'을 또다시 권유 받고는 문득 제정신이 들어 정산을 했을 때, 운노 씨는 소파 위에서 등을 구부리고 잠을 자고 있었다. 6만 엔 정도의 요금을 카드로 지불한 후 지금의 운노 씨에게서 반액을 회수하는 일이 가능할까, 하고 잠깐 생각했다. 그러나 곧 그것조차 아무래도 상관없어졌다.

"졸려…. 가야겠어."

하품이 섞인 그 한마디만을 남기고 운노 씨는 밤의 골목길로 사라졌다. 생각해보니 나는 그가 어디에 살고 있는지조차 몰랐다. 다음에야말로 두 번 다시 만날 일은 없을 것이다. 두 번 다시 만나고 싶지도 않다. 두 번 다시 만나지 않을 수 있다면 3만 엔 정도의 위자료는 싼 편이다.

택시를 잡으려고 보도를 걷는 도중에 라면을 파는 포장마차를 발견했다. 순간적으로 공복감을 느꼈다. 나는 아무 생각 없이 파란 비닐시트를 들추고 들어가 나무의자에 앉아 라면을 주문했다. 이윽고 눈앞에 놓인 어묵과 김이 얹힌 고전적인 라면을 아무 생각 없이 먹었다. 내 위장은 그 탄수화물과 지방덩어리를 놀랄 정도로 스무드하게 받아들였다.

그 다음번에 확실하게 의식이 돌아왔을 때, 나는 우리 집 거실에 있었다. 어떻게 해서 돌아왔는지는 모르겠지만 양복은 벗지도 않고 안경을 선글라스처럼 이마 위에 걸친 채로 테이블에 엎어져 있었다. 창밖은 이미 밝아오기 시작했고 테이블 위에는 '피곤해서 먼저 잡니다'라는 나츠의 메모가 놓여 있다. 머리가 깨질 것처럼 아팠고 베개 대신에 머리를 얹고 있었던 오른팔이 손가락 끝까지 저렸다.

꼬이는 다리로 간신히 몸을 지탱하며 파자마로 갈아입고 깊이 잠든 나츠의 옆자리로 기어들어갔다. 잠은 금세 오지 않았고, 오른팔의 저림도 잘 풀리지 않았다. 다음날 점심때쯤 눈을 떴지만 저린 것은 여전했다. 그로부터 이틀이 지나도 손가락 끝은 여전히 저릿했다.

“조금 지나쳤던 것 아닐까?”

나츠는 아침이 다 돼서야 돌아온 나에게 그 한마디만을 했다. 어설프게 추궁해봤자 내가 짜증만 낼 뿐이라는 것을 잘 알고 있었기 때문이다. 그날은 지나쳤다기보다도 ‘분별을 잃었다’는 쪽에 가까웠던 데다가 이후로도 무절제한 생활로 돌입할 용기 같은 것도 없었다. 그날 밤, 아니 그날 아침 이후로 며칠이 지나도 오른손의 저림이 사라지지 않는 것이 나를 정체모를 공포 속으로 몰아넣고 있었던 것이다.

신경장애 초기증상이 틀림없었다. 요즈음 한밤중이나 새벽에 예고도 없이 장딴지에 경련이 일어나 그 진통으로 인해 잠을 못 이루는 것도 ‘증상’인 것이다. 이대로 방치해두면 입원 중에 봤던 사진처럼 발에 괴저가 생길지도 모른다. 안저출혈로 실명할지도 모른다. 입안이 굳은 기름처럼 되어서 곧 흐물흐물 녹아내릴지도 모른다.

그러나 그런 불안과 이웃하며 ‘유랑하는 당뇨병 환자’ 생활에도 끝이 보이기 시작했다. 드디어 도립 이타바시병원에 예약한 초진일이 된 것이다. 병증이 악화일로를 치닫고 있는 원인도 이제 해명될 것이다. 상대는 전문의다. 뭔가 처방을 해줄 터이다. 6월 중순의 어느 날, 오전에 반차휴가를 얻은 나는 뗏목을 타고 오래도록 표류한 끝에 겨우 발견한 작은 섬에 상륙하는 기분으로 이타바시병원의 문을 두드렸다.

오전 10시 예약이었음에도 불구하고 진료실에 들어간 것은 11시 40

분이었다. 이래서야 점심시간이 끝날 때까지 회사에 돌아갈 수가 없다. 왜 이렇게 기다려야 하는가. 이 병원에 오기 위해 이미 나는 지나칠 정도로 기다리고 있었는데도.

피곤해진 상태로 진료실에 들어가자 회전의자에는 몸집이 작은 여의사가 앉아 있었다. 나이는 아마 30대 전반, 나와 그다지 차이가 없을 것 같다. 어쩌면 나보다 젊을지도 모른다. 그 얼굴은 언뜻 보면 마치 거기에 앉아 있는 것을 조금 달갑지 않게 생각하는 것 같은 생김이었다. 원래 그런 얼굴이겠지만, 임상의로서 이런 건 좀 곤란하지 않을까?

묵직한 체격과 느긋한 태도로 환자를 안심시켜준 다치바나 선생과는 전혀 다르다. 나는 처음부터 미덥지 않은 기분으로 그녀 앞에 앉게 되었다.

"가타세 교이치 씨. 음, 신주쿠병원의 다치바나 선생님 소개로 오셨군요…."

'호시노'라는 명찰을 단 그녀가 사무적인 어조로 그렇게 말하면서 신주쿠병원에서 소개장과 함께 넘어온 나의 카르테를 일단 살핀다.

"작년 8월부터 한 달간 입원하셨군요. 마지막으로 쟀을 때 헤모글로빈 A1c는 어느 정도였나요?"

"7.6이었습니다. 그 전까지는 좀 더 좋았었는데 조금 악화되어서…."

"그러면 식후 혈당치는? 대강이라도 좋아요."

“글쎄요, 170 전후였어요.”

“그런가요. 이번 검사에서의 혈당치는….”

그렇게 말하고 그녀는 눈앞의 단말기를 조작해서 내 데이터를 불러냈다. 이곳은 전산화가 잘 되어 있어서 진료 전에 채혈한 결과를 벌써 화면으로 볼 수 있는 모양이었다.

“어…?”

화면을 보자마자 호시노 선생은 갑자기 큰소리를 내며 놀라더니 굳은 표정으로 수화기를 들고 어딘가의 내선번호를 눌렀다.

“내과의 호시노인데요, 아까 채혈한 가타세 씨, 가타세 교이치 씨….네, 이거… 그렇지요, …그렇군요. 네…, 네…. 알았습니다.”

긴박한 목소리로 짧은 대화를 마치고 수화기를 내려놓은 그녀는 미간에 주름을 잡으면서 나를 향해 자세를 고쳐 앉았다.

“저, 비정상적으로 높아요, 혈당치가.”

“…네?”

“500이 넘습니다.”

500? 설마. 입원 전에 가장 나빴을 때조차 식전이기는 했지만 328이었다. 잘못 들은 것 아닌가?

“5… 500이라고 하셨나요?”

“네… 이건 좀…. 저도 지금 잘못된 게 아닌가 해서 검사실에 확인해

본 건데요, 다시 해봤는데도 그렇다고 하는군요….”

호시노 선생이 보고 있는 화면에 몇 개인가의 숫자가 있었다. 내 위치에서도 보려고 하면 볼 수는 있었다. 그러나 나는 무서워서 그 숫자를 볼 수가 없었다. 혈당치가 500을 넘는다, 그것만으로도 충분하다. 자신이 틀림없이 죽음에 다가서 있다는 사실을 알기에는.

“어떻게 된 거죠…. 왜….”

동요한 나머지 타액 분비가 멈춰버려서 생각처럼 혀를 움직일 수조차 없었다. ‘상당히 나빠졌다’는 것은 예상하고 있었지만 이 수치는 예상을 훨씬 넘어 있었다. 그리고 더욱 나쁜 것은, ‘동요’하고 있는 것은 호시노 선생도 마찬가지였다는 점이다.

‘왜’냐고 묻는 나에게 호시노 선생은 “글쎄요….”라는 한마디만을 했을 뿐, 그 다음에는 그저 심각한 얼굴로 잠자코 화면을 바라보고 있을 뿐이다. ‘당신 그래도 프로라고 할 수 있어?’라고 생각한 것은 나중 이야기이다. 그땐 나도 그런 것을 따질 마음의 여유가 없었다.

“어쨌든 이렇게 안 좋으면 즉시 입원하셔야….”

“입원? 아니요, 그건 안 돼요!”

나는 몹시 당황하며 무의식중에 즉각 거절했다. 이미 한차례 끝난 이야기인데 회사에 다시 그런 일로 양해를 구한다는 것은 너무나 께름칙하다. 게다가 이번에는 병원도 회사 옆이 아니라서 병실에서 출근하는

16

두 번째 선고

이렇게 해서 식전에 인슐린을 투여하는 생활로 다시 돌아왔다. 더구나 이번엔 병원의 감독도 없다. 모든 것을 스스로 관리해야 했지만 그 자체는 그다지 곤란한 일은 아니었다. 가능한 외식은 피하고 있었으므로 식사 준비가 끝나는 시간도 대강은 알 수 있다. 회사에서도 직업상 내근이 많아 12시에 점심시간을 알리는 차임벨이 울리면 바로 도시락 뚜껑을 열 수 있으므로 거의 정확히 30분 전에 주사를 맞을 수 있다.

그러나 주사를 맞아야 할 11시 30분에 회의실에 있을 때도 있다. 그럴 때에는 잠시 퇴실할 수 있도록 상사에게 사정을 말해둬야겠다고 생각했다.

"한때는 상당히 좋아졌었는데, 최근에 무엇 때문인지 다시 악화돼서요…."

그렇게 말하는 것은 정말 억울한 일이었다. 요 1년 가까이 내가 얼마나 많은 희생을 치르면서 열심히 식이요법을 해왔는지를 이 자리에서 설명해 봐도 별 감흥이 없을 것이다. 그렇다고 간결하게 현상만을 말하면 마치 내가 실제로는 이렇고 저런 유혹에 넘어가 관리를 제대로 하지 못해서 이렇게 된 것 같은 인상을 줄 게 틀림없다.

"요즘 또 살이 빠졌군."

과장은 딱딱한 표정으로 그렇게만 말할 뿐이었다. 당연하지만 그 또한 내 격렬한 변화를 눈치 챘던 것이다. 그러나 다른 여러 사람과 마찬가지로 그런 것을 말해도 좋을지 어떨지 주저하고 있었던 것이다.

"어쨌든 다음 진료를 기다릴 수밖에 없지 뭐."

나츠는 거기에 대해서는 판단을 보류한 채 되도록 생각하지 않으려고 하는 것처럼 보였다. 실제로 진단이 나올 때까지는 문외한이 이렇다 저렇다 머리를 굴려봤자 소용없는 일이다. 그러나 숫자는 정직하다. 그런 사정 따위는 아랑곳없이 잔혹한 현실을 내게 들이댄다.

처방대로 인슐린을 꼬박꼬박 투여하고 있어도 혈당치는 전혀 내려가지 않았다. 일단 500을 넘는 일은 이제는 없었지만, 아침에도 점심에도 저녁에도 300이 넘었다. 즉 신주쿠병원에 입원했을 때와 거의 같은 수준이다. 다치바나 선생이 '상당히 심각하다'고 말하던 그 수준인 것이다.

앞으로 2주일을 차마 그 상태로 지낼 수가 없어서, 나는 호시노 선생의 처방을 무시하고 매회 1단위씩 투여량을 늘리고 있었다.

물론 나도 그렇게 하는 것은 무서웠다. 아직 숫자가 내려가지 않는다, 아직 모자란다, 하며 주사기 눈금을 더 돌리면 돌릴수록 마치 마약 중독에라도 걸린 게 아닌가 싶은 끝없는 공포를 느꼈다. 입원 중에 한 번에 투여하는 양은 기껏해야 4단위 아니면 6단위였는데, 지금은 그런대로 납득할 수 있는 레벨인 150정도까지 수치를 내리려면 12단위나 투여해야 했다.

처방을 지키지 않고 있다는 사실에 몸이 오그라드는 듯한 죄책감을 느꼈고, 그 결과 뭔가 심각한 문제가 발생한다고 해도 무엇 하나 변명할 수 없는 이 상황이 말할 수 없이 불안했다. 멋대로 양을 늘려버린 데 대해서 다음 진료 때에 어떻게 둘러대면 좋을까. 그러나 나는 비정상적으로 높은 혈당치를 눈앞에 뻔히 놓고 보면서도 그냥 방치해둘 수가 없었다.

"그 뒤로 혈당치는 좀 안정됐어?"

6월 말, 도립 이타바시병원에서의 두 번째 진료를 받기 전날 밤, 나츠가 그렇게 물었다. 내친김에 인슐린을 멋대로 증량해왔다는 사실을 털어놓자 나츠는 얼굴색이 변해서 나를 힐책하기 시작했다.

"왜 멋대로 양을 바꿨어? 혈당치가 높아서 신경 쓰이는 것은 알겠지만, 그래도 의사가 처방한 거잖아? 그런 걸 맘대로 바꾸는 건 절대 안 좋아.”

나츠가 그렇게 말할 거라고는 알고 있었다. 그런 일에는 특히 엄격한 타입이다. 말하지 않는 게 나을 뻔했다. 그러나 이제 와서 물러설 수는 없다.

“안 좋다니…. 우선 현실적으로 처방된 양으로는 전혀 내려가지를 않는단 말이야. 300이야. 계속 300을 넘은 채라고. 그런 상태로 다음 진료까지 그저 바보처럼 처방대로 하란 말이야? 300을 넘는다는 게 얼마나 심각한 상태인지 알기는 해?”

“그럼 예약이 없어도 긴급이라고 해서 의사한테 상담할 수도 있잖아?”

“그것 때문에 일일이 회사를 쉬라고? 그러잖아도 이렇게 자주 반차 휴가를 내고 있는데! 알아? 나라고 좋아서 처방을 무시하고 있는 게 아니야!”

여느 때와 마찬가지로 워낙 신경이 곤두서있다 보니 곧 말다툼으로 발전한다. 나츠가 그리 틀린 말을 하는 게 아니라는 사실을 알고 있음에도 축적된 짜증이 그쪽에서 출구를 발견하고는 아무런 통제 없이 분출돼버리고 마는 것이다.

“그러니까, 난 그저 의사의 처방을 지키지 않는 게 좀 걱정이 된다고 애기한 것뿐이잖아!"

"그렇지만 혈당을 잴 때마다 디스플레이에 300을 넘는 숫자가 나온단 말이야! 그 공포를 알아? 그게 얼마나 무서운지 당신이 아냐고! 내 일은 내가 제일 잘 알아! 알지도 못하는 사람한테 이래라 저래라 하는 소리 듣고 싶지 않다고!"

나오는 대로 내뱉는 순간, 나츠의 얼굴에서 핏기가 가시는 것이 보였다.

아뿔싸. 정말로 화가 났을 때의 얼굴이다. 명백히 내가 지나쳤다. 그렇지만 나도 화가 가라앉지 않아서 금세 발언을 철회할 수가 없다. 나츠는 한동안 굳은 표정으로 나를 노려보고 있다가 이윽고 눈을 돌리면서 낮은 목소리로 이렇게 말했다.

"알았어. 그럼 마음대로 해."

나츠는 이만 닦고는 바로 침대로 직행해버렸다. 잠시 후 내가 침실에 들어갔을 때에는 자고 있는 건지 아닌 건지, 눈을 감고 한마디도 하지 않았다.

다음 날 아침이 되어도 나츠의 태도는 여전히 딱딱했다. 보통 같으면 크게 다투었다고 해도 하룻밤이 지나면 아무렇지도 않은 태도를 하고 있던가, 아니면 슬며시 화해를 신청해오는 나츠가 나와 눈조차 맞추려 하지 않으면서 바쁘게 출근 준비를 하고 있다.

"저기, 어젯밤에는 내가 말이 좀 많았는데….."

나츠의 완고한 태도에 나도 쉬이 고분고분해지기는 어려웠지만, 그래도 최선을 다해서 먼저 손을 내밀어 보았다.

"어쨌든 오늘 다시 진료가 있으니까 의사한테 이제까지의 내막을 잘 얘기하고 어떻게 하는 게 가장 좋을지 물어볼게. 지난번 정밀검사 결과도 나왔을 거고….."

"아무래도 상관없어."

스타킹을 신고 있는 나츠의 등이 평소와는 다르게 경직되어 있다.

"나와 교 짱은 결국 타인이라는 것을 어제 잘 알게 되었으니까. 이제 아무 말도 안 할 거고, 아무것도 묻지 않을 거야."

나는 한숨을 쉬며 나츠의 침대에 앉아서 뭔가를 말해야만 한다고 생각했다. 그러나 내가 다음에 할 말을 생각하고 있는 동안에 나츠는 핸드백을 거머쥐고 나가 버리고 말았다. 현관문 너머로 엘리베이터 홀을 활보하는 힐 소리가 울리더니 곧 멀리 사라졌다.

앉아 있던 침대에 나츠가 벗어 던져 놓은 파자마를 보고 순간적으로 아주 밉살스러운 기분이 들었다. 이것은 어쩌면 생각보다 심각한 사태일지도 모른다. 막연히 그렇게 생각하면서 잠시 그 일을 잊자고 생각했다. 나도 곧 준비하고 나가지 않으면 회사에 늦는다. 오늘 진료는 오후여서, 오전 중에는 보통처럼 출근해서 일을 해야 하니까.

진료실의 호시노 선생은 지난번과 마찬가지로 아직도 자기가 있을 장소를 찾지 못한 것 같은 미덥지 않은 태도로 나를 맞았다.

"그 후로 혈당치는 어땠나요?"

나는 요 2주일간 아침, 점심, 저녁, 매번 빼놓지 않고 측정했던 혈당치 기록을 제출하고는 쭈뼛거리며 멋대로 인슐린의 양을 늘렸던 사실을 솔직히 털어놓았다. 결과적으로 내 판단이 적절했던 것인지, 호시노 선생은 별로 나를 책망하거나 하지는 않았다. 그런대로 컨트롤이 되어 있으니 계속해서 그 양으로 주사를 놓으라는 지시를 할 뿐이었다.

지난번에는 환자 앞에서 노골적으로 동요하던 모습을 보이더니 이 기묘할 정도로 선선한 태도는 또 무엇인가? 내가 고개를 갸웃거리자 그녀는 곧 다음 진료일 건으로 화제를 돌렸다.

잠깐만. 지난번에 다시 채혈한 결과는 어떻게 된 거야?

"저, 정밀검사 결과를 오늘 알 수 있다고 말씀하셨던 걸로 기억하는데요…."

머뭇거리며 그렇게 말을 꺼내자 그녀는 깜짝 놀라는 듯한 표정을 지으며 처방전 작성을 중단했다.

"아, 그랬죠!"

이 의사, 정말 괜찮을까?

허둥거리며 단말기를 조작해서 데이터를 꺼낸 호시노 선생은 그곳에

표시되어 있는 어떤 수치를 보자마자 눈살을 찌푸렸다. 항상 찌푸리고 있는 것처럼 보이는 눈썹을 더욱 좁히면서.

"아…!"

숨소리가 새어나올 같은 목소리로 그렇게 한 마디를 하더니 그 이상 아무런 말이 없다.

그것은 마치 자기가 산 주식이 폭락한 순간을 목격한 사람 같은 행동이었다.

아무리 생각해도 이 사람은 임상의로서의 자각이 부족한 것 같다. 환자를 쓸데없이 불안하게 만들어서 어떻게 하겠다는 것인가.

"저, 무슨…?"

"1형으로 전이轉移되어버렸네요…."

"네?"

"GAD항체*가 양성반응을 나타내고 있어요. …1형입니다."

나는 잠시 절규했다.

1형이라니, 그 1형이란 말인가? 평생 인슐린주사가 필요하다는 그 1형?

어떻게 된 거지? 나는 2형 당뇨병이지 않았는가. 그리고 주로 건강에

---

*GAD항체 : 글루타민산탈수소효소. 제1형 당뇨병의 예측인자.

대해 부주의한 결과로 발병하는 2형과 바이러스 감염 등 돌발적인 요인으로 인해 자기면역반응으로 발병하는 거라고 알려져 있는 1형과는 시작지점부터 달라서 도중에 바뀔 리가 없지 않은가.

"그… 그런 일이 있을 수 있나요? 도중에 바뀐다는 일이?"

"글쎄요…. 없지는 않아요."

"왜 그렇죠?"

"글쎄요…. 이유는 잘 모르겠지만….”

또 시작이다. 동요해서 설명이 횡설수설이다.

아니 그것보다도, 문제는 내가 '1형으로 전이'되어 버렸다는 것이다. 1형…. 췌장에서 인슐린을 분비하는 '랑게르한스섬'의 베타세포라는 세포군細胞群이 불가역적不可逆的으로 사멸하여 자력으로는 거의, 또는 전혀 인슐린을 만들어 내지 못하는 증상. 평생토록 외부에서 인슐린을 계속 투여해야 하는 병.

내가 알고 있는 '1형 당뇨병'이란 그런 병이다.

하지만 지금 그런 일이 일어날 수 있을까?

도대체 2형이 도중에 1형으로 바뀐다는 이야기는 들어본 적이 없다. 1형은 반드시 인슐린이 필요하고, 2형은 증상이 아주 나쁘지 않다면 인슐린이 필요 없다. 이렇게 말하면 마치 증상의 무겁고 가벼움에 따라 1형과 2형으로 나뉘는 것 같지만, 사실 그렇지는 않다. 2형이 악화된 결과 1형으로 변하는 일은 없고, 거꾸로 1형 환자가 열심히 치료를 하면 2형으로 돌아가는 것도 아니다. 그 둘은 증상이 비슷한 것뿐이지 서로 다른 병이다. 적어도 나는 그런 인식을 갖고 있었다.

이 의사, 처음부터 어딘가 미덥지 않았는데 정말로 정확한 진단을 내리긴 한 걸까? 순간적으로 그런 의심을 품었던 나였지만, 조금 생각해보고는 그녀의 판정을 부정할 수 없다는 사실을 깨달았다. '1형이 되었다'고 생각하면 모든 것이 앞뒤가 맞다. 자력으로 인슐린을 만들어내는 췌장의 기능이 '약해져' 있는 것이 아니라 그 기능 자체가 소멸해버렸다면? 약한 췌장이라면 식이요법으로 돌본다든가 약으로 인슐린의 분비를 촉진시킨다든가 하면 다시 인슐린을 만들어 낼 수 있다. 그러나 만일 그 췌장이 이미 죽어버렸다면?

아무리 열심히 칼로리 제한을 하고, 거르지 않고 약을 먹어봤자 효과가 있을 리 없지 않은가. 그리고 체내에 인슐린이 전혀 존재하지 않으면 혈당치가 상승하기만 하는 것도 당연하지 않은가.

결국 호시노 선생은 이 너무도 야박한 결과에 망연자실해져 있는 나에게 격려의 말 한마디 건네는 일도 없이 그저 인슐린 처방전만을 건넸다.

약국에 처방전을 제출하고 새 주사기 두 대를 교환용으로 받을 때의 기분은 지난번과는 전혀 달랐다. 어디까지나 긴급처치로 너무 높아진

혈당치를 확실하게 내리기 위해 일시적으로 투여하는 아이템이었던 그 것과, 앞으로 일생동안 생명을 유지하기 위해 정기적으로 투여해야 하는 생명줄로서의 그것. 앞으로 남은 평생 나는 도대체 몇 번, 아니 몇 백 번이나 이렇게 약국에서 내 차례를 기다려야 하는 것일까.

가장 가까운 역 앞에 다다라 '나이아가라 찻집'이라는 이름의 촌스러운 찻집을 일부러 골라 들어가 안쪽 자리에 앉았다. 거기라면 아무에게도 방해받지 않고 마음 편히 오래 앉아 있을 수 있을 거라고 생각했기 때문이다. 실제로 요즈음 여기저기에 생긴 카페들에 밀려선지, 손님은 나 외에는 거의 없었다. 블렌드커피 한 잔을 주문해서 밀크도 설탕도 안 넣고 마셨다. 진흙 같은 맛이었다.

뭔가 바보 같다는 생각이 들어서 우선 밀크를 넣었다. 그리고 설탕도 넣었다. 스푼으로 아무리 저어도 다 녹지 않을 만큼 넣고는 기분이 나빠질 정도로 단맛만 나는 그 액체를 위 속으로 단숨에 흘려 넣었다. 컵 바닥에 끈끈한 설탕덩어리가 남아 있었다.

죽을 정도로 달아야 하는데 조금도 달게 느껴지질 않는다.

도대체 나의 인생은 어떻게 되어버린 걸까. 당분이 밉다. 인슐린 같은 것의 도움을 받지 않으면 백해무익한 무용지물로 변해버리는 성가신 당분. 그런 것에 농락당하는, 아니, 앞으로 평생 농락당할 내 몸이 밉다. 그리고 나에게 이런 몸을 준 이 세상이 밉다.

혼자서 그러고 있자니 정신이 돌아버릴 지경이었다. 나는 휴대폰을 꺼냈다. 나츠에게 전화를 할까 하고 생각하다가 아침의 퉁명스럽던 모습을 떠올리고는 그만두었다.

정말 최악의 상태다. 1형 당뇨병이 되어버린 것뿐만이 아니라 아내와의 관계도 위기에 직면해 있다니.

나는 일단 휴대폰 폴더를 닫고 잠시 생각한 뒤에 다시 뚜껑을 열고 아리사에게 보내는 문자를 입력하기 시작했다.

나 오늘 오후에 휴가 냈는데

시간 있으면 한 잔 하자.

브루터스 앞으로 6시까지 올 수 있어?

문자 마지막에 나는 거의 자학적인 기분으로 좀 '축하'할 일이 있다고 덧붙였다.

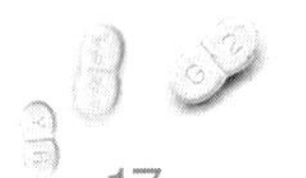

17

천국과 지옥

3시간 후, 나는 '브루터스'의 플로어에서 아리사와 함께 더 스트레이트가 연주하는 어스 윈드 앤 파이어Earth, Wind & Fire의 '판타지Fantasy'에 맞추어 바보처럼 몸을 흔들고 있었다. 노래 가사의 내용처럼 누군가가 정말 나를 우주선 판타사이Fantasaii호에 태워서 환상의 나라로 보내줬으면 하는 기분이었다.

아직 이른 시간인데도 벌써 몇 잔을 마셨는지조차 생각나지 않았다. 모든 게 아무래도 상관없었다. 나는 일부러 더욱 떠들어대며 낮에 병원에서 들었던 내용 같은 것은 마치 없었던 일처럼 행동했지만, 마음속에는 받아들이기 어려운 사실과 아직도 사투를 벌이고 있는 또 다른 자신이 있었다.

"가타세 선배, 정말 잘됐어요. 또다시 이렇게 마시고 춤추고 바보가 되실 수 있어서.”

스테이지가 끝나고 자리로 돌아오자 아리사가 발갛게 상기된 얼굴로 말했다. ‘바보가 될 수 있어서’는 좀 어떨까 싶지만, 사실 ‘바보’가 되고 싶어서 와 있는 거니까 할 수 없다.

“전에 여기에 왔을 때는 ‘종음주연’이었는데 말이지요. 정말이지 천선지전天旋地轉하고 불입호혈부득호자不入虎穴不得虎子입니다.”

아리사가 말한 고사성어는 둘 다 이번의 경우와는 아무 상관도 없는 말이었지만, 나는 그냥 웃어넘기면서 잔에 스미르노프를 가득 채웠다.

“오늘은 말이지, ‘부르터스’ 기분이었어. 영어로 말하면 ‘브루터스 스테이트 오브 마인드Brutus state of mind’랄까. 그런데 빌리 조엘의 ‘뉴욕 스테이트 오브 마인드New York State Of Mind’라는 노래 알아? 빌리 조엘은 중학생 때에는 꽤 좋아했었는데, 다나카 야스오*가 〈난토나쿠 크리스털〉의 주석註釋에서 빌리 조엘을 ‘뉴욕의 마츠야마 치하루’**라고 말했을 때 처음에는 그게 잘 이해가 안 됐거든. 아니, 마츠야마 치하루가 어떻

＊다나카 야스오(1956~) : 소설가, 정치가. 〈난토나쿠 크리스털〉은 1980년에 발표한 데뷔작으로 100만부를 넘는 베스트셀러가 되었다. 이 소설은 1980년대 당시의 도회적인 브랜드문화 등을 스타일리시하게 묘사한 것으로, 그 시각에서 보면 포크뮤직 자체가 촌스러운 것이었다. 빌리 조엘은 당시 대단히 유명했지만 실제로는 그도 마츠야마 치하루 같은 존재라는 뉘앙스로 비유한 것.
＊＊마츠야마 치하루(1955~) : 일본의 1980년대를 주름잡았던 포크송 가수. 〈기나긴 밤〉은 록뮤직의 요소를 넣어 크게 히트한 그의 대표곡 중 하나.

특별히 기분이 좋다고도 나쁘다고도 할 수 없는, 아니, 어느 쪽인가 하면 기분이 좋은 것 같지는 않은 평탄한 목소리로 나츠가 말한다.

"오늘은 좀 빨리 끝나서 조금 전에 돌아왔는데 부재중메시지가 하나 들어와 있어…. 교 짱 앞으로 온 건데 중요한 일 같아서."

"아, 그래서 일부러 전화한 거야? 고마워…."

화해하자는 게 아니었군. 나는 조금 실망하면서 누가 그 메시지를 남겼는지 물었다.

"고에이샤의 나가쿠라…라고 하는 것 같은데 남자 목소리야. 늦어도 좋으니까 전화해 달래."

전혀 들어본 적 없는 이름이다. 고에이샤? 고에이샤라면 보통은 대형 출판사인 고에이샤興榮社를 상상하지만 그런 곳에서 내게 연락이 올 리가 없지 않은가.

"고에이샤라…. 그 고에이샤는 아니지?"

"그건 나도 몰라, 메시지로 들었을 뿐이니까. 어쨌든 남겨놓은 전화번호를 가르쳐줄 테니까 전화해보면 되잖아? 메모할 수 있어?"

나는 급히 가방에서 볼펜을 꺼내어 종이냅킨에 나츠가 부르는 번호를 적었다.

"그럼 끊을게. 늦을 것 같아?"

"응…."

나츠의 목소리가 너무나 사무적인 느낌이어서 나도 순순하게 대하지 못하고 결국 통화는 뭔가 찜찜한 채로 끝났다. 어쨌든 지금은 이 고에이샤의 정체를 밝히는 게 관건이다.

"미안, 한 통만 더."

나는 아리사에게 한 번 더 양해를 구하고 나츠에게서 받은 전화번호를 눌렀다. 직통번호였는지 전화를 받은 것은 나가쿠라 씨 본인이었다.

"저희 집으로 전화를 하신 것 같아서요⋯."

"아, 가타세 교이치 씨로군요. 이거 여러모로 신세를 지고 있습니다."

"아, 아니요, 저야말로 신세를 지고⋯."

신세를 졌던 기억은 없다. 틀림없이.

그렇지 않아도 혼란스러운 내게 나가쿠라 씨는 더욱 알 수 없는 말을 했다.

"아까 전화를 드린 것은 이번에 가타세 씨가 '신세기픽션대상'에 응모하신 〈이지리 사진관〉이 사내 심사에서 2차 예선을 통과해서 이제 심사위원 선생님들이 보시는 최종심사 후보로 오르게 되었기 때문에⋯."

도대체 이 사람이 무슨 말을 하고 있는 거야?

신세기픽션대상? 응모? 최종심사? 도대체 무슨 말인지. 그런 상에 응모한 기억은 없다. 아니, 요 2, 3년간 무슨 상에 응모한 적이 없다. 사람을 잘못 안 것 아닌가. 그러나 〈이지리 사진관〉은 틀림없이 내가 쓴 소설이다.

"…최종심사는 7월 28일 오후 4시 정도부터 예정하고 있습니다. 보통은 오후 6시 전후면 결과가 나옵니다. 수상 여부에 관계없이 가타세 씨를 비롯해서 최종심사 후보에 오른 분들에게는…."

"저, 미안합니다, 잠깐 기다려 주십시오. 잠깐만… 기다려 주시겠습니까?"

끊임없이 이어지는 나가쿠라 씨의 설명에 겨우 끼어들었다.

"저… 미안합니다만, 실은 상황이 잘 파악되지 않아서요. 다시 한 번 말씀해주시겠습니까? 그쪽은 출판사인 고에이샤 맞죠? 그런데 '신세기 픽션대상'? 그 최종심사에 제 소설이? 저 말이죠, 그 부분이 잘 이해되지 않는데요…."

옆에서 그걸 듣고 있던 아리사가 갑자기 눈을 크게 뜨고 그 자리에서 몸을 팔딱거리면서 들썩대기 시작했다.

"그거 나, 그거 나예요!"

그렇게 말하면서 자기 코끝을 손가락으로 가리키고 있다. 일단 휴대폰을 손으로 덮고 아리사에게 묻자, 아리사는 무슨 선언이라도 하듯이 손바닥을 똑바로 나에게 향했다.

"전에 선배한테서 받은 원고, 내가 선배의 이름과 주소를 써서 거기에 응모했습니다!"

나는 너무나 기가 막힌 나머지 완전히 굳어 버렸다.

그러고 보니 확실히 〈이지리 사진관〉 원고를 아리사에게 준 기억은 있다. 바로 지난번에 '종음주연'을 위해 이 '브루터스'에 왔을 때의 일이다. 그러나 아리사의 반응이 너무 담백해서 기대하지 말자고 생각했기에 어느 순간 그런 일은 깨끗이 잊고 있었다.

그것을 아리사가 멋대로 응모?

휴대폰에서는 "여보세요, 가타세 씨? 여보세요?"하는 나가쿠라 씨의 목소리가 흘러나오고 있다. 나는 너무나 급작스러운 일에 잠시 말을 잃었으나, 겨우 사태를 파악하고 다시 전화를 받았다.

"시, 실례했습니다. 저기, 네, 그래서 최종심사에 올랐단 말이죠? 아아, 감사합니다!"

"네, 괜찮으십니까? 그래서 말인데요…."

다시 들은 나가쿠라 씨의 이야기를 종합하면 이런 일이다.

'제3회 신세기픽션대상'의 전체 응모작 473점 중에서 최종심사에 오른 것은 내 작품을 포함한 네 작품. 그 원고가 이제부터 인기작가 구시다 슈이치를 비롯한 다섯 명의 심사위원들에게 넘겨지고, 약 한 달 후인 7월 28일에 심사회가 열려 그 자리에서 '대상'과 '우수상'이 선정된다. 결과가 나오는 대로 수상 여부에 관계없이 최종심사에 오른 네 명에게는 연락이 갈 것이라고 한다.

"…이런 내용입니다만, 괜찮으시겠습니까?"

"아, 네네! 연락 기다리습니다. 자—, 잘, 부탁드릅니다!"

마치 한여름에 내리는 눈을 본 것처럼 놀라고 흥분한 나머지 혀가 안 돌아가고 있었다.

통화를 마치자 전신에서 힘이 빠져 그 자리에 쓰러질 것 같았다. 취한 탓인지 무엇 때문인지, 올려다 본 천장이 빙글빙글 돌고 있다. 마치 꿈만 같다. 정말로 꿈에서까지 그리던 상황인 것이다.

"역시—! 내 판단이 틀림없었군요! 그런데 사실은 저도 응모한 것을 잊어버리고 있다가 대단히 경천동지驚天動地했지 뭡니까. 글쎄 최종심사라니, 그거 굉장히 굉장한 것 아닌가요?"

아리사도 흥분했는지, 더더욱 이상한 말투를 쓰면서 양 주먹을 불끈 쥐고 있다.

"정말 굉장해. 굉장한 일이지만, 그건 좋은데 말이야, 그런데 왜 아리사가 응모를…."

"왜냐하면 재미있었기 때문이에요, 그 소설이. 평소에는 책을 잘 안 읽는 불초한 저에게도 재미있게 느껴졌어요. 그렇지만 가타세 선배는 응모할 생각이 없는 것 같아서 아깝다고 생각했지요."

“그렇다고 해서 맘대로 응모를 해? 나한테는 말도 없이? 내 의사도 확인하지 않고? 아리사, 너는 도대체….”

“아…, 잘못한 건가요? 화내지 마세요. 죄송합니….”

“도대체 이렇게 훌륭한 일을 해주다니!”

나는 감격에 겨워 아리사를 껴안았다. 아리사가 ‘꺄—악!’하며 비명을 올린 그 순간, 스테이지로 돌아온 더 스트레이트가 명곡 ‘11월’을 연주하기 시작했다. 기성을 올리면서 기다렸다는 듯이 플로어로 튀어나가는 사람들 사이에 섞여 우리도 구르듯이 의자에서 튀어나갔다.

“진짜로 ‘축하’할 일이 생겼잖아요!”

키가 작은 아리사는 파도치는 사람들 사이에 파묻힌 채 만면에 웃음을 띠고 그렇게 말했다.

정말 그렇다. 이것은 ‘축하’에 해당하는 사건이다. 아직 상을 받은 것은 아니다. 그러나 최종심사에 오른 것만으로도 나에게는 쾌거중의 쾌거다. 500여 편의 응모작 중에서 최종 네 작품 중 하나로 뽑힌 것이다!

더구나 〈신세기픽션대상〉은 3년 전에 요란한 문구와 함께 신설된 대형 신인상이다. 대상의 상금은 500만 엔, 수상작은 영상화, 만화화 등을 포함하여 대대적인 지원을 받는다. 만년 낙선 작가인 나 따위는 어차피 상대도 안 해줄 거라고 생각해서 여기에 응모한다거나 하는 것은 언감생심 꿈꿔보지도 않았는데 말이다.

10년을 넘은 고독하고 착실한 노력이 지금 드디어 열매를 맺으려고 하는 것이다. 그것도 생각지도 않은 아리사의 스탠드 플레이를 계기로 전혀 예상도 못했던 타이밍에.

밀러 볼이 내보내는 빛의 조각들이 벽과 천장을 휘달리는 속에서 나는 참지 못하고 소리를 높여 웃었다. 해냈다, 드디어 해냈다! 그러나 그와 동시에 언제부턴가 눈에는 눈물이 고여 있었다. 나는 격렬하게 몸을 흔들고 춤을 추면서, 그리고 웃으면서 눈물을 흘리고 있었다. 하하하, 훌쩍훌쩍, 하하하, 훌쩍훌쩍 하며.

여기에 다다르기까지의 긴 여정을 생각하고 감상적이 되어 있었던 것일까. 아니, 그런 게 아니라 솔직히 나는 어떻게 하면 좋을지 알 수 없었던 것이다. '인슐린 의존형'이라고 불리기도 하는 1형 당뇨병으로의 '전이'를 통고 받은 직후에 잠이 확 깰 것만 같은 이 낭보. 슬퍼해야 할지 좋아해야 할지 알 수가 없었다. 나는 말하자면 지옥 수문장의 손에 의해 땅속으로 끌려 들어가는 기분과 동시에 천사의 손에 이끌려 천국으로 올라가는 기분을 한꺼번에 맛보고 있는 것이었다.

"가타세 선배, 울고 계세요? 그야… 눈물도 나시겠지요. 이게 바로 고진감래苦盡甘來 아니겠어요! 아아, 왠지 저까지 눈물이 날 것 같네요."

아리사는 그렇게 말하며 춤을 추는 한편 내 어깨를 가볍게 쓰다듬는다.

두 동강이로 찢어진 나는 그저 응응, 고개를 끄덕이면서 어찌할 바를 모르고 울다가 웃다가를 계속하고 있었다.

"저, 오늘은 이만 돌아가는 게 좋지 않겠어요?"

한 곡이 끝났을 때 아리사가 내 손을 끌어 춤추는 파도(라기보다는 덩어리)로부터 떨어져 나오더니 발돋움을 하면서 내 귀에 대고 말했다.

"부인한테 아직 안 알리셨죠? 빨리 알리셔야죠. 그리고 고양이는 빼고 두 분만의 축연祝宴을 갖고 축배를 드심이 좋지 않을까 하는데요."

"아, 그렇지만…."

"저는 부디 상관하지 마세요. 먼저 떠나는 이 몸을 용서해 주세요오… 아니, 그 반대인데."

사실 최종심사 건은 누구보다도 먼저 나츠에게 알리고 싶은 뉴스였다. 아직은 어젯밤부터 계속된 어색한 분위기가 마음에 걸렸지만, 아리사의 순수한 권고를 헛되게 할 수는 없었다. 나는 그녀의 양손을 잡고 붕붕 흔들면서 오늘은 이것으로 끝을 내기로 했다.

그러나 아리사는 내가 마침 오늘 '1형으로 전이'됐다는 선고를 받은 것은 모른다. 나츠에게는 그것도 말해야만 한다. 자, 어떤 순서로 어떻게 말하면 좋을까.

귀갓길에 나는 계속 그것을 생각하고 있었다. 빙글빙글 도는 야마노

테선* 안의 전철 손잡이에 매달려서 창문에 비친 자신의 얼굴을 바라보며 머릿속에서 여러 가지 생각을 빙글빙글 돌리고 있었다.

'나쁜 소식'에 생각이 미치면 새삼스레 가슴에 점토라도 쑤셔 넣은 것처럼 답답한 기분이 된다. 그런 기분을 '좋은 소식'이 지워 없애려고 한다. 비관과 낙관 사이를 어지러이 오가면서 나는 어느덧 조금씩 기분을 정리해가고 있었다.

생각해보자. 1형이 되었다는 게 정말로 그렇게까지 우울한 사태인 것일까.

사실 식사 때마다 일일이 주사를 놓아야 한다는 것은 상당한 부담이다. 식사 개시 30분 전이라는 타이밍을 맞추는 것도, 항상 저혈당 증상을 걱정해야 하는 것도 앞으로 평생토록 쫓아다닐 무거운 짐 같은 것이다. 그러나 거꾸로 말하면 그것은 인슐린만 제대로 투여한다면 혈당을 적절하게 컨트롤할 수 있다는 것이기도 하다.

정확하게 칼로리 계산을 해서 식사를 만들고 적당한 운동을 하면서도 기본적으로는 완치될 수 없는 빈약한 췌장을 죽을 때까지 돌보아야 하는 2형 당뇨병 생활도 충분히 부담스러웠다. '약해져 있는' 췌장의 상태는 무리를 하면 곧 '악화'된다. 외식이 겹친 후면 혈액과 소변검사

＊야마노테선 : 도쿄 시내를 도는 전철로, 노선의 모양이 긴 타원형으로 되어 있다.

를 받을 때마다 수치가 나빠지지는 않았을까 하며 안절부절 어쩔 줄 몰라 하는 것도 이를테면 췌장이 인질로 잡혀 있기 때문이다.

그에 비해 내 췌장은 이미 '죽어 있다'. 다시 말하면 이 이상 좋게도 나쁘게도 안 된다. '악화'될지 어떨지 마음 졸일 필요는 이제 없는 것이다. 어떤 식으로 찔러 봐도 그것은 이제 자력으로는 인슐린을 만들어내지 못한다. 그래서 가만히 있어도 의사가 생명을 유지하는 약인 인슐린을 처방해준다. 바꿔 말하면 잔존해 있는 췌장의 기능을 유지하려고 계속 분발해야 하는 고통으로부터의 해방을 의미한다. 그렇게 말할 수 있지 않을까.

그렇다고 해서 이제는 식사를 전혀 제한하지 않아도 좋다는 것은 물론 아니다. 투여한 인슐린의 처리능력을 넘는 양을 먹으면 결국 혈당치는 올라가 버린다. 거꾸로 처방을 무시하고 과량의 인슐린을 투여한다면 혈당치는 적절한 수준으로 컨트롤 할 수 있을지 몰라도 머지않아 간장 등의 다른 장기에 부담이 가서 결국에는 성인병이 하나둘씩 늘어갈 뿐일 게다.

그러나 '췌장이 더 이상 나빠질지 어떨지에 신경 쓸 필요가 없다'는 점은 기분상의 부담을 크게 덜어주었다. 요점은 주사를 놓기만 하면 되는 것 아닌가. 그렇게 생각하자 앞으로 남은 날들이 모두 먹구름으로 덮여버렸던 것처럼 낙담했던 자신이 바보처럼 생각되었다.

별 거 아니잖아. 자동차에는 주유소에서 기름을 넣어줘야 하는 것처럼 내 몸에는 인슐린을 보급해줘야 하는 것뿐이다.

아파트 앞에 도착할 무렵, 내 생각은 거기까지 정리되어 있었다. 최종심사에 올랐다는 낭보가 없었다면 이렇게 쉽게 기분을 정리할 수는 없었을 것이다. 그래서 나는 침착한 마음으로 현관 앞에 설 수 있었다.

우선은 '좋은 뉴스'부터 전하자.

"뭐? …정말?"

나츠는 눈을 둥그렇게 뜨고 놀라더니 내가 구두를 벗는 사이에 달려와 팔짝팔짝 뛰면서 내 손을 잡았다.

"와, 정말 굉장하다! 축하해. 정말 잘됐어! 잘됐어!"

아침의 차가웠던 태도는 어디로 갔는지, 어느새 눈물이 그렁그렁해 있다. 뭐니 뭐니 해도 내가 걸어온 기나긴 여정을 누구보다도 잘 알고 있는 것은 역시 나츠인 것이다. 연애시절부터 그녀는 작가를 지망하는 나를 죽 지켜보아 주었고 응원해주었다. 내가 지금까지 쓴 몇 십 편이나 되는 작품도 빠짐없이 읽고 있다.

"혹시 상을 받게 되는 거 아닐까? 왠지 그런 예감이 들어."

나츠가 밝은 얼굴로 그렇게 말한다.

"글쎄, 그건 아직 모르지…."

"태도가 그렇게 어정쩡하면 운이 도망가. 내 예감은 맞는다니까! 오늘 빨리 돌아오길 잘 한 거 같아. 덕분에 좋은 소식도 들었고."

그 말에 나는 잠깐이라도 '브루터스'에서 빨리 나오는 것을 주저했던 데 대해 죄책감을 느끼고, 나츠에게 미안한 마음이 들었다.

"나츠… 어제는 심한 말을 해서 미안해. 나츠가 누구보다도 나를 걱정해준다는 것을 알고 있는데도…."

"아니야, 나야말로…. 나도 그 이후로 계속 후회했어. 교 짱, 말은 하지 않지만 틀림없이 혼자서 여러 가지를 고민하고 있었을 거라고. 주사량을 조금씩 늘려갈 때도 분명히 굉장히 무서웠고, 싫은 기분이었을 거라고…."

후반은 흐느낌 때문에 목소리가 떨리고 있었다. 나도 울면서 그 떨리는 작은 어깨를 안았다.

"그래서 나, 오늘 사과하고 싶어서… 화해하고 싶어서 일을 억지로 빨리 끝내고 돌아온 거야. 그런데 돌아와 보니까 교 짱이 없어서, 그게 왠지 화가 나서, 그래서 아까 전화했을 때도 말이 서먹하게 된 거야…."

"괜찮아, 이제 괜찮아. 내가 나빴었어…. 좀 더 빨리 나츠에게 상담하면 좋았을 것을. '아무 말도 듣고 싶지 않다'는 건 거짓말이야. 나츠가 다 해주니까 나는 안심하고 살 수 있는 거야."

‘부부싸움은 개도 안 먹는다*’라고 하지만 우리 집의 경우에는 ‘고양이도 안 먹는다’라고 해야 할까. 그래도 미케마츠는 이 예사롭지 않은 상황에 당황하여 우리들의 다리 사이를 불안스레 어슬렁거리고 있었다.

“그리고… 실은 또 하나, 할 얘기가 있어. 이건 나쁜 소식인데….”

조금 진정이 되고 나서 그렇게 말을 꺼내자 나츠의 얼굴이 순간적으로 굳어졌다.

나는 점심시간에 이타바시병원에서 들은 내용을 간결하게 전했다. 사실만 담담하게. 이야기를 다 들은 나츠는 “그랬구나….”라고 한 마디를 하고는 풀 죽은 얼굴로 입을 꽉 다물었다.

“그렇지만 지금의 나는, 아마 다른 사람들이 상상할 만한 그런 괴로운 심정은 아니야.”

나는 그렇게 말하고 전철에서 했던 생각도 이야기했다. 이 이상 좋아지지는 않지만 나빠질 것도 없다는 것을. 그렇게 생각하자 지금까지보다도 오히려 마음이 편해졌다는 것을.

“그리고 이유를 알게 되어서 속이 시원해졌다는 것도 있어. 아무리 평소에 잘 하고 있었더라도 가끔씩 술을 마셨던 게 역시 안 좋았던 걸까, 하고 생각했었지만 그런 게 원인이 아니라는 것도 알았고.”

---

* 부부싸움은 개도 안 먹는다 : 부부싸움이란 이내 화해하기 마련이므로 구태여 남이 말릴 필요도 없다는 속담.

"그거야 그렇겠지. 교 짱, 그렇게 열심히 했었잖아…."

"응, 그래서, 그것도 포함해서 나 스스로는 의외로 후련한 기분이야. 어쩌면 그것도 지금만의 착각일지도 모르지만 말이야. 마치 일부러 노린 것처럼 이렇게 굉장히 기쁜 소식을 동시에 들어서 그 덕에 왠지 어물어물 넘어가게 된 것일지도 모르잖아. 내일이 되면 기분이 또 밑바닥으로 떨어질지도 몰라."

"아니… 그건 착각 같은 게 아니야."

침울한 얼굴로 나츠가 말했다.

"교 짱 본인의 일이고, 본인의 일은 역시 자기가 제일 잘 알고 있을 거야. 듣고 나서 벌써 한참이 지났으니까 그 사이에 많은 생각을 했을 테고, 이제는 정말로 마음의 정리가 되어 있는 거라고 생각해. 그렇지만 나는… 아직 안 돼. 사실을 받아들이는 데 좀 더 시간이 걸릴 것 같아…."

"앞으로 긴 인생인데 그렇게 서두를 필요는 없어."

나츠는 힘없이 웃으면서 고개를 끄덕였다.

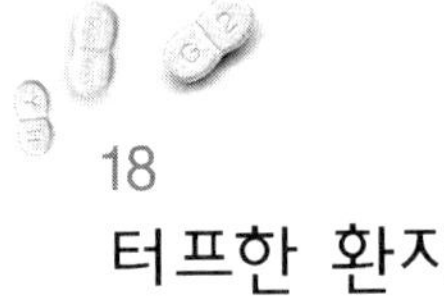

18

터프한 환자

이렇게 해서 나는 일본 전체 인구의 겨우 0.02퍼센트에 불과하다는 1
형 당뇨병 환자가 되었다.

나츠의 말처럼 그 후로 다시 낙담하는 일도 없이 담담하게 매일을 지
내고 있다. 나는 언제 어디에나 주사기와 혈당측정기가 들어있는 검은
주머니를 갖고 다니며 필요에 따라 인슐린을 투여했다.

식이요법도 기본적으로는 전과 마찬가지로 계속하고 있었지만 예전
만큼 정확하게는 하지 않게 되었다. 인슐린을 맞고 있으면 칼로리가 다
소 넘어도 결과적으로 큰 상관은 없다는 이유도 있었지만, 지금 생각해
보면 2형 시절에도 원래 이 정도의 여유로 충분했던 것인지도 모른다.

한 번이라도 식이요법의 의미와 요령을 머릿속에 철저히 주입시켜
놓으면 식사 때에는 저절로 그것을 의식하게 된다. 스스로 만들 때에는

물론이고 외식할 경우에도 기름기가 많은 돼지고기국물로 만든 챠슈라면과 볶음밥 세트를 주저 없이 주문해서 전부 먹어치운다는 터무니없는 짓은 자연스레 하지 않게 되는 것이다.

하나에서 열까지 이론처럼 칼로리 컨트롤이 된다면 그 이상 좋은 일이 없겠지만, 직장에 다니면서 완벽한 식이요법을 관철하려고 하는 것은 대단히 어려운 일이다. 그리고 그것이 얼마나 스스로를 피곤하게 하는 일인지는 퇴원 후 몇 개월 동안 뼈저리게 느꼈다. 항상 지쳐 있는 동시에 항상 신경이 곤두서 있던 그 시절로는 두 번 다시 돌아가고 싶지 않았다.

술을 마시는 일도 이전보다는 마음 편히 생각하게 되었다. 인슐린을 투여한 상태에서 술을 마시면 간혹 인슐린이 과도하게 반응하여 저혈당 증상을 일으키는 경우가 있다. 그런 이유에서라도 음주를 인정하는 의사는 아마 없을 것이다. 그러나 나는 인슐린과 함께 포도당 정제도 항상 갖고 다닌다. 그리고 음주 유무에 관계없이 저혈당은 이미 몇 번이나 경험한 적이 있으므로 그때가 되면 즉시 대응할 수 있다는 자신감이 있다. 정말 어지간한 일이 아니라면 혼수상태에 빠져 죽음에 직면하는 일은 없을 것 같다.

다만 1형이 되어버렸다는 것의 의미를 주변 사람들에게 이해하기 쉽게끔 설명하기는 어려웠다. 정확한 지식이 없는 사람은 아무래도 단순하게 '증상이 악화되었다'라고 생각하는 경우가 많았다. 마치 "거봐, 내가 뭐랬어."라고 말하는 듯한 얼굴을 하는 사람도 있다. 그런 사람들은 대체로 퇴원 후에도 내가 술을 마시고 있는 모습을 본 사람들이다.

"뭐, 이러니저러니 하면서 꽤, 상당히, 많은 양의 술을 드시고 계셨잖아요, 선배."

아리사도 '전이'되었단 사실을 처음 들었을 때에는 그렇게 말하며 얼굴을 찡그렸다.

'꽤, 상당히, 많이' 마시고 있었던 게 사실이라고 해도 그것이 원인이 되어 1형이 되어버린 것은 아니다. 아리사 같은 사람이 특히 그런 인상을 받았던 것은 내가 '마시고 있는' 모습밖에 본 적이 없기 때문이다. 술친구인 아리사와 만나는 것은 거의 그런 상황 외에는 없었으니까. 그 외의 시간에 내가 얼마나 피나는 노력으로 이상적인 식이요법을 계속하고 있었는지 그녀는 모르니까….

그런 것을 자세하게 설명하면 그 상대에게는 이해 받을 수 있게 되지만 모든 사람들에게 일일이 그렇게 할 수도 없는 일이다. 상사에게도 제대로 전해지지 않은 것 같은 느낌이 들었지만, 그런 것은 이제 적당한 선에서 포기할 수밖에 없었다.

무리도 아니다. '당뇨병'이라고 하면 보통은 '2형'을 말하며 '1형 당뇨병'이란 아주 마이너한 병인 것이다. 대부분의 사람들은 1형 환자에게 있어서 생명줄이라고도 할 수 있는 인슐린주사기가 어떻게 생겼는지조차 모른다.

1형으로의 '전이'를 알게 된 뒤에 아리사와 마시고 있던 어느 날, 실수로 주사기를 떨어뜨린 적이 있다. 회사를 나오기 직전에 황급하게 사용하고는 바지주머니에 적당히 집어넣은 채로 와서 마시다가 바닥에 떨어져 어딘가로 굴러가버린 것이다.

화장실에 가려고 일어났을 때 주사기가 없어진 것을 알고 아리사와 함께 찾아봤지만 보이지 않았다. 집의 냉장고에 예비용이 있으니까 당장은 어떻게 지낼 수 있겠지만, 그렇게 싼 것도 아니어서 그대로 잃어버리는 것은 조금 아깝다. 점원에게 찾아달라고 하려다 보니 그냥 '주사기'라고 하면 쓸데없는 오해를 살 것 같았다.

"사실은 내가 당뇨병이라 인슐린주사를 놓거든요. 아무래도 그 주사기를 바닥에 떨어뜨린 것 같아서요. 굵은 사인펜같이 생겼는데…."

나름대로 열심히 설명을 했다고 생각했지만 주변이 시끄러워서 잘 들리지 않았던 모양이다. 잠시 후에 돌아온 점원은 이렇게 말했다.

"죄송합니다, 못 찾겠는데요. 주차권 말씀이시죠?"

그 점원을 탓할 수는 없다. 보통 이자카야에서 '주사기'를 찾는 손님은 거의 없을 테니.

그 정도로 드문 것이다 보니 거꾸로 사정을 아는 사람은 흥미진진해

한다. 혈당치는 어떻게 재는지, 주사기는 어떻게 사용하는지. 주사기를 사용하는 모습을 보여 달라는 사람도 있다. 술집 같은 데에서는 아무래도 곤란하지만 누구네 집에 놀러 가거나 했을 때에는 요청에 응하여 실제로 해보일 때도 있다. 손가락에 구멍을 내고 피를 짜서 혈당을 재고, 하복부를 노출시키고 주사바늘을 찌르는 것이다.

다만 혈당측정은 생략할 때가 많아졌다. 생략된 것은 그뿐만이 아니다. 투약에 관한 순서 자체가 많이 간략해졌다. 병원을 민간 클리닉으로 옮긴 것이 그 계기였다.

1형 선고를 내렸던 도립 이타바시병원에 마지막으로 간 것은 7월 중순이었다. 호시노 선생의 표정이 언제나 굳어 있는 것처럼 보였던 것은 아무래도 심한 낯가림이 원인이었던 모양으로(그 자체도 임상의로서 문제라고 생각하지만), 세 번째 찾아갔을 때에는 약간이나마 부드러운 표정으로 나를 맞아주었다. 그러나 그녀는 곧 이타바시병원을 떠나야 할 형편이었다. 결국 그녀의 소개로 같은 동네에 있는 당뇨병 전문 클리닉 '모우데 내과'에 다니게 되었다.

'인슐린, 이제 안 나오는 건가'라는 뜻으로 붙인 이름이 아닌가 싶은 재미없는 농담 같은 이름의 병원인데, 실은 혼자 환자를 받고 있는 원장이 '모우데*'라는 매우 이상한 이름의 소유자였던 것이다. 보기에는 산에서 내려온 곰처럼 험상궂고 무뚝뚝한 느낌에 도립 신주쿠병원의

268

다치바나 선생처럼 본인이 당뇨병 환자는 아닐지 의심스러울 정도의 체형이지만, 이타바시병원에서 내과 과장을 역임한 적도 있는 베테랑이라고 한다.

병원이 바뀌는데 태평스럽게 있다가 또 황당한 일이 생길까봐 이번에는 비교적 서둘러 예약을 하고 초진을 받으러 갔는데, 그야말로 컬처쇼크의 연속이었다. 도립병원과 민간병원이 이렇게까지 다를 줄은 몰랐으니까.

아니, 민간에서도 드문 케이스일지도 모른다. 어쨌든 하나에서 열까지 달랐다.

"주사침 매번 바꿔요? 매번 바꾸지 않아도 돼요. 세 번 정도는 쓸 수 있으니까."

"천공기 침도 매번 바꾸지 않아도 돼요. 어차피 사용하는 사람은 본인뿐이니까. 감염되지 않아요."

"인슐린, 냉장고에 보관해요? 냉장고 아니라도 괜찮아요. 직사광선이 들지 않는 곳이면 상관없어요."

"매번 2단위씩 주사침 시험해요? 안 해도 돼요. 새로 바꿨을 경우 처음에는 하는 게 좋지만 그 다음부터는 안 해도 괜찮아요. 아까우니까."

＊모우데 : '모우 데나이까.' 즉 '이제 안 나오는 건가'라는 의미로, 마치 그 머리글자를 딴 듯한 이름으로 확대 해석한 것.

"혈당치도 그때그때 잴 필요 없어요. 대강의 경향을 알면 되니까."

도립 신주쿠병원에 입원했던 동안에는, 혈당측정과 인슐린주사는 마치 엄숙한 의식처럼 상세하게 정해진 순서에 따라 엄숙하고 정중하게 시행됐었다. 소독과 주사침 교환에도 만에 하나라도 감염이 되지 않도록 지나칠 정도의 진지함이 요구되었었다. 당연히 그런 것이라고 생각하고 있었기에 나는 그 후로도 집이나 회사 등에서 인슐린을 투여할 때마다 교육 받은 대로 충실하게 순서를 지켜가며 모든 것을 행하고 있었다.

그 '상식'이 하나씩 하나씩 무너져 가는 것이다.

"그리고 소독해요? 일일이 하지 않아도 돼요."

글쎄, 정말 그래도 되나? 실제로 주사침은 체내로 투입되는 것이고, 특히 천공기의 경우 피가 나오는데….

"…그렇게 말해도 일본사람들은 대부분 소독하지만 말이에요."

"네, 일본사람들은 그렇죠."

옆에 같이 있던 여자 간호사가 맞장구를 친다.

"일본사람들은 위생관념이…. 미국사람들은 이래요, 옷 위에서."

그렇게 말하면서 모우데 선생은 주사기를 허벅지 위에서 힘껏 찌르는 제스처를 해 보였다.

뭐든지 대범한 미국사람과 섬세한 일본사람인 나를 똑같이 취급하지는 말아줬으면 싶다.

그러나 필시 몇 십 년간의 임상경험을 갖고 있는 베테랑 전문의가 하는 말이니까 '괜찮다'는 것은 사실일 것이다. 도립병원이 까다로울 정도로 관리를 엄하게 하는 것은 '만에 하나' 무슨 문제가 생길 경우 책임회피를 할 수 없기 때문일 것이다. 그 '만에 하나'라는 가능성에 번거로운 관리만한 가치가 있다고 간주하는지 아닌지, 그 생각의 차이인 것 같다.

나는 그 후로 조금씩 '주사침을 교환하지 않고 3회 정도 사용'한다든가 '소독을 하지 않는다'라는 식으로 간략화를 실천해갔다. 처음에는 저항감이 있었지만 원래 그런 것이라고 생각하니 곧 익숙해졌다. 그러나 아무래도 바지 위에서 직접 주사할 마음까지는 들지 않았다.

모우데 선생은 내가 2형에서 1형으로 진행된 것에 대해서는 참으로 알 수 없는 일이라고 평하면서도 '수치로만 보면 1형으로서의 요건을 갖추고 있기 때문에 인정할 수밖에 없다'고 단정했다.

그러나 내 경우는 인슐린을 분비하는 췌장기능이 아주 약간이라도 남아 있기 때문에 외부에서 투여하는 양이 비교적 적어도 괜찮은 것이라고 소견을 말했다. 확실히 1형의 경우, 사람에 따라서는 하루에 50단위나 60단위를 맞지 않으면 생명을 유지할 수 없다고도 들었지만 나는 30단위 정도로 대충 적절한 혈당치를 유지하고 있으니까.

“응, 이런 경계선에 있는 것 같은 증상의 예도 있긴 해요.”

모우데 선생은 낮고 명료하지 못한 어조로 말을 빨리 하기 때문에 가끔은 무슨 말을 하고 있는지 알 수가 없다. 더구나 상냥함이라는 것이 전혀 없기 때문에 익숙해지지 않으면 꽤 무섭기까지 하다. 그러나 적어도 이타바시병원의 호시노 선생보다는 훨씬 믿음직스러웠다.

그나저나 모우데 선생은 나에게 대단히 유익한 가르침을 하나 주었다. 즉 ‘당뇨병을 그렇게 까다롭게 대할 필요는 없다’는 가르침을.

내가 인슐린주사를 그다지 무거운 짐으로 생각하지 않게 된 것도 이 가르침에 근거한 바가 크다.

처음에는, 특히 외출중일 경우에는 ‘어디에서 주사를 놓을까’하는 것이 커다란 문제였다. 사람들 앞에서는 아무래도 곤란하니까 보통은 화장실로 가지만, 주사를 놓기 전에 혈당측정도 꼭 했었기 때문에 적어도 좌변기와 도구를 놓을 공간이 필요했다. 백화점 화장실이라면 문제없지만 주사를 놓아야 하는 타이밍에 항상 백화점이 근처에 있다는 법은 없다.

그러나 일반 공중화장실 등은 도구를 놓을 장소가 없다든가, 있어도 불결해 보이는 아주 작은 받침만 있다든가 하기가 십상이다. 그런 곳에서 피를 짠다든가 주사를 맞는다든가 하면 어떤 균에 감염될지 누가 아는가. 원래 일본인 중에서도 ‘위생관념’이 철저한 편인, 신경질적인 나에게는 너무나 가혹한 상황이다.

그런데 '모우데 방식'에 익숙해지자 그런 문제로 고민하는 일이 거의 없어졌다. 혈당측정은 생략해도 좋고, 이제는 소독도 하지 않으므로 주사를 놓을 장소만 있으면 된다. 회를 거듭하는 동안 나는 점점 배짱이 생겨서 역 구내의 불결한 재래식변기 옆에 서서 주변이 더럽든 말든 상관없이 하복부에 주사침을 찌르게까지 되었다. 혹시 변기 주변에 오물이 흩어져 있고 정체를 알 수 없는 갈색 액체가 바닥에 흥건하다고 해도 주사침에 직접 닿지만 않으면 문제는 없을 터이다.

그렇지 않다면 인슐린을 투여하고 있는 미국의 당뇨병 환자들은 더욱 여러 가지 병에 감염되어 있을 것 아닌가.

이렇게 해서 내가 터프한 1형 당뇨병 환자로서 눈부신 '성장'을 계속하던 7월말, 고에이샤로부터 '신세기픽션대상'의 '대상'을 내가 받게 되었다는 소식이 들려왔다.

나츠가 말한 대로 실은 내게도 '예감'은 있었다. 최종심사에 올랐다고 알려온 시점에서 근거도 없이 승리를 거의 확신하고 있었던 것이다. 입으로 말을 해버리면 만에 하나 그렇지 않게 될 경우 너무 허무할 것 같아서 한 걸음 뒤로 물러섰을 뿐이다.

그래서 나는 이번에는 그다지 놀라지 않았다. 될 것이 되었을 뿐이라고 생각하고 있었다.

‘예감’이란 나중에 날조되는 것이다, 라고 말하는 사람도 있다. ‘그렇
게 되면 좋겠다’라는 소원이 먼저 있고, 결과적으로 그게 충족되지 않
았을 경우에는 ‘생각한 것처럼 역시 무리였다’라고 생각하며 충족된 경
우에는 ‘그렇게 될 거라고 생각하고 있었다’라고 생각한다. 단지 그뿐
이다.

그러나 무엇보다도 수상 사실을 들으면서 ‘놀라지 않았다’라는 것이
내 ‘예감’이 진짜였음을 증명하고 있다는 생각이 든다.

하늘의 뜻이라고 말하면 좋을까. 뭔가 커다란, 보이지 않는 힘이 내
주변을 감싸고 사물을 적절하게 재배치하려고 한다, 그런 식으로 생각
되었던 것이다. 1형으로의 전이도, 수상도 다 운명인 것이다, 라고. 그
렇다면 나는 그것을 엄숙하게 받아들일 뿐이다. 폼을 잡고 말해보자면
그런 말이 된다.

물론 기쁨이라는 것은 별개의 문제라, 내가 수상을 구실로 여기저기
서 칼로리를 무시하고 축하연을 벌인 것은 말할 필요도 없다.

19

달콤한 생활

"이번에 호적에 올리게 되었어요."

아키요시 고토미가 그렇게 말하는 것을 듣는 순간, 나는 입을 멍하니 벌리고 바보 같은 얼굴을 하고 말았다.

"아…, 그래!"

그대로 가만히 있으면 정말로 바보 같을 테니 곧 정신을 차리고 말을 잇는다.

"그랬구나. 드디어 결심이 섰나 보지?"

"네, 여러 가지 일이 있었지만 실은 그 사람이 다음 달에 히로시마로 전근을 가요. 그래서 그걸 계기로…. 가타세 씨 말처럼 그 사람이 이 이상 '성장'하는 것을 기다리자니 끝이 없고 어느 정도 선에서 타협을 하는 게 좋을 것 같아서….”

고토미에게는 사실혼 상태의 애인이 있었지만 자잘한 다툼이 끊어질 날이 없어서 오랫동안 혼인신고를 미루고 있었던 것이다.

“그거… 잘됐네. 축하해!”

“여러 가지 상담도 들어주시고 해서 가타세 씨에게는 꼭 말씀 드려야 겠다고 생각했어요….”

얼마 전에 고토미로부터 ‘만나고 싶다’는 연락이 온 후, 실제로 약속을 잡기까지 나는 오래 고민했다.

둘이서 만난 것은 호텔에 들어갔음에도 불구하고 아무 쓸모가 없었던 그날 밤이 마지막이다. 그 후로 거의 반년 동안 나는 가끔 메일로 연락을 주고받는 것 외에는 어쩐지 고토미와 접촉하는 일을 피하고 있었다. 마지막에 어색하게 헤어진 탓도 있고, 그 직후에 1형으로 전이된 것이 발각됐다든가 또 ‘신세기픽션대상’의 수상 등 내 자신에게 큰 사건들이 겹쳐서 그럴만한 상황이 아니었다는 이유도 있다.

그러나 가장 큰 이유는 다른 곳에 있었다.

처음의 당뇨병 발병에서부터 현재에 이르기까지 수차례의 거친 파도를 헤쳐 나갈 때 언제나 함께 희로애락을 나누고 있던 것은 나츠었다. 이번 기회를 통해 나는 나츠와의 유대감이 예전보다 더 깊어진 것을 느끼고 있었다.

나중에 생각해보니 발병 시기는 결혼하고 나서 4년쯤 지났을 때, 즉 어느 정도 권태기를 맞고 있었던 때였는지도 모른다. 나츠가 승진과 동시에 몹시 바빠졌고, 그 틈을 비집고 두 사람 사이로 몰래 찬바람이 들어왔던 모양이다. 그때 그와 비슷한 찬바람에 쫓기듯이 내 앞에 나타난 고토미와 어이없는 잘못을 범해버린 것이다.

그러나 나를 덮친 비운은 아내인 나츠까지 휩쓸리게 하였다. 우리들은 하나의 무력한 우산 밑에서 서로를 의지하며 거센 바람 속을 헤쳐 나왔다. 우리의 유대감은 다시 강해졌고 이전보다도 더욱 견고한 것이 되었다.

그런 나츠를 더 이상 배반할 수는 없다.

고토미와 만나는 것은 그 배반의 기억이 되살아난다는 것을 의미하고 있었다. 흔해빠진 남자의 이기심이라는 것은 알지만, 나는 가급적 고토미와 얼굴을 마주치는 기회를 만들지 않으려 했다. 그러나 고토미와는 '좋은 술친구'였던 시절이 훨씬 길다. '만나고 싶다'고 하는데 호의를 무시한다든가 적당히 얼버무리는 것은 견디기 어려웠다.

그 대신 둘이서 만나는 것은 이걸 마지막으로 하자. 앞으로 두 번 다시 호텔에 가는 일은 일어날 리 없을 거라고 해도, 그래도 그렇게 하는 게 좋다. 만났을 때 그런 뜻을 그녀에게 넌지시 전하자.

그런 비장한 결의를 다지고 크리스마스가 가까워진 이맘때가 되어서야 겨우 무거운 마음으로 만난 만큼, 고토미의 '입적' 발언에 김이 빠져 버렸다. 내가 걱정할 필요도 없이 그녀 스스로 답을 내놓은 게 아닌가. 고토미의 정서는 가끔은 크게 흔들려도 시간이 지나면 다시 정상적인 궤도로 돌아가는 것이다.

"해가 바뀌고 금방이지만, 다음 달에 결혼식도 올릴 예정이에요. 피로연 뒤풀이에 와 주시면 좋겠어요."

그렇게 말하는 고토미의 얼굴에는 이렇게 나와 둘이서만 만나는 것은 이번이 마지막이다, 라는 의사가 명확하게 나타나 있었다.

잘못만 범하지 않았다면 아무리 결혼을 했다 해도 '좋은 술친구'인 채로 지낼 수 있었을지도 모른다. 그녀는 틀림없이 그렇게 될 수 있는 사람이었다. 그렇게 생각하자 갑자기 참기 어려운 애착이 끓어오른다. 그러나 이제 와서는 어찌할 도리가 없다. 더구나 히로시마로 가 버리면 어차피 앞으로는 거의 만날 일도 없을 것이다.

"그렇지만 가타세 씨도 데뷔하신 거 정말 축하해요. 1형이었던가요? …그렇게 되어 버린 것은 언럭키unlucky 했지만. 오늘도 인슐린 놓고 오신 건가요?"

"응, 아까 역 화장실에서…. 사실 지금은 그것도 오히려 럭키한 일이 아니었을까 생각해. 주사는 10초만 있으면 끝나거든. 하나도 어려운 일이 아니야."

"아, 맞다, 가타세 씨의 책. 미안해요, 얼마 전에 샀는데 아직 읽지 못해서….."

여름에 '신세기픽션대상'을 수상한 내 데뷔작 〈이지리 사진관〉은 11월 중순에 고에이샤에서 출간되었고 다행히 순조롭게 판매되고 있으며 이미 영화화 이야기도 나와 있다. 심사위원 중 한 사람이 '주인공이 점점 막다른 곳까지 몰려가서 더 이상 도망갈 곳을 잃고 어쩔 수 없이 '투쟁'을 해 가는 과정의 묘사가 훌륭하다'라고 절찬해주었다. 불행의 연속인 그런 비참한 이야기가 나에게 둘도 없는 행운을 가져다 준 것을 생각하면 운명의 불가사의함에는 언제나 현기증을 느낄 것만 같다.

그러나 그 덕분에 요 몇 개월간은 책으로 출판될 수상작의 교정과 당장 의뢰가 들어온 칼럼의 집필, 심사위원들과 수많은 업계 관계자들이 참석하는 수상식 출석, 잡지와 라디오 취재 응대 등으로 상당히 바빴다. 그리고 지금은 벌써 수상 이후 첫 작품의 집필에 착수하고 있다. 투병 중에 피를 짜는 듯한 노력으로 쓰고 있었던 소설을 수정해서 출판하게 된 것이다.

다니고 있던 회사를 그만 둘 생각은 당분간 없으므로 지금까지보다 바쁘게 양다리를 걸쳐야 하는 생활이다.

"건강 조심하시고, 무리하지 마세요. 응원할게요!"

고토미는 도쿄메트로 도자이선의 개찰구 앞에서 그렇게 말했다.

“고마워. 고토미도 열심히 살아. 만일 그 사람이 앞으로도 나쁜 버릇을 고치지 못해서 정말 참을 수 없게 되면 이혼해버리면 되니까. 아, 이런 말은 곧 결혼할 사람한테 할 말은 아니지만 말이야.”

“아니요, 저도 그렇게 생각했기 때문에 겨우 결심할 수 있었던 거예요. 인생은 사실 몇 번이라도 다시 시작할 수 있잖아요.”

말 그대로 인생은 다시 시작할 수 있다. 과거로 거슬러 올라갈 수는 없지만 지금 있는 지점에서 다시 한 번 발을 고쳐 내디딜 수는 있는 것이다. 나는 그렇게 해서 살아 왔고 앞으로도 그렇게 살아 갈 것이다. 당뇨병이라는 일생 지울 수 없는 상흔을 몸에 새겨 넣고도 오히려 다른 방향을 향해 발을 내디딘 것처럼.

“그럼.”

그렇게 말하며 고토미는 손을 흔들고 개찰구를 빠져나가 계단을 내려가는 사람들 속으로 사라졌다. 나는 그 모습을 마지막까지 눈으로 좇고 있었다. 그녀는 한 번도 뒤돌아보지 않았다.

나는 그 자리에서 크게 한 번 심호흡을 하고 발길을 돌려 유라쿠초선 승강장을 향해 걷기 시작했다. 나츠가, 그리고 미케마츠가 기다리는, 따사롭고 마음 편히 쉴 수 있는 내 집으로 돌아가기 위해서.

$$* * *$$

어느 의사의 '세컨드 오피니언'에 의하면 나는 1형도 2형도 아닌 '1.5형'이라는 타입으로 분류되는 당뇨병 환자라고 한다.

모우데 선생을 믿지 못해서 일부러 다른 의사의 견해를 구한 것은 아니다. 어쩌다 감기가 악화되어 집 근처 종합병원의 내과에 갔을 때 문진표에 있던 '당뇨병'이란 글자에 관심을 보인 담당의사가 묻는 대로 지금까지의 경과를 이야기했더니 그렇게 말한 것이다. 너무나도 간단하게 "아아, 1.5형이군요."라고.

발병시점에서는 2형과 같은 증상을 보이며 약물, 식이요법 등으로 일단은 증상이 개선되지만 그 후로 평균 3년간의 어느 시점에서 자기면역반응에 의한 췌장 베타세포의 급속한 파괴가 진행되어 최종적으로는 1형과 마찬가지로 인슐린에 의존하는 상태가 된다. 그것이 '1.5형', 다시 말해 '진행 속도가 느린 1형'이라는 것이다.

보통 1형이라는 것은 갑자기 발병하고 아주 짧은 기간에 증상이 진행되지만, '1.5형'의 경우에는 이를 테면 그 전초단계로서의 '2형 시기'가 있다는 정도로 이해하면 된다. 참으로 심술궂은 진행방식을 가진 병이다.

내 케이스는 거의 의심할 여지없이 그 조건에 부합한다고 한다.

그러나 ‘2형 시기’의 시점에서 단순한 2형인지 ‘1.5형’의 전초단계로서의 그것인지를 구별하는 것은 어렵다고 한다. 그래서 거의 나의 ‘2형 시기’만 진찰한 도립 신주쿠병원의 다치바나 선생의 진단이 ‘부적절했다’고는 딱히 잘라 말할 수 없다.

“네, 요 10년 정도 사이예요. 그런 패턴을 1형도 아니고 2형도 아닌 독립된 하나의 ‘형形’으로 인지하려는 움직임이 생긴 것은.”

그 의사는 이야기하는 것을 좋아하는 사람인 듯, 당뇨병 치료의 현황에 대해서 물은 것도 아닌데 여러 가지 설명을 해주었다.

의사에 따라서는 그것을 인정하지 않는 사람도 있는 모양이다. 내분비학회에서도 유명하다고 하는 베테랑 전문의인 모우데 선생이 그것을 몰랐다고는 생각하기 어려우므로 그는 ‘형形이 아니다’라는 견해를 가진 사람일지도 모른다. 그러나 도립 이타바시병원의 호시노 선생의 경우는 조금 미묘하다. 그렇게 동요하던 모습을 생각하면 단순히 몰랐던 게 아닐까 하고 조금 의심스러운 마음이 든다.

아주 초기에 ‘1.5형’인 것을 확인할 수 있으면 잔존하고 있는 베타세포를 보호하는 방향으로 치료해서 2형인 채로 남게 하는 것도 가능하다고 하지만 내 경우는 이미 늦었다. 베타세포의 파괴는 불가역적인 현상으로, 한 번 죽은 세포를 살려내는 것은 현대의학의 힘을 빌어도 (지금으로서는) 불가능하다.

문제는, 내가 '1.5형'이라고 한다면 그 발병 원인은 무엇인가 하는 것이다. 최종적으로는 1형이 되어버리니 그런 의미에서 이것은 '1형의 아종亞種'이다. 그렇다면 발병 원인도 1형과 마찬가지로 '바이러스 감염 등의 돌발적인 이유에 의한 자기면역반응'인가 하면 꼭 그렇다고 할 수도 없다고 한다. 원체 1형의 발병 원인 자체가 아직 확실하게 밝혀지지 않았기 때문이다.

"거꾸로 말하면 말이죠, 이를테면 2형 환자라도 오랜 세월 동안에 점점 1형의 증상에 가까워져 가는 경우도 있습니다. 마지막에는 1형과 마찬가지로 췌장의 기능이 거의 정지되어 인슐린을 전혀 만들어내지 못하는 경우도 있지요. 그렇다면 그것은 '진행 속도가 대단히 느린 1형'이라고 말할 수 있지 않을까, 라는 거죠."

'2형은 주로 본인의 건강에 대한 부주의함이 원인, 1형은 본인의 책임범위 외'로 단순화해서 기억하고 있었지만, 아무래도 그렇게 간단히 경계를 지을 수만도 없는 모양이다. '당뇨병'이라고 하면 누구라도 한 번은 들어봤을 유명한 병이기 때문에 소견이나 치료법 등도 이미 완전히 확립되어 더 이상 탐구할 여지가 없을 거라고 생각하고 있었다. 그러나 실제로는 의외로울 정도로 역사가 짧은 분야이며 해명되지 않은 것들이 아직 한참 많은 것이다.

그러나 그것은 거꾸로 말하면 '아직 개선의 여지가 있다'는 것도 된다.

평생 인슐린에 의지해야 하는 나 같은 ('1.5'인지 아닌지에 관계없이) 1형의 당뇨병 환자에게도 희망의 빛은 있는 것이다.

예를 들면 췌장이식이 있다. 말만 들으면 자신의 췌장을 다른 사람의 것과 고스란히 바꾸는 것 같은 이미지이지만 그렇지는 않다. 건강한 기증자의 췌장에서 인슐린을 분비하는 베타세포 부분만을 링거 형태로 몇 차례에 걸쳐 환자에게 투여하는 방법이다. 링거로 받아들인 베타세포는 환자의 간장에 '정착'하고, 시술 후에는 간장이 췌장의 (인슐린을 만들어 내는) 기능을 겸하게 된다. 이에 의하여 환자는 그 후로는 일생 동안 인슐린주사로부터 해방되는 것이다. 일본 국내에서도 이미 몇 건의 시술사례가 있다고 들었다.

또 미국 등에서는 이미 주사가 아니라 흡입식 인슐린 약제라는 것이 승인되어 처방되고 있다. 아직은 취급에 여러 가지 제약이 있기 때문에 이것으로 모든 1형 환자가 주사의 부담으로부터 해방될 것이라고 말할 수는 없는 듯하지만, 커다란 진전임에는 틀림없다.

나에게 직접 영향이 있는 범위 내에서도 일취월장의 진전이 보이고 있다. 예를 들어 혈당측정기. 손가락 끝에서 짜낸 혈액을 빨아들인 전극을 끼워 넣고 30초를 기다리는 그것 말이다. 모우데 내과에서 지급된 것은 15초 만에 측정결과가 나오는 새로운 모델이었는데, 이미 7초 만에 측정할 수 있는 기종도 나오기 시작했다고 한다. 30초 측정 전에는 1분이 걸렸다고 하니 장족의 발전이다.

또 인슐린 주사기의 일회용 주사침도 내가 환자가 되고 난 뒤로 알고 있는 한도 내에서만도 이미 3회 정도 모델이 바뀌었다. 주사침 끝이 나노테크놀로지의 발전에 힘입어 점점 가늘어져가고 있는 것이다. 통점痛点이 적은 하복부에 맞는 주사는 원래 그다지 아프지 않지만 계속해서 같은 곳에 바늘을 찌르다보면 역시 피부가 굳는다. 가끔은 무엇 때문인지 여기저기가 다 아파서 바늘을 찌르지 못해 눈에 핏발을 세우고 아프지 않은 곳을 찾아야 하는 날도 있지만, 바늘이 가늘어질수록 그럴 염려도 사라진다.

언젠가 다치바나 선생이 말했던, '그런 걸 발명하는 사람은 의료계의 빌 게이츠가 될 것'이라던 '피를 짜내지 않는 혈당측정기'에 아주 가까운 기구도 실은 일부 국가에서 이미 실용화되어 있다고 한다. 아직은 불안정한 부분이 많아 신뢰도가 그리 높은 것은 아니라고 하지만 시대가 그런 쪽으로 흘러가고 있음에는 의심할 여지가 없다.

그러나 나는 만일 그런 개선이 생각대로 진척되어가지 않는다 해도 그다지 불만은 없을 것 같다. 왜냐하면 지금 인생이 충분히 즐겁기 때문이다.

1형이 되고 나서부터는 이전처럼 안간힘을 쓰며 칼로리 컨트롤을 하지는 않고 있다. 그러나 2형 시대에 배운 내용의 정수는 지금도 내 안에 면면히 살아있다.

식사에 대한 인식, 적절한 양의 식품을 밸런스를 맞추어 잘 먹는다는 의식은 발병 전의 나에게는 거의 없었던 것들이다. 만약 병에 걸리지 않았다면 나는 아마도 평생 그런 것을 체득할 일이 없었을 것이다. 운 좋게 성인병에는 걸리지 않더라도 보기 흉하게 늘어진 배를 주체 못하고 땀투성이가 되어 끙끙대며 역 계단을 오르내리는 꼴사나운 아저씨가 되어 있었을 것이 틀림없다.

자주 듣는 말이지만 제대로 칼로리 컨트롤이 된 당뇨병 식사는 그 자체가 '건강식'이기도 하다. 만인에게 권하고 싶은 훌륭한 식생활을 당뇨병 식사가 실현해주는 것이다.

환자인 나 자신이 그러하듯, 때로는 일탈이 있어도 좋다고 생각한다. 과음한다든가 과식하는 것도 역시 인생이다. 문제는 베이스를 어디에 두는가 하는 것이다. 일탈한 후에는 다시 마음을 다잡고 반드시, 그리고 몇 번이라도 되돌아갈 것. 돌아간 그곳이 '밸런스가 잡힌 식생활'이라면 필경 그 사람은 대체적으로 건강한 여생을 보낼 수 있을 터이다.

요리하는 방법을 습득한 것도 내게는 커다란 재산이 되었다. '건강식'과 함께 배운 것이라서 더욱 그렇다. 지금은 일식, 양식, 중식, 찜, 구이, 튀김 등 대부분을 혼자서 할 수 있다. 이것도 말하자면 전화위복이라고 할 수 있지 않을까? 그리고 돌이켜 보면 요리를 배워가는 과정 자체가 상당히 즐거웠다.

가끔 엄격하게 칼로리 컨트롤을 하던 때가 생각난다. 어떻게 해서든 단맛이 있는 '요구르트 드링크'가 마시고 싶어서 결국 플레인 요구르트를 우유로 희석하고 감미료를 넣어 아침식사의 일부(식품교환표에 있는 표4)로서 마셨던 일, 더웠던 어느 날 목욕을 하고 나서 청량음료를 마시는 대신 감미료를 넣은 탄산수에 유자 과즙을 조금 떨어뜨려 마셨던 일, 아주 가끔 주말 오후에 '스스로에게 주는 포상'이라 칭하며 근처 카페에서 작은 조각케이크를 아끼듯 먹어가며 한 잔의 커피를 마시는 것이 낙이었던 일.

그런 단작스런 일들을 하고 있던 자신이 불쌍하게 생각되어 안타까운 기분이 든다. 그러나 그것은 그것대로 즐겁지 않았던가? 좀처럼 먹지 못하는 달콤한 과자를 입에 넣는 기쁨, 갖고 싶어도 손에 넣지 못하는 것과 조금이라도 닮은 것을 스스로 만들어내는 즐거움, 1주일 중 6일간은 부모의 원수라도 갚는 것처럼 식이요법에 몰두한 후에 오직 하루만은 자신에게 음주를 '허락'하는 순간의 해방감. 그때에는 제약이 있었기 때문에 오히려 즐거울 수 있었다.

그런 기분을 소중히 하고 싶다.

지금의 나는 나츠가 만들어주는 바나나케이크나 과일그라탕을 다시 먹을 수 있게 되었다. 의사들은 이런 것을 먹는 것을 장려하지 않겠지만, 나는 자기 판단 하에 가끔 먹고 있다. 모우데 내과에 다니기 시작한 지 약 5개월이 지났다. 6주일에 한 번의 진료로 인슐린을 처방 받고 있는데, 혈당 컨트롤 상태는 양호하고 헤모글로빈 A1c는 6.0 전후로 바뀌었으며 체중은 신장身長에서 산출한 표준체중인 63킬로그램에 근접하게 회복되었다. 우려되는 점은 아무것도 없다.

나츠도 지금은 내 몸을 덮친 이 현실을 받아들이고 처음부터 그랬던 것처럼 그것을 '일상의 일부'로 간주하고 있다. 가끔 일이 없는 주말에 요리를 하면서 "이제 슬슬 인슐린 놓아도 돼!"하고 주방에서 외치곤 한다.

식이요법에 관한 자신의 요구 수준을 낮게 재설정한 덕분에 스스로도 마음의 여유가 생겼다. 샐러리맨과 작가라는 겸업생활이 시작된 후로 이전보다 오히려 바빠졌음에도 불구하고 별것도 아닌 일로 신경질을 내며 나츠나 미케마츠에게 화풀이를 하는 일도 이젠 없다. 가타세 가정에는 다시금 밝고 평온한 일상이 돌아왔다.

그래도 좋든 나쁘든 생활 형태에 커다란 수정을 해야만 했던 그 '2형 시절'의 기억이 내 안에서 풍화되는 일은 앞으로도 일생 동안 없을 것이다. 그것은 이제는 완전히 내 일부인 것이다. 당뇨병이라는 병 자체가 이미 내 일부로서 밀접하게 엮여 있는 것처럼.

그리고 날이 지나면 지날수록 내 안에서는 하나의 확신이 생겨나고 있다.

어느 날 1형으로의 '전이'를 선고 받은 것과 '신세기픽션대상'의 최종 심사에 올랐다는 낭보를 받은 것이 거의 동시였다는 것은 결코 우연이 아니라는 확신이다.

천국과 지옥. 아주 좋은 소식과 아주 나쁜 소식. 그것은 필경 신이 밸런스를 맞추려고 했기 때문인 것이다. 나는 그렇게 생각하고 있다.

인생에는 나쁜 일도 있고 좋은 일도 있다. 이렇게 말하면 당연한 일 같지만, 나를 혼란의 벼랑 끝으로 떨어뜨린 그날의 일도 그 '당연한 일'의 극단적인 예에 지나지 않는 것은 아닐까. 좋은 일과 나쁜 일의 반복, 그것이 인생인 것이다. 그래서 앞으로도 나쁜 일은 일어날 것이다. 그러나 그 후에는 틀림없이 좋은 일이 있을 것이다.

신은 그렇게 해서 밸런스를 잡고 있는 것이다. 그렇게 생각하게 된 나에게 이제 본질적인 의미에서의 무서운 것은 없다.

문제는 자기 인생의 행운과 불운의 총 합계가 플러스가 되어 있는지 어떤지 하는 것이다. 그리고 내가 보기에 현재의 총계는 충분히 플러스인 것 같다.

그렇다, 내 인생은 충분히 달콤하다.

당뇨병 식이요법을 위한 식품교환표

제6쇄 일본당뇨병학회 편찬 (일본당뇨병협회. 분코도/文光堂)

당뇨병 치료의 입문서. 개정신판

일본당뇨병학회 편찬 (일본당뇨병협회. 난코도/南江堂)

당뇨병 치료 가이드―2006~2007

일본당뇨병학회 편찬 (일본당뇨병협회. 분코도/文光堂)

신편. 당뇨병을 극복하는 식사와 생활

아이소 요시다카 (주부와생활사/主婦と生活社)

당뇨병의 식이요법

이샤쿠출판주식회사 편찬 (이샤쿠출판/醫齒藥出版)

당뇨병 맛있는 식단 3주일, 이제 걱정하지 마세요!

우에무라 야스코, 다케이 이즈미 (신세이출판사/新星出版社)

베타 홈의 스피드 요리

베타홈협회 편찬 (베타홈출판국/ベターホーム出版局)

＊그 외 '1.5형 당뇨병'SPIDDM에 관해서는 고바야시 테츠로 씨의 논문 몇 편을 참조했습니다.

＊본 작품은 픽션이며 등장하는 단체, 인물 등은 실재하지 않습니다.

＊본 작품의 집필에 있어서 일본적십자사의료센터 제1내과부장 히요시 토오루 선생님의 담화를 참고했습니다만 문책文責은 전부 필자에게 있습니다.

＊본 작품에 있는 당뇨병 치료에 관한 기술記述은 2006년 7월 현재 필자가 습득한 사실에 기반을 둔 것이며, 그 후로 실상이 변화되어 있을 가능성이 있습니다.

월　일（　요일）

쇼핑메모

당일용	
비축용	
도시락용	
기타	

식단메모

	음식명	1인분			사용합계
		표3	목표량	단위	
① 주 요리					×
② 반찬 1					×
③ 반찬 2					×
④ 국					
비고					

월　　일 (　　요일)

쇼핑메모

당일용	
비축용	
도시락용	
기타	

식단메모

	음식명	1인분			사용합계
		표3	목표량	단위	
① 주 요리					×
② 반찬 1					×
③ 반찬 2					×
④ 국					
비고					

식단/쇼핑메모

<table>
<tr><td colspan="5">　월　일（　요일）</td></tr>
</table>

쇼핑메모

당일용	
비축용	
도시락용	
기타	

식단메모

	음식명	1인분			사용합계
		표3	목표량	단위	
① 주 요리					×
② 반찬 1					×
③ 반찬 2					×
④ 국					
비고					

월   일 (요일)

쇼핑메모

당일용	
비축용	
도시락용	
기타	

식단메모

	음식명	1인분			사용합계
		표3	목표량	단위	
① 주 요리					×
② 반찬 1					×
③ 반찬 2					×
④ 국					
비고					